大家书系 DAJIASHUXI 名家随笔经典

谢　冕 / 著

KAFEIHUOZHECHA

# 咖啡或者茶

主　编　阎纯德
副主编　谢冰玉

長春出版社
全国百佳图书出版单位

**图书在版编目(CIP)数据**

咖啡或者茶/谢冕著. —长春:长春出版社,2012.1
(大家书系·名家随笔经典)
ISBN 978-7-5445-1986-1

Ⅰ.①咖… Ⅱ.①谢… Ⅲ.①散文集-中国-当代②随笔-作品集-中国-当代 Ⅳ.①I267

中国版本图书馆 CIP 数据核字(2011)第 231834 号

**咖啡或者茶**

主　　编:阎纯德
副 主 编:谢冰玉
著　　者:谢　冕
责任编辑:谢冰玉
封面设计:大　禹

出版发行:長春出版社　　　总 编 室 电 话:0431-88563443
发行部电话:0431-88561180　　　邮购零售电话:0431-88561177
地　　址:吉林省长春市建设街 1377 号
邮　　编:130061
网　　址:www.cccbs.net
制　　版:馨元工作室
印　　刷:长春方圆印业有限公司
经　　销:新华书店

开　　本:787 毫米×1092 毫米　1/16
字　　数:220 千字
印　　张:13.5
版　　次:2012 年 1 月第 1 版
印　　次:2012 年 1 月第 1 次印刷
定　　价:27.00 元

# 文学魅力与散文精神

## ——“大家书系”之随想

### 一

当今“时尚”的潮水似乎已经漫过了世俗堤岸。在这个“什么都不缺”而缺少文化的时代，有一种狂野之气大有拟将“高雅”挤扁、压烂之势，但是文学并非无所作为，饥渴、茫然、寂寞、郁闷的精神和心灵依然需要文学来疗伤，“缺氧”的空间，依然应该有文学强劲的呼吸。“文学”作为精神食粮，有资格以其高尚的道德、理想、正义精神来温暖人心。这正是编者与出版者推出“大家书系”唯一的出发点和希望。



### 二

书写文学的发生，始自文字产生之后，文字使文学有了赋形的外壳。所以，人类语言与文字及人类对于生活观察与思考，是文学产生的基本条件。

中国散文蛛丝马迹地寻根溯源，其血脉可以追溯至甲骨卜辞、易卦爻辞、铜器铭文，它们是中国最早的“散文”，尤其是《周易》已具有散文的文学雏形。时至春秋战国，“百家竞作，九流并起”，著书立说，各具风采。《论语》风格简练，“含义深远，雍容和顺”，寓意深厚；《老子》无为而治，朴素辩证；《墨子》语言质朴，逻辑性强；《孟子》大气磅礴，锋芒显露；《庄子》奇幻斑斓，想象浪漫；《韩非子》论述严谨，雄辩锐利。它们是中国浩瀚散文长河之先河。

关于散文概念，一般都认为它是“西学东渐”的产物，或者以为是译自西方。事实上，中国“散文概念首创于佛门”[①]，最早出于佛徒口中，从韵文到无韵之文

①马茂军：《宋代散文史论》第4页，2008年，中华书局。

"散语",再到散漫随意之文"散文",话语体系逐渐形成。北宋沈括以降,文人的散文文体意识越发明确,可见中国散文的历史,上承"孔孟之温文肃穆,庄列之飘逸灵动,史传之厚重笃实,唐宋八家的风骨兴寄,晚明小品的洒脱情趣"[①],经历代文人的刻意营造,使古代散文精神深入文心,形成了抒情、议论两大形态的优秀传统,并不断得到发展。及至20世纪"五四"新文学运动,中国散文进一步革新洗礼,推陈出新,个性解放,经历了一次"从古代到现代"的转折,使之从贵族化走向平民化,形式得以拓展,思想得到提升,风格更加多元,使历久而不衰的文体和人文精神传统得以弘扬,使之成为20世纪以来中国文坛的重要文体形式。鲁迅在《小品文的危机》中说明末小品"并非全是吟风弄月,其中有不平,有讽刺,有攻击,有破坏……到五四运动的时候,才又来了一个展开,散文小品的成功,几乎在小说戏曲和诗歌之上"。朱自清也说,"五四"时期,"散文的确是绚烂极了,有种种的样式、种种的流派,表现着批评着解释着人生的各方面,迁流曼衍,日新月异"。从清末算起,在那个"挣扎和战斗"的时代,多数作家终于发现了自己,经过章太炎、梁启超、鲁迅、陈独秀、胡适、周作人、茅盾、郁达夫、林语堂、梁实秋、朱自清等一代人的耕耘,使散文在承袭传统、吸纳欧美之下,生长了新的精神。

写景、抒情、议论是散文的基本艺术形态。它的自由就在于能言己之所言,抒己之所想,既可以写"风花雪月"和"悲欢离合"、苦涩的"闲话"和清幽的"心态",也可以通过各色人等和社会世相提出批评与呐喊。



散文写作无定法,有的偏于叙事,有的富于抒情,有的长于议论,因此便有了叙事散文、抒情散文和议论散文。

散文与随笔是一对无法分开的连体婴,如果叙事或抒情多了,人们会说这是散文,如果议论多了,就说它是随笔,人们又常常连说为"散文随笔"。

以文学形态而论,小品与杂文亦属散文。小品与杂文亦是自古有之,宋玉的《答楚王问》、枚乘的《七发》、扬雄的《连珠》、韩愈的《杂说》,都是大家公认的这类文体。这种文学形式,到了近代,多以议论为主,形式短小,言简意赅,内容广泛,风格犀利、尖锐、深刻,冷嘲热讽,幽默风趣,鲁迅视之"是感应的神经,是攻守的手足",是"匕首,是投枪,能和读者一同杀出一条自下而上的血路来的东西"。由于鲁迅等先驱的耕耘和开拓,小品或杂文,逐渐成为一个独立的文体形式,延续至今。随着社会和文学的发展,从散文中又分离出通讯特写、报告文学、传记文学、游记文学等独立的文体形式。

---

①刘登翰、庄明萱、黄重添、林承璜主编:《台湾文学史·上卷》第429页,1995年,福州·海峡文艺出版社。

## 三

20世纪“新时期”之后，散文研究有了新的拓展，理论层面得到了升华，林非、佘树森、刘锡庆、楼肇明就是其中的佼佼者。

林非著有《中国现代散文史稿》、《散文论》、《散文的使命》、《林非论散文》等，“史稿”被誉为散文史研究的“拓荒之作”、“散文转型初期的代表作”，他的《散文创作的昨日和明日》被称为“里程碑式的篇章”。林非说，大散文兼容文学家、学者和思想家的多种素质，散文必须脱离和摒弃低俗，关怀民族命运和人类生存境遇，“艺术上超越保守与平庸，实现革新与创造”；但是散文往往被误解，“认为它最容易撰写和驾驭，完全忽视了要达到它的美好境界的异常艰难之处。因为浓郁情感的勃发和深沉情感的升华，都无法大量和永远地涌现出来，更何况还得天衣无缝地融汇于形象和文字里面。”刘锡庆《散文新思维》和他的演讲，为散文“弃类成体”做出了贡献。他强调散文的主角是自己，好散文必须“以我为主”，其个性和心灵是赤裸的，是自我心灵生命和人格魅力的艺术外现。散文的向内性即万物内化，其特长在于表现内心，关注人类的“内宇宙”，一切事物没有心灵的过滤和沉淀，就不可能有散文。散文之优劣要看是否运自由之笔写我自得之见、抒我自然之情、显我自在之趣。散文的基本原则是真实，好散文必须有魂作核、以真情为骨，不拘泥于外在的语言形式。他还提出散文写作的五个层面说，即生活层面、情感层面、性灵层面、心灵层面、生命体验层面，这些真知灼见都为我们认识散文打开了一扇天窗。



## 四

文学的神髓是思想。20世纪“新时期”以来的散文经历了“伤痕的控诉、理性的反思、文化的寻根”，曾经的热烈回到温和平淡的“恒温”状态，使散文有了常态。

文学要有益于天下与后人，既要承传文明，又要发展文明。“散文创作最重要的是思想境界，这是中国散文的传统。因此，散文的趋向永远应该是大境界和语言美。”散文之道就在于从思想和感情的层面来体现人生的大境界、大情怀和人格。谢冕坚信一个人的境界和胸怀有多大，他的文字就有多远。在他的散文里，我们感受到的既有诗意的狂欢和富春江般的激情，又有悲怆婉丽、忧患重重的文化意韵。

阎纲说，“文学者，情学、情欲学，情根于爱”，“古今至文多血泪，散文尤甚”，“情之所至，缘情成文”。他的体会是：没有独特的发现，没有触动你的灵魂，不要动笔；没有新的或更深的感受，不要动笔；没有传神的感悟和深邃的细节支持不动笔（艺术细节是魔鬼）；求精短去辞费，不减肥不出手。他还说：“心灵对立构成艺术哲学。艺术的魅力源于善恶、美丑的势不两立,透过情感的反差、碰撞,凸显出深度的人格美、人性美。”

散文是写实的,这“实”自然是自己的实;散文是写心的,这“心”自然是自己的心。散文的境界和个性是多元的,或“载道”,或“言志”,或辛辣,或平淡自然,或闲适幽默,都可以写出优秀的作品,这也正是作家笔下相异的“个性”。作家眼里的山水、生活、爱情、友谊、仇恨、遭遇、情绪与欲望,都是自己的心灵告白。

创作实践浇灌出的心得体验是刻骨铭心的。在自己的作品中,张抗抗相信“‘自己’是唯一重要的,‘自己’意味着个人、个体、个性;意味着一个真切感受着世间的痛苦和欢乐的生命活体、一个热情地生活过、冷静地思索过而后留下的私人笔记”。她“按照自己习惯的写作方式,在散文和随笔这些相对自由的文字中,在这些不需要精心虚构人物和情节的篇章中,给自己开一扇透气的窗户……如果说,小说通常是在替别人说话、对别人说话;小说中的‘我’,大隐隐于‘故事’。如果说,小说的叙述者是生活的‘旁白’,那么,散文随笔便类似于‘独白’了。在散文和随笔中,我是显形的,我只对自己说话——我行、我见、我读、我想、我爱、我恨……用坦诚率真的文字——我记下!”她还说,“假如我始终把自己深藏在小说里,我会觉得憋闷、委屈、难受。所以我想方设法要攀上散文的救生圈,浮出水面来歇息。我不是一条遨游于深海的大鱼,而是热爱海洋和陆地的一种两栖动物。我如此强调坦诚而真实的‘自己’,恰恰是为了寻找自己和他人之间的‘异’与‘同’。因为,每一个独立而具有尊严的个体,都是构成我们理想中的公民社会的基石。”



陈启文也说,“我是一个职业虚构者。但在年过不惑、走向天命之际,我越来越觉得还有比写小说更重要的事情要做,近年来投入大量精力写作‘共和国国情系列’长篇报告文学和人文随笔。前者让我从书斋重返大地,走向比虚构更复杂严峻的社会现实,这甚至是一种逼迫。而后者则是我对历史与现实的叩问与反思。在文化的自省中,又可以获得超越现实的感受……如果不立足于坚硬的现实,也不可能真正抵达精神现场。当虚构的文学在现实中变得越来越虚弱,甚至沦为炫奇弄巧的把戏,我一直在渴望,文学能够找到一种直接有力的方式,以担当的勇气获得属于自己的行动能力……我认为人文随笔是真正的非虚构写作,它必须真实面对生存、自由、平等、人的权力和人的尊严等等绝对不能虚构的问题。它不是为写作而写作,没有花架子,也不必在叙事上有过多的营构,都是掏心掏肺的言说,这正是散文随笔的正途与大道……它是可以赋予重大意义的文体。它的自由以及言说的庞杂,它海纳百川的包容性,人性,诗性,智性,理性,神性,个性,它的端庄、严谨和内在的遒劲的张力,特别适合由汉语来承担。”

“一个人的生存态度和精神生活,决定着作家作品的质地”,这是赵玫的文学信念。她非常重视文字，一直认为“文字是文学最基本的部分，于是我始终坚守着对文字的痴迷……语言不仅要负载故事，还要承载思想，所以小说也应该拥有诗一般的语言和意象。于是我一直在努力尝试着，让语言的苛求甚于故事的铺陈”。她喜欢变化，喜欢新的尝试，“任何创造性都来自对以往的背叛，关键是能否颠覆你自己”。她还说，“我一直喜欢‘形式’的追求，因为其中可以体现创新的手段。形式是一种很微妙的载体，既具体又形而上……我喜欢将这个概念融入情感乃至思想的认知。新的方式必然会带来新的哲学。有时候景象就是思想，形式也就自然而然地负载了心意。我希望我的作品中充满形式感，诸如意绪流淌、时空倒置、凝固或运动的文字，画面般的描述，音乐般的交响，乃至句式、标点、字体的变异。总之形式会在任何不经意处生出无限深意，进而改变文本的走向……”

## 五

作家眼里的文学，常常是相同的，又常常千差万别。他们因为自己的创作实践和文化因缘的差异而从不同角度审视文学。真理不是唯一的，但尘世间的人生和情感是绝对真实的。

宗璞以小说为旗名满天下，其散文也写得朴实、真切、感人。许多年来她身体欠佳，却一直坚持写作，说自己的“工作像蚂蚁衔沙，一粒又一粒。只希望能使写的历史向真实靠近”。写作一如炼丹，“炼丹需要真火，真火是靠生命燃烧的。”“掌握炼丹真火的是人物”，她说的是小说里的人物，其实她就是这样令人感动不已的人物。她真诚地对待写作，希望“在尘灰中磨洗出湮没的历史真实，让诗意的向往飞翔起来”。她还说：“书更多是给后来人看的……当然，这要看书中人自己是否有生命力，在时间的长河中，能漂流多久。”她说的是自己的作品，这之于整个文学、文坛和所有的作家，如何在历史长河中经得起淘洗颇为令人深思。

中国散文传统根深叶茂。乐黛云认为“非常个人”的散文应有“三真之境”，即真情、真思与真美。“时日飞逝，多少文字灰飞烟灭，早已沉没于时间之海，唯有出自内心的真情之作才能永世长存，永远激动人心。真情从来是文学的灵魂。”中国文学传统以情为核心。她援引公元前300年左右的郭店竹简以示中国文学之传统：“凡声，其出于情者信，然后其入拨人之心也厚”，“道始于情，情生于性……凡人情为可悦也，苟以其情，虽过不恶；不以其情，虽难不贵”。

“情动于中而形于言”，这“形于言”才是真情是否能传递了人的关键。而“情景相触”构成意境，又是成功地“形于言”的关键之关键。

梁晓声认为“杂文与人的关系如同严父与诤友，警告我们断不可怎样；而散文与人的关系，则如同慈母与红颜知己。‘慈母’教我们领会真与善的人性要义，

‘红颜知己’影响我们从真与善中发现美”。

刘锡诚是一位民俗文化大家，说“文人虽不务实学，却爱解剖人生”。这很有哲学深意。“真正的文人多自谦，戒浮躁，胸怀平常之心，甘为边缘人。粗茶淡饭，布衣裘褐要传世，自然得有思想与艺术。”

以双语写作为己任的黄晓敏，没想到中文写作的欲望竟然萌生在寂寞的异国他乡。她说“拼音文字要你走进里面去寻找它的节奏，象形文字除了节奏，还有画面和诗意的锦绣：华丽和冷清，理性和调侃，热闹和凄凉，鲜花和芳草扑面而来，多年后，汉文字的魅力，在与母语几近隔绝的天涯，重识了故乡的芳草。在海外用中文写作是跟故乡对话，是某种形式的回家。两种语言的交替使用，好像听完音乐后再来享受绘画。在这远离故乡的天涯，用中文写作就是我的假日”。言为心声，这从灵魂里喷涌出来的语言，令人温暖，令人动情！

作家们这些来自创作实践的灵光，是经思想、感情和时代一起千锤百炼而成的肺腑之言，无论对年轻的作者或对读者无疑都有宝贵的启迪。

## 六

20世纪70年代末，中国文坛开始拆除栅栏，80年代初的巴金真话，又使散文得到一次反思和自新。有“解放”就有新生，30年来散文的繁荣是一个事实，女性散文、学者散文、文化散文、新生代散文，后浪赶前浪，不断发展。贾平凹自创刊《美文》以来则一直鼓呼现实感、史诗感、真情感的大气魄、大境界、大气清正的时代“大散文”，强调散文的平民意识和创新精神。穆涛说，“生活在你之外，真实也就在你之外；散文作为最直接的一种文学品类，应更有力地介入当下生活，发出自己的声音，并把自己置于无法逃避的境地。”作家的耕耘与思考，都是散文发展繁荣的阳光雨露。

写作很像一朝分娩，有痛苦，也有欢乐。我们记忆里清晰地保留着鲁迅的辛辣、周作人的闲适、老舍的幽默及大家们的思想艺术之光。作家们越来越多地自觉行走在人世间那个最庞大的队伍中。他们的真情言说足以证明散文的尊严与神圣。“大家书系”是作家提交的一份包罗万象的“私密档案”，从不算遥远的过去浏览至今，既有忆往的苦涩，也有当下的欢乐，既有思想的锋芒，也有艺术的鉴赏，文化与历史，国内与国外，现实与幻想，这个多元的精神展示，算是献给2012年的一个礼物。

丛书主编　阎纯德

2011年11月12日于北京半亩春

# 目录 contents

**【第三辑　天边的云彩】**

# 谢冕先生素描(二)

## 一

今天我决定放下所有的事情重写这篇文章，还是用原来素描的方式，而舍弃以前不断知识化的叙述，还是用我的感觉来写片段的素描。《谢冕先生素描》(一)，用在谢先生的散文集《红楼钟声燕园柳里》作为代序，学生为老师的书写序是谢门的传统，当年谢先生的重要著作是大师兄黄子平写的序。

这是一篇写了又写的文章，不停地被催促，阎纯德老师总是温柔敦厚地电我，我总是不断地被各种事情侵占，打扰，分隔，原来文章结构被破坏得支离破碎，我自己也被分隔成一个言不及义无法履行诺言的人，尤其是对我导师谢冕先生，我感到了无言的压力，这样的压力在这个冬天显得尤其让人难受。

本来这是一件让人愉快的事情。为谢冕先生编选一本散文选，是我的夙愿，先生也希望我能来做这件事，正好有了阎纯德老师和长春出版社的好意，自然就是天作之合了。我领受这份美意时带着自己质朴的感情，就像十几年前从山东来北大求学的那个小心翼翼又意气风发的小女生，我好像又回到了1995年的北大，回到畅春园，回到未名湖畔，回到先生每周一次的“批评家周末”。五院的紫藤花刚刚如薄雾一样初开，先生的笑声把花瓣震得在春风里摇晃。

散文集编选好了，叫《咖啡或者茶》，这是用先生一篇文章做的书名。他把人生分了两个境界，咖啡境界或者茶的境界，现实的或者浪漫的，他善于在极短的文字里表达自己对世界和人生的看法，艺术的却是哲学的。其实，他的人生境界比这要阔大得多，丰富得多，不仅是咖啡或者茶，而是咖啡和茶，红酒，白酒，鸡尾酒，人生各种不同的层面都在他那里有所折射融合，只要是美的，合乎人性的，带来愉悦和欢欣的，他都喜欢。

其实，编选谢先生散文集的过程中，我才感觉他文章的多样性和丰富性，恰恰应了那句著名的话“文如其人”。我还有一个观点就是，在文章这件事情上一个人的境界有多大，文章的境界就有多大。纵观一个人的文章是丝毫做不得假的，尤其是散文这种文体，一下子可以看到底的。谢冕先生散文的多样性和丰富性让

我在编选中有些难以下手,不知道如何能呈现他文体的多样性。我给他的好友洪子诚先生写信,希望能获得帮助,洪老师回信说:

> 谢老师的文章大多质量都很平均,选择有时候有点为难。总的说,能增加一点“沉重”的东东较好:因为他不仅是林语堂,也还可能是鲁迅;虽然他自己在极力向林语堂转化。

“林语堂化”或者“鲁迅化”,还有没有“梁实秋化”或者其他的什么?也许在他文章里都有影子,仅仅也就是影子,他更多的是他自己,可以用“谢冕体”来描述他的文章。一种文体会因为一个写作者而获得重新的认识和发现,我这里要说的是谢冕先生和他的散文。

编选一本能代表“谢冕体”的谢冕散文集有些难度,这个难度来自于谢冕先生的散文自成一体,同时又富有无限多面的旨趣,这都意味着很难以一种标准来编选他的文章。本来我以为自己对谢先生的文章已经很了解了,但是,在重读他的散文时,我又一次获得了新鲜的体验,再次感觉文章与人的气息、性情、境界内在的关联。

“谢冕体”的关键词是:大气磅礴,情绪饱满,词采繁茂,诗意盎然。不管是短文小品,或是鸿篇巨制,他都驾驭轻松自如,他是用诗人的感觉来写文章。

有的人写诗生活中却是一个俗人。

有的人不写诗生活中却是一个诗人。

谢冕先生就是生活中的诗人,他的内心深处时刻萌发着西湖的春天。

## 二

谢冕先生生于1932年,80岁的人了,比我们都年轻气盛。除了他头发比我们白些,他走得比我们快,笑声比我们响,皮肤比我们舒展,眼睛比我们透亮,心比我们年轻,我们都是一些未老先衰的人,谢先生却是盛唐气象,少年精神,他的心里永远昂扬着诗意,他是北大精神的继承者和发扬者。

谢老师很少写字,也不题字,跟他求字比什么都难,我知道他有许多知名人士的墨宝,包括于右任先生的墨宝,他对书法有自己独到的见解。我只看到他写过两幅字。一幅是给为了理想在北大求学的师姐陈顺馨:“无悔青春”。一幅是给成功攀登珠峰的师兄黄怒波:“绝顶”。谢先生的书法如同他的人,气质不俗,不拘一格。我们问他要字,他就大笑:“我的字那么臭,怎么好意思呢?”他好像羞于示人,其实是一种回避,他给的人是他对于精神的一种表达,他看重的是对人生极致境界的不懈追求。

我经常想自己能活到80岁会怎么样，谢先生超越年龄的诗人气度让人还是有些向往，对人生，对将来。他的悲苦喜乐人生里有那么多醇厚的人生经验，从容地融化到他的文字里。我不忍心触及他的悲哀，他的大悲哀，那是一种肝胆俱裂的悲哀，他度过去了。那个冬天，他每天坐着公共汽车从郊区到朝阳医院，路有多长，他的哀愁就有多长，早出晚归，一个近80岁的人穿越城市的拥挤哀愁，他要陪伴唯一的儿子度过最后的日子，那是一个无法测量的悲哀。天不亮他就上路，天黑了他回来，悲哀比冬天凄苦漫长，他知道生命的不可挽回。他的儿子谢阅，一个出色的外科大夫还是先于他走了。第二天我的师兄韩毓海给我电话，我们跟翟晓光一起去看望这对相依为命的老人，那时，我就想我们这些学生都是您的儿女。谢阅三周年，我跟师兄孙民乐、刘圣宇陪着导师、师母、儿媳妇、孙女一起去看谢阅。后来先生写了《天寿山安魂曲》，也收在这个集子里了。经历了人生的大悲哀后，谢先生又开始了坚韧的生活。他是怎么度过那些悲哀的日子，怎么把悲伤清理储存到人生的经验库里，我不得而知，我只看到他的脸色从暗淡的灰色慢慢恢复到了亮色，他又开始写作，开会，接待各式各样的人。

## 三

谢先生越来越好玩了。这个表述有两层意思，一是他这个人越来越好(好，去声，喜欢)玩了，一是他这个人对于大家来说越来越好(好，三声，有意思)玩了。他自己好玩，就满世界飞着玩了，他在天空飞翔的时间越来越多了；他让大家觉得好玩，大家都喜欢跟他在一起，跟他一起玩，我们越来越把他当朋友，而不是一个老人，一个导师了。有一次去杭州开会，谢老师对大家宣布："会可开可不开，书可读可不读，谢老师的话可听可不听，杭州这么美的地方，大家要吃好玩好。"他喜欢杭州，我也喜欢杭州，我们对杭州的感觉惊人的相似，相约同跑西湖，听说谢先生已经跑了，我还没有开始自己的行动，真的希望能在烟花三月我们同跑在西子湖畔。

谢先生经常会说一些诸如此类惊世骇俗的话，他跟大家在一起总是快活的，他是快乐的中心点，我们围在他身边，吃喝玩乐。他带领大家喝酒，他的酒量大得让我们吃惊，"三中全会"在他面前齐开。他的食量也大得惊人，他对美食美酒的兴趣让人感到生命的无畏和盎然。有一次诗人骆英请他去香格里拉吃自助，他一气吃了十几只生蚝，骆英有些担心，劝他不要吃了，他说好吃，还要再吃。以后我在不同的场合听到骆英讲述这件事情，这个三次攀登珠峰的诗人好像讲着不可抵达的人生境界。

谢先生喜欢人生极致的东西，他喜欢动的不喜欢静的，所以他喜欢跑步而不喜欢太极。一些类似慢动作的活动，都很难引发他的兴趣，包括气功和瑜伽，包括垂钓和下棋，他喜欢快节奏的运动。喝咖啡他一定要放很多糖，吃月饼他一定不吃无糖的，他不喜欢"乏味"的人生。他从来不检查身体，不吃保健品，他顺应自己内在的感觉，他有一套自以为是的道理。他是一个人间趣味的享乐主义者，他自己说是悲观主义者，他以悲悯之心积极地应对人生的酸甜苦辣。

对于人世，他看得越来越通脱了，他对我说过，谢老师对学问越来越不自信了，但是对看人看世越来越自信了。他从来不看重自己的得失，他心知肚明，却又从容通达，喜乐无边。先生的爱玩、寻求快乐，看起来是他对人生的豪放态度，其实，他比我们这些学生要努力得多。我们经常读他刚刚写的文章感到自己的羞愧，每次会议他始终如一地写出发言稿，去年他主编的《中国新诗大系》出版，他像个孩子一样兴奋着，这是他多年的夙愿。但是，对于自己的"文集"他却荒疏着，我知道他是怕给我增加压力。两年前我们启动"谢冕编年文集"的编选工作，有一次路上遇到著名师兄韩毓海教授，问我"胡适文存"进行如何？("谢冕文集"被他篡改成"胡适文存"了)，我把这个笑话告诉了谢先生，谢先生大笑。于是"胡适文存"成了我们的暗语，我们用"胡适文存"来指代这件事情，语词的弹性和隐秘带给我们无限的快乐。每次要碰面讨论，我们就通知"胡适文存"要开会了，谢先生问编辑："胡适文存"大约多少字了？谢先生劝我："胡适文存"早出晚出无所谓，你不要过于焦虑。

我怎么能不着急呢？给三个老师出文集是中坤集团黄怒波师兄的美意。洪老师、孙老师的文集都出版了，只有谢冕先生的文集了，我心急如焚。谢先生劝慰我，让我把这件事作为一件好玩的事来做就是了。他这么一说，我们好像获得了某些神示，再大的事情再累的事情换位看就是好玩快乐的事情。谢老师早些的文章，用难以辨认的"谢冕体"写在日记本上，密密麻麻的，他的助手兼好友刘福春说：出版完《谢冕编年文集》，我们就出版"谢冕日记"。谢先生大笑："那要发生很大震动的。"谢老师从少年时期到现在一直坚持写日记，就像他几十年一直坚持跑步、洗冷水澡，他是一个坚韧的人，我们却从来看不到他的紧张，他把习惯变成自己美好而快乐的享受。

当然，我还是希望《谢冕编年文集》早点出版，我想，这也是谢先生自己内心的愿望，是所有热爱他的学生们的愿望。

高秀芹<br>2011年11月

第一辑

# 永远的校园

# 亚热带的花无声飘落

——我的童年

童年对于我既不快乐也不幸福，开始的感觉是日子很艰难，后来则隐隐地有了忧患。

福州城里有一座古宅，白墙青瓦，院落深深。母亲一袭白衣，把手浸在木盆里搓衣。整个的对母亲的印象，就是她在水井边不停地搓衣。

那宅院有许多树，亚热带的花无声地飘落，不知不觉地更换着季节，而我则不知不觉地长大。

听说这院子有狐仙，但我没有看见。一次发高烧，看见有矮人在墙头上走动，那些母亲和姐姐晾晒的衣服都变成了花花绿绿的鬼怪，很可怖。但那是热昏了的幻象，我终于没有看见狐仙。

到了30年代后半期，我长大一些了，便开始躲飞机、"跑反"——跑反在福州语里是逃难的意思。换一个房子，再换一个房子，目的是寻找安全。一直跑到了福州南台的程埔头——那是一个城乡结合地，以为会安全一些，殊不知那里依然没有安全。

那时外患已经深入国土。整个中国都在危难之中，何况个人命运，何况我这个本来就贫困的家！我不仅一再换房子，而且一再换学校。记不清是什么原因，也许是选择安全的可以躲避轰炸的角落，另外就是交不起昂贵的学费。梅坞小学、麦园小学、独青小学，最后是仓山中心小学——我如今还和这所小学的李兆雄老师和李仙根同学保持着联系——我终于艰难地读完了小学的课程。

正当我结束小学阶段即将开始中学生涯的时候，炮火终于燃到了这座滨海沿江的花园一般的城市。父亲失业，爷爷逃往内地，我断绝了一切经费来源。不仅交纳不起学费，战乱和沦亡的日子也不允许我升学。

我开始在田里捡稻穗，上山拾柴火，家里开始变卖和典当。30年代末到40

年代初，困苦和灾难漫长得如无边的暗夜。死亡线上的挣扎，加上家园沦丧之痛，造成我童年身心的重压。艰难也培养了我坚韧的性格。

我当时以为，苦难是与生俱来的。生命的核一开始就被无边的悲怆所包裹，因此我倾力于生命的自我完全，使之有坚强的力量冲破那一层厚厚的外壳。苦难是我童年生命的暗夜，我在这黑暗的囚室中锻炼并充溢生命的活力。除此之外，我别无他途可寻，我毫无外助之力。

那时，谈我缺乏营养还太奢侈，我缺乏能够维持生命的热量。半饥饿是我童年生活的常态，空心菜和晒干的番薯曾伴随我度过饥饿的岁月。在小学，那时也不是所有的孩子都贫困。春天里，同学们在老师的组织下都郊游去了，我因为没有零钱和像样的衣服而把自己关在家里。

我并不悲苦，我忍受贫穷给我的特殊恩泽——孤寂。我利用这样的机会读课外读物：唐诗、"五四"新文学作品还有报纸文艺副刊。那时我依靠自学能够完整地背诵白居易的《长恨歌》和《琵琶行》，也能够理解冰心的温情和巴金的激扬。我只能在精神上幻想属于我的丰满的童年——尽管在物质上我是那样的贫乏。

现实人生的遭遇催我早熟。我承认了命运对我的不公。我不幻想幸福，也不期待奇迹。我默默忍受那一切。我希望从自己的内心生发出击退厄运的力，我于是很早便拥有了独立精神。

环境的逼迫使我在幼年便有了时代的忧患感，我为民族苦难、社会动荡、家国衰危而激愤。这忧患本来不属于无邪天真的童年，但我在危亡时世面前却不幸地拥有了。

我头顶没有一片爱的天空，可是我幻想着去创造那一缕风、一片云。我因自己的不幸而思及他人，我要把同情和温暖给予那些和我一样受苦的人。现实的遭遇使我坚强。我抗争命运，并以不妥协的态度站在它面前——尽管我是那样的弱小。

我曾说过冰心教我爱、巴金教我反抗。是这两位文学大师为我的童年铸魂。他们的精神激励且陪伴我走过充满苦痛的坎坷的路途，以至鬓发斑白的今日。

1945 年，我 13 岁。那一年抗战胜利，在第二次世界大战结束的礼花影里，我告别了我的童年。

# 难忘的记忆

## ——我的中学时代

我相信我们那一代人的中学时代很少人不是在动荡中度过的。如今回想，仿佛整个生命陷入迷乱的星云中。时局的不宁、环境的多变、生计的困难，压迫着我们，使我们还没有真正开始生活，便对生活怀有畏惧心理。

我的家乡是福建省的福州市。那曾是一座南国风景佳好的花园城。闽江蜿蜒流过市区，市街两旁种植着白玉兰——那是北方看不到的一种高达数丈的开花的乔木。郁达夫曾经极口称赞过我的家乡："山间的草木一年中无枯着的时候，最奇怪的，是梅花开日，桃李也同时怒放；相思树、荔枝树、榕树、杜松之属，到处青翠欲滴，即在严冬，亦像是夏的样子。"[①]南国温暖的太阳，照射着常绿的四季，1932 年 1 月，我便诞生在这片美丽的山水中。

但陪伴我度过童年和少年时代的，却是一连串凄苦的日子。我整个小学阶段在抗战的炮火中度过，断断续续地换了好几个学校才念完。抗战胜利后，我进入了中学。在解放战争的炮火中度过了这一人生阶段。

我的中学母校是福州三一中学。这是一所外国人办的学校，收费甚高。那时社会不安定，通货膨胀严重，我父亲已失业多年，家境十分艰难。我每学期开学都为缴纳学费发愁。但我还是坚持念完初中并升入高中。我之所以能够如此，全靠两位最值得我感激的人的帮助。一位是我那时刚刚孀居的姐姐谢步韫，她以自己的积蓄，甚至变卖自己的婚饰供我学费；一位是我在仓山中心小学读书时的老师——李兆雄先生。他通过自己的影响，使我每学期都获得部分减免学费的优待。要是没有他们，以我当时的经济条件，是完全上不起这样的中学的。

---

①《闽游滴沥之二》。

我在上小学时便喜欢读书。进入中学又对文学发生了浓厚的兴趣，特别是诗和散文。在这方面，对我影响最深的是语文老师余钟藩先生和林仲铉先生，他们都是南京中央大学国文系的毕业生。林先生是替余先生代课才来到我们学校的，虽只短短一个学期，但我们之间的关系直至现在也一直保持着。他现在是福建师大的教授。余钟藩先生文学修养很深。他给我们讲《论语·侍坐章》，用接近古音的闽方言吟诵，如听典雅的古乐，如今回想，依然充满了激动。

我是从古典文学入手，然后接近现代文学的。进入初中我便读《水浒》、《红楼梦》等古典文学名著。那时我通过自学已能全文背诵白居易的《琵琶行》、《长恨歌》，而后，开始大量阅读新文学作品。从冰心的《寄小读者》、《南归》到巴金的“激流三部曲”，那时我也读过鲁迅的杂文，但不能理解他的精深博大。

文学不仅给我清贫困苦的生活增添了乐趣，而且陶冶了我的性情。可以说，新文学作家对我影响最大的是冰心和巴金。冰心教我爱，巴金教我反抗。他们的作品都以震撼心灵的人性的力量滋养了我。那时，我的生活十分艰难，物价飞涨，真如马凡陀诗中写的，是“这个世界倒了颠，万元钞票不值钱”。经济来源经常断绝，我们一家经常处于半饥饿状态。我和弟弟有时不得不去捡一些稻穗，砍一些柴火以渡难关。

但我钟爱文学如挚友。我节省父母给我的极可怜的一点零用钱买自己喜欢的刊物，如《中国新诗》、《诗创造》等。姐姐家住在福州城里，我住南台，相距甚远。但每到周末，我总步行进城到她那里取过时的报纸——因为报纸的副刊上有我热爱的文学。我那时买不起报纸。

对文学的兴趣使我忽视了其他功课，我不喜欢数学，虽然都能及格，但一直没得过高分。三一中学是英国教会办的学校，重视英文的程度超过本国语言。英文课在全部课程中是最重要的主课，占的时数最多。辅助这门主课的，尚有一系列课程，如单独开设的英文法、英练写、英会话、英作文等。三一的校歌是用英语演唱的。但那时我的全部兴趣都被文学夺去，加上对教会的反感，影响到我以近乎敌对的态度对待英语的学习和掌握。这种偏颇所造成的损失，直至今日我还在责备自己。在中学，我因为过早地专注于文学，使我的学业不能全面发展。我并不是班上成绩最优秀的学生。

我最喜欢的功课，除了本国语文之外，便是作文。那时的作文，大体都是余先生命题，间或也有自定题目的时候。遇到作文课，我兴奋得有如过节，往往借题发挥，当场把先生出的题目写成文学作品，有时是散文，有时则是小说——虽然是幼稚的小说。我第一次在报刊发表的作品《公园之秋》，便是课堂作文。这篇作文很短，我一气呵成，余先生给了 92 分，并写了“立意精新”之类的评语。我受到鼓舞，便偷偷地投给了福建当时最大的一家报纸（福建《中央日报》）的副刊。不几天，我到报栏看报，居然加上花边登了出来，这是 1948 年 11 月 26 日的事。这篇有点像散文诗的《公园之秋》全文是这样的——

黄昏，我走进公园。

我没有闲情来享受这绮丽的秋之景色！

枫叶红似榴花，我不想作一首华丽的赞美诗，我想，那是血；那是苦难大众的血迹；他们，这批可怜的被献祭的羔羊，被侮辱了，被宰割了，在黎明未降临之前，他们被黑夜之魔夺去了。血，斑斑地染在枫树叶子上。

小河呜咽着。

河畔的享乐者歌唱着。

我该作如何的心情呢？

唱吗？我不应该这样作；哭吗？又不合时宜。于是，我忍住泪，“心沉向苍茫的海了”。

秋风中飘零的枯叶，像纸币，红的，黄的，也有绿的……

风，像一把利刃，刺向人民的咽喉，哀呼一声，血流出来了，人民哭了，哭声恰像秋的风，飒飒地响。

忧郁的山啊！你皱着眉，屹立在对面，泉水潺潺地从山凹中流下来了，是孤独者的泪啊！

看！公园外，一片广漠的田地。绿色是大地母亲的胸脯；金色，是血汗付出的代价呀！是收获的季节了，原野上轻荡着稻草的清馨，菜畦上，农夫开始播种了，明天，又将是收获的季节了！

我的写作兴味受到了鼓舞，诗、散文，有时也试着写小说和文艺随笔。当时福州的几家主要报纸我都投稿。那时才十六七岁，胆子大，敢闯。我没有熟人，也不找那些编辑先生，但寄去的稿子大体都能发表。对那些默默地为我改稿子、发表像我这样一个中学生习作的编辑，我至今都怀着深深的谢意。可是，我不认识他们，也无从表示我的谢意。只有一位是例外，那便是当时在《福建时报》编

《詹言》副刊的郭风先生，他是当代著名的散文家和诗人。直到80年代我们相识了，提起旧事，他才知道当年的谢鱼梁①就是我。这益发加重了我对他的敬意。

1948年，我初中毕业，解放战争正在紧张地进行。国民党政治腐败，贪官污吏横行。国统区人民的生活十分痛苦，满街都是饿殍。我目睹这一切，加上自身的生活体会，产生了朦胧的反抗意识。我陆续参加一些学生的进步运动，以实际行动抗议国民党的倒行逆施。从一些同学老师那里，我阅读了从香港转入内地的解放区的作品，如《白毛女》、《白求恩大夫》等。这些书籍打开了我的眼界，给我以明显的革命的启蒙。

我继续写诗。这些诗多半是在课堂上写出来的。它们的总主题是歌颂光明、诅咒黑暗，艺术上则大多取法于具有现代倾向的诗作。渐渐的，诗风也趋向了朴实。1949年3月，在国民党的高压中，我在一家报纸上发表了《见解》。诗并不好，但思想倾向却鲜明：

泪是对仇恨的报复，
锁链会使暴徒叛变，
法律原是罪恶的渊薮，
冰封中有春来的信息。

黑夜后会不是黎明？
有人在冀企着春天！
历史的车轮永不后退，
寂然的火山孕有愤怒的火焰。

这时候，我已开始不大注重诗的艺术磋磨，我一心一意要通过诗呼喊出人民的声音。我当时诗的信仰，已鲜明地倾向于人民性的追求。在一首题为《诗》的诗中，我确认诗应当"呼喊出奴隶的声音/是被损害与被侮辱者的咆哮"。那时的一代人似乎都因饱经忧患而早熟，我在写这些诗、作这样思考的时候，才16岁多。

三一中学设小学部、初中部和高中部。本校初中生升入高中不用另行考试。我只在那里读到高中一年级。但就是这一年，我们从事了许多有意义的活动。

①作者使用的一个笔名。

我们进行了民主竞选学生自治会主席，还举办了读书会。高中一年级下半学期，解放战争的形势急转直下，人民解放军渡江后，上海迅即解放。这时，盘踞在我们内心的是如何以实际行动迎接福建的解放，我们对学习也不大专心了。

1949年8月17日福州解放。我们走上街头欢迎人民解放军。不久，一位解放军文艺工作队的干部来我们学校动员我们参军。当年8月29日，我就告别了母校和家庭，穿上了军装。来到部队，我仍然想念着哺育了我的那些报纸副刊，我满怀激情给《星闽日报》的《浩瀚》副刊，投寄了我中学时代的最后一篇稿子：《我走进了革命的行列》。在这篇散文中，我写道："我看见了无数的至今还在受难的人民，向着我，他们伸出了呼援的手，我看见了广漠的、至今还在兽蹄践踏下的土地在哭泣。呀！是的，我应当为他们献出我的血和汗。因为我向往于一个美丽的人民共和国，因为我向往于一个世界大国的人民的乐园，于是，我以激动的心情，张开了热情的两臂，向着广大的人民大众拥抱。"

上述那些话发表的时候，是1949年9月16日，距离中华人民共和国的成立大典，还有半个月。当然，另一个新学年也已开始了半个月了，但我已经结束了我的难忘的中学时代，尽管我才读完高中一年级。

我的中学时代充满了忧患与抗争。我几乎每一个学期都过得十分艰难，我不断地为筹交学费而奔波。因为时局的混乱和家境的贫寒，我那时也少有欢愉，唯一能够安慰我的，是对文学的兴趣和爱好。它是我不宁和暗淡生活中的一朵温馨的火花，凭着它我以我尚未成年的生命领略着人世的甘苦，它领着我追求崇高的人生价值，文学催我早熟。我那时知道，中国解放了，我们将生活在明朗的天宇之下，自由的土地之上，重新开始我们的中学生活。我也许会成为某一方面的专门人才。

但是，更有意义的生活在向我招手，我终于告别了我的母校和我的家庭。当然我选择的这条道路是更为艰难曲折的。它是充满了痛苦和随时都要准备做出牺牲的道路。我为它付出了比全部中学生活还要多的时间。换来的东西是宝贵的，那便是非常充实的为广大人民而工作的战斗的青春。

# 我的梦幻年代

那里有一座钟楼，钟定时敲响。那声音是温馨的、安详的，既抚慰我们，又召唤我们。不高的钟楼在那时的我看来，却是无比的巍峨。那感觉就像是五十年后我在泰晤士河上看伦敦的“大笨钟”一样。

那里还有一座教堂。镂花的玻璃折射着从窗外透进来的亚热带的阳光，那阳光也幻成了七彩的虹霓。那教堂是我既疏远又亲近的地方。那时我理智上并不喜欢这教堂，因为我不信神——到现在也不信。但是我内心却倾向了那种庄严、静谧，而且近于神秘的气氛。学校是教会办的，作为学生，无法拒绝学校规定的一些内容，例如我非常犯憷的“做礼拜”。我就是在这样“不情愿”的状态下，接近了英国式的学校和学校里的一切秩序。

这心情直到晚近，才有了一些改变。那年我从伦敦来到剑桥，从一块草坪上眺望那里的三一学院。我仿佛是见到了相隔万里之遥、而且又是阔别了半个世纪的福州母校！人们在拥有的时候往往不知珍惜，犹如人们常轻忽难得的相聚；而当别离成为事实，便有异常的惆怅，甚而悔咎，为自己当日的不知珍惜。那年我在徐志摩曾经美丽地吟咏过的、所钟情的“康桥”，浮起的便是这种往事不再的怅惘。

然而，当年我在福州，毕竟是太年轻了，总觉那当日的拥有便是长久，甚至永恒，没有如今追念往昔的这种沧桑之感。人本不应该嘲笑自己的童年，但的确，实在的，我的童年是多么可笑的无知！至少是此刻，我想起当年，想起那钟楼悠扬的钟声，那催人勤勉、催人上进、催人自强的钟声，不论晨昏，不论风雨，岁岁年年，及时而守恒，本身就是一种恒久的感人的精神！而我却不知珍爱。如今，这一切变得多么遥远，它正沉入了苍茫的梦境之中。我想从梦的深处把它追回，然而不能。

还有，还有，那座闪烁着梦幻般光华的、当年我并不喜欢的教堂。教堂里的风琴,圣洁的乐音,凛冽的寒气里温暖的平安夜,那是一种庄严的新生的通知。曾有几次,我重返校园,我寻找我梦境般的教堂,寻找风琴和平安夜,寻找七彩玻璃幻出的奇光,我失望,我什么也不曾找到。梦是不可重复的,丢失了的梦境已融进丢失的时间,又到哪里去寻找它呢?

40年代的青年人,一般都倾向激进,我尤其是,因为那时我非常贫穷。别人享有的童稚的欢乐,我没有。战争带来了父亲的失业和家庭的离散,朝不虑夕的生活对于我的童年,是一场望不到头的苦难。战乱和动荡,饿殍和伤残,贫穷给我的是早熟的忧患。我的心很自然地接近了社会的底层,同情弱者,悲悯挣扎在死亡线上的众生。我于是在黑夜呼唤黎明,其实我并不真知我呼唤的是什么;在孤独中我反抗黑暗,其实我也并不理解我反抗的内涵。

我因反抗现实而拒绝宗教,而宗教却以它的无形走进了我的内心。如今,我还记得当年要求背诵的一段《圣经》:"上帝爱世人,甚至将他的独生子赐给他们,叫信他的人,不致灭亡,反得永生。"数十年后,我依然记得这些词语,虽然我已忘了它是福音书的哪一章或哪一节。

那时我做着文学梦。我发现文学这东西很奇妙,它能够装容我们所感、所思,不论是爱,不论是恨,不论是失望,还是憧憬。我心中有的,在孤寂之中无从倾诉的,文学如多情的朋友,能够倾诉并给我抚慰。我的人生遗憾,我对社会不公的愤激,我对真理和正义的祈求,都在我那幼稚的笔端自由地流淌。现实生活的缺陷,我从文学中得到补偿,文学启发我的想象力和生活的信念。

大概是初中三年级的时候,我把一篇得到老师好评的作文(这位老师也许现在正微笑着阅读我的这篇回忆的文章,他毕业于那时的南京"中央大学"国文系,也是三一学校的校友,他是我的文学启蒙老师。我的这篇文章是献给母校的,也是献给他的),偷偷地寄给在福州出版的《中央日报》,文章被加上了花边,发表了。这个开端鼓舞了我,却也"危害"了我。

从那时起,我迷恋上了文学。为这种迷恋,我付出了代价。也就是从那时起,我便偏离了作为知识基础的中学课程,偏离了学业的全面发展。我在课堂上写诗,而此时也许是在讲物理,也许是在讲化学。我既不喜欢物理,也不喜欢化学,我只迷恋这文学、这诗。我的这个母校,那时拥有许多从优秀的大学培养出来的第一流的教师,这些教师到了50年代,都先后到高等学校任教。这个学校也有第一流的学生。英国式的淘汰制度,使学生对学业不敢有丝毫的怠惰。从这里走出了摘取数学王冠的人,他是世界性的数学大师。而我作为他的同学(我们相差一个年级,他初二,我初三)数学实际水平仅仅是小学三年级!

这个学校是英国人办的，延续了正统的英国教育方式。英文在这里几乎是第一语言，它在教学中的分量甚至超过了作为母语的中文（这当然是畸形的，我没有赞成之意）。我们用的英文文法课本，也正是英国中学的课本，其中找不到一个汉字。从英语会话，英语练写，到英文作文，都有专门的课时和教师，有着全面而严格的要求和训练。可是，我如同“反抗”教会那样，也“反抗”了英语！这种反抗的结果，当然是我失去了掌握英语的非常可贵的机会。我相信在现今的中国，无论是什么城市，能够拥有这样优越的英语师资和教学条件的中学如我的三一母校的，是找不到了，而我却轻易地放弃了它！

直到现在，我旅行在世界别的地方，我还是凭借着当年母校老师教给我，而又被我“拒绝”之后“幸存”的这几个单词和那几个残句。不然的话，在那些让人眼花缭乱的航空港，或是在乱花迷眼的异乡街头，我就真的成了聋哑。人的一生有很多遗憾，我的诸多遗憾之中就有如上叙述的这些内容：因为兴趣而偏离学业的基础——小学三年级的数学水平和“拒绝”英语！我不想嘲笑自己少年时代的幼稚，然而，我的确为自己的无知和轻率羞愧至今。

现在我自己也变成了老师，我多次把这些遗憾真诚地告诉我的学生。我从自己的痛苦体验出发，告诉他们不要幼稚地“拒绝”自己的不知或未知。例如不要在繁重的功课中“拒绝”学校规定的第一外语和第二外语。我的学生大都是学文学的，我还告诉他们当老师开列一串长长的书单时，不要轻率地“拒绝”阅读，那个书单背后的道理很多是你当时并不了解、而确实是经验和智慧的凝聚。你的拒绝便意味着失去。

我的母校坐落在闽江蜿蜒流过，充满欧陆风情的南台岛。三角梅攀延的院落时闻钢琴的叮咚声，芳草如茵的跑马场，是少年嬉戏的场所，那里有秀丽的柠檬桉挺立于清澈的溪边。后来，这一切都连同岁月的流逝而消失了。唯有校园里夹岸的樟树依旧翠绿。那林荫尽头依然站立着当年的钟楼，钟声依旧。如同往昔那样，提醒人们珍惜那易于消失的一切。

那树下曾经匆匆走过一位苦闷而早熟的少年人，如今他走向了遥远的地方，而把他的感激（为这座校园的美丽和温馨）和遗憾（为自己的幼稚和无知）的心，永远地留在了这里。

1996 年 7 月 31 日大雨之中匆匆于北京畅春园

# 流向远方的水

## 苦难的给予

那是梦境。当我捕捉那梦境中的一切，一切都似在雾霭之中。它飘浮，如一缕飞烟，如一抹远山的轻岚。我只记得闽江似从心间流过，它轻轻拍打两岸的丛林，那里有无尽绵延着的幽幽竹林、芭蕉和橄榄树。即使伴随着苦涩的童年，我不得不承认，故乡依然非常迷人，那里生长着我不绝的亚热带情思。

谢姓在福州不是大族，我们的远祖该向何处溯源，有说是从中原迁来的，大约可以追及南北朝，也许是一种攀附。“旧时王谢堂前燕，飞入寻常百姓家。”虽然如今的衰落让人凄迷，但昔日的繁华毕竟可聊慰那种失落的空寞。记得儿时节庆时，家中总挂灯笼，上面写着“宝树堂谢”。去年拜谒谢冰心先生，我们认了同乡。她说她那个谢家也是“宝树堂”，可见我们可能还是同宗呢！“宝树”一词见王勃文：“非谢家之宝树，接孟氏之芳邻。”

祖宗的繁华梦并不能冲淡我的贫困潦倒的感受。在我的记忆中，童年几乎就是灾难。父亲早年失业，母亲是不识字的家庭妇女。多子女又无固定职业的家庭，且又居住在城市，可想有多么艰难！太平时世尚可，童年时恰逢抗战，战乱中，家中杂物典当殆尽，朝不虑夕，时为饥困所迫。我以幼弱之躯砍柴，拾稻穗以及做苦力——无尽的劳苦，加上“书香门第”的虚荣，身心承受双重的压力。

但这个家庭无论如何都要让子女上学。对我来说，缴不起学费的求学，简直是痛苦深渊的挣扎。幸好小学时期认识了一位充满爱心的老师——李兆雄先生。李先生出身于基督教家庭，不知是出于博爱还是因为我有什么特别令他关怜之处，依赖他的社会关系，我得以减免学费的优惠进入了福州一所英国人办的学校——三一中学。在这所充满贵族情调的学校里，我终于找到了一张课桌。

但即使如此,我还是交不出未减免的那一部分学费,这就引出使我感激终生的另一个人来,那就是我的姐姐谢步韫。姐姐命运凄苦,结婚不到一年,姐夫便去世。她变卖婚前首饰供我上学。她是无言的,但我却获得无言的力量。

我的中学生活一直在困厄和挣扎中度过。童年到少年时代的少欢愉多忧患,使我对社会的不公有了真切的感受。文学是我生命的启蒙,从冰心的博爱到巴金的反抗,在我几乎就是一步步的跨越。我感谢这两位大师给我的心灵的滋润。由于他们互相补充的给予,我自觉我的情感和心理的构成是完整的。我的幼年的心灵几乎为《寄小读者》那样清丽的温馨所充填。到了中学时代,我已经不仅会爱,而且也学会了憎恨。从《灭亡》到《新生》,更从"激流三部曲"那些朦胧的追求中我获得了力量。我把巴金那种热情倾注于对于旧社会的反抗:为失业、为饥饿、为不民主,也为内战。1948 到 1949 年之交,我的思想相当激烈。我热情投身于学生运动,组织读书会,为此受到校方的警告。我如同当年那些热血青年一样,把个人无出路的悲哀和社会改造的愿望结合在一起。我迫不及待地要求摆脱此种困境,恰好这时家乡福州开进了人民解放军。

1949 年 8 月,这座海滨城市正蒸腾着难耐的暑热。我不是没有看到双亲的泪水,但我的确别无他择。投身军旅是当年所能寻求的唯一出路,这恰好也为我当年反抗的激情找到了宣泄口。此后经历的是另一番生活的磨难。少年的热情很快地冷却下来,知识分子渴望的内心自由与军队的纪律约束成为不曾停息的内心矛盾的风暴,它制造着无尽的烦忧。当然还有泥泞中的负重行进,生与死的无情搏斗,海岛潮湿坑道中的午夜的汗水。记得进驻海岛的那些最初的时日,遍地的新坟和猪圈边的侧身而卧是怎样地给我的内心以震撼。

就这样,我迎到了人生的青春期。这个青春期对我来说和童年是一样的艰难。一方面是对于艰难困苦和勇敢顽强的性格潜能的大发挥,一方面又是对于自由狂放以及创造想象的大压抑。最使人难忘的是青年时代的灵魂的自我约束,以及对于恶劣环境的适应能力。我承认,正是这种经历给了我以外人几乎难以觉察的坚定、耐忍和决断。因此,我不仅相信磨难和困苦对人的品格形成的推进力,而且愿意相信这种环境对于青年时代甚至是一种必要。

在以后的岁月中,我每当身处逆境,总觉冥冥之中有一种神助,其实那就是青年时代的困苦的磨砺所给予的力量。生活教会了我,人活着想要做点事离不开自信心,这种自信心靠艰难困苦中不屈不挠的坚持和战胜来维系。因此,生命需要苦难。先哲说过,人是芦苇,是指它的脆弱而言。既是芦苇,那就格外地需要风；只有置身风中，它才不致被风所折。

## 两次庄严的选择

这一生大概只能有这两次选择，就其具有庄严感而言。前一次是前面提到的“投笔从戎”。一种置身苦难而充满神圣感的选择，那行为受到中国社会大转折的鼓舞，又为青年时期的憧憬和追求的激情所支配。也许从一个历史的大角度来看，那当初的一切激动人心的动机会变得衰微。但对个人而言，从中受到的益处却是不具形的强大。那是一种以青春为代价而换取的价值，它使我毕生受用不尽。这是一种迄今为止由于各种机缘而选择了军人为职业的那些人所共同拥有的，把生命置于一种经常的危急状态，从而能够最大限度地体验生的局限和死的必然的一种机会。它无疑能够最大限度地增强生命的坚韧性和神圣感。我做出那一次抉择的可纪念的时间是：1949 年 8 月 29 日——那一天，一个 17 岁的中学生走向了人生血火考验的新路。

仿佛是与生命的奥秘相扭结，8 月 29 日对我来说，是一个暗示着生命产生转变契机的密码。有趣的是，另一个庄严的选择我也选中了那个数字。1955 年我被北京大学中文系录取。从福州乘轮船溯流而上，至南平，改乘卡车过分水岭，一路在火车汽笛的呼啸中于 8 月 29 日来到北京。那时有就业的机会，但我放弃了。那是 1955 年的 5 月，我领取了 300 元复员金回到老家福州。为报答父母，我交给母亲 100 元，用 100 元买了一只手表，100 元留以备用。那时我受到一种神秘的启示，陌生的远方在向我招手。北京以它的深刻和深厚吸引着这个当时 23 岁的青年人的目光。当我提笔在大学报名单上填写志愿时，我以极大的坚定驳回了同伴的犹豫，无可选择地填写了北京大学的各种专业。结果我和他均以第一志愿被北京大学中文系录取。

关于北大校园的那些记忆，我已写了专文《永远的校园》。在那里，我倾注了我对这个古老学校的情感，以及我对那个特殊年代的特殊情怀。在这篇记述中，我依然不能写出那种欢乐与痛苦、单纯与复杂、无愧与忏悔交织在一起的心境。我只能笼统地说，作为与这个社会共同成长的青年，他的幸与不幸，他的长处和局限都与那个社会高度地认同。

我仍然只是在选择命题下谈属于我的那个时代。中学时代我并非一个好的学生，原因是我只凭个人的兴趣，片面地发展我的学业。三一中学是一所完全按照英国模式办的学校，这个学校当年师资力量很是强大。有国学基础相当深厚的老先生，也有新式大学受到现代科学培养出来的一批很有实力的大学生，例如我当年的语文老师余钟藩先生（他和钱谷融先生是同班同学）便是当年“中央大学”国文系的毕业生。那个学校的老师都来自名牌大学。这里需要特别提到的是这个学校对于英语的重视，这种重视远远超过了本国的母语。记得从初中进入高中，学校每个学期为我们开设的英语课，除了综合的英语之外，还有按照各种专门训练设立的分类课程，如英文法、英练写、英会话、英作文等。从初中开始，我们使用的文法课本便是英国中学采用的课本，其中没有一个中文字。

这当然是畸形的，但是数十年后，我回想起来，深深痛恨自己没有利用那样的条件学好英语。当年我的反抗意识十分强烈，反抗社会、反抗强权，也反抗教会。反抗教会不仅反抗礼拜活动和“查经班”——一种集体阅读《圣经》的方式，而且也反抗英语——我认为那种语言代表文化侵略。

问题不仅仅如上面提到的，问题还在于我因为对文学的迷狂（特别是对诗的迷狂）而在中学时代就放弃了全面打基础和全面发展的意愿。我对数、理、化全无兴趣，史、地、生物似乎还可以，但数学和化学公式却真正令我头疼。那个学校采取了严格的淘汰制——这大概也是从英国照搬过来的。全年级按考试成绩分甲、乙、丙班，每班又按考试成绩安排学生座位，成绩第一名的坐第一位，依此类推。各个学期按期末考试成绩调整班次和座次，而后，淘汰成绩差的让其留级或勒令转学。到毕业时，往往在百余人中剩下三五十人。我的中学成绩都是甲班，但最高的座次是十名到二十名之间，我没有进入过前十名，因为我的发展不全面，是畸形的。

文学益我，文学也害我。我读郭沫若和新月派诸人的诗比对什么都感兴味，读多了就学着写。那时有一批趣味相投的同学，各自写了互相传看，后来发展到在课堂上写诗，私下酬和。这样当然就影响了其他的学业。时至今日，我对数字的绝对无知和无记忆，便是文学和诗的贻误。学业的偏废造成知识的不全面，如今想来，是悔之不及的。

前一次选择，冲破了我的文学梦。那些年有很长时间因痛苦而辍笔。军队复员和考取北京大学，无形中把少年时代的钟情于文学的线加以接续。选择北京，选择北大，也就是重新选择文学。这是人生途中的另一个庄严的选择。

数十年来，中国社会动荡不安，我随这个社会由少年、青年并过完中年期，也充满动荡不安。尽管如此，我反顾来路，仍要深深感谢给我人生以重大影响的这两所学校：福州三一中学和北京大学。

这两所学校给予我的，主要还非学业，还在精神。少年时代反抗教会，只是表面的现象，基督教教义中的博爱精神却无形地浸润了我。我自省从我反对的基督教所受的影响其实更甚于父母信奉的佛教对我的影响。我不相信轮回，更相信现世的爱心和平等精神。这些影响后来与文学和哲学中的人性、人道精神结合而成为一种入世和治学的潜在"思想核"。

至于北大，它给我的是民族忧患的心理遗传和中国现代知识分子的使命感。从蔡元培到马寅初，其间有着一长串闪光的名字，我为能置身于他们生活的环境和氛围而庆幸。北大高扬的科学民主精神以及它对社会改造的参与意识，使它的每一个成员都感受到无所不在的思想渗透力。

幼年时代对文学的向往仅仅是由于兴趣，进入北大之后我才有了学术生涯的自觉。是北大使我坚定了对文学的皈依感。论及我作为学者的生活经历，有一事必须提及，即我较早自觉而冷静地否定了我成为作家的可能性。我把诗看得很崇高，诗人在世界面前必须是无保留的。诗人不是训导者，诗人只是他自己。诗人的方式是用人格告诉世界，而不是其他。在我生活的那个新的年代，我模糊地感到了气氛已经失常，一种环境的自觉和才华的自审，使我放弃了创作。

北大是燃起我学术研究兴趣的地方。我和我的学友们有过"大跃进"的狂热，批判资产阶级的狂热，"集体科研"的狂热。这种狂热是反常的。但我们却从这种反常的狂热中超常地得到了独立读书和工作的训练。北京大学中文系1955级以集体编写"红皮文学史"著称，我是该书的编委之一。如今抚摸那最初两卷70万字后来扩展为四卷120万字的著作，我们为当年的粗疏、片面和狂妄而羞愧。我们也为当年的无畏和热情的奉献而自慰——我们的青春在扭曲的时代虽受到了扭曲又不曾虚度。我和学友们同处的1955级是一个带有深刻时代印痕的特异文化现象。作为当事人，我们如今均已告别了中年时代，我们有足够的人生阅历来冷静地思考那一切——它的长处和短处，它的给予和剥夺。

从1955年起，我作为普通的文科大学生入学，五年学业结束，1960年留任助教，历经讲师、副教授，如今成为教授，我把有生之涯的大部分都奉献给了燕园这一方圣地。这一选择几乎是永远的，今后也难有什么"大的"变动。我感到我的一切正渐渐地与北大的传统精神相融合。我已成为北大不可剥离的一部分。

一个人的一生能够与一种长恒的精神存在互渗，并能在一个大的存在中确认自身的价值，这种幸运并非人人所能拥有。因此，我以艰辛的代价换取的是人间少有的幸运感。

## 暴风从生命的窗口吹过

生命选择风暴，并非生命的情愿。清醒的生命知道风暴的不可避免，于是选择了它。这对于中国人，尤其对于中国的知识者，情况就更是如此。置身于中国这个环境中而不认识并不承认风暴的，是蒙昧者。也许正是因此，明智和清醒的生命的芦苇，有了坚质。

究竟从什么时候开始，我们的社会生活特别是精神生活变得越来越不正常？它是一个人的云团，是无从深究的。反正我们拥有了苦难，这是唯一可以把握的存在。是无休止的人为的斗争和倾轧造成了大灾难，在思想文化和文学艺术领域，这种灾难具体化为一个又一个的批判运动，人们的精力和才智都在这种无情的劫难中丧失殆尽。那个被称为“文化大革命”的大动乱，它为中国争得的是在全世界面前的自我凌辱！对比之下，其对于个人的损害，毕竟是相当微小的。

我从情感上不愿触及那一幕其大无比、其长无比的丑剧。但我却从这一巨大社会悲剧的大背景中找到了我的学术活动的出发点。我目睹中国文学如何从丰富而自在的生存状态中被窒息而失去自由。我深知一代又一代的中国作家如何在严酷的环境中人格和创造力不知不觉地遭至萎缩。历史的灾难给了我历史的眼光。我改变了 60 年代初期那种在一个作品中寻找一点属于自己的艺术见地的学术视角，我开始把对于诗和文学的考察放置在文化摧残和文化重构，放置在社会的正常生态的修复和建设的大视野之中。我深知一个已成定势的文学观点和文学思维有着为数众多的卫道者，我深知这是一个力量极为巨大的固化的存在，但我选择了秩序的反抗而不选择秩序的维护。

我知道诗在中国文艺史上的特殊地位。我希望通过诗的一角揭示中国文学的倾斜。我特别关注于寻求一种可能打破当代中国文学所产生的全面的“硬化”现象。我从社会和文学噩梦中醒来，我心中暗暗祈求一种对已经形成的文学大一统恒定秩序的冲破的机会。

1978 年下半年，中国社会开始一种新的萌动。整个社会弥漫着一种思想解放的氛围。北京街头出现了一份叫做《今天》的民办文学杂志，里边的诗歌以陌生的艺术方式让人震惊。我认识了一些同样是陌生的名字:北岛、芒克、食指以及其他一些人,我认为我看到了中国文艺变革的先兆。

1980 年 4 月,我参与筹办的后来被称为南宁会议的全国当代诗歌讨论会。我在会上发表了一篇题为《新诗的进步》的讲演,我批评了对于敢向"传统"挑战、写不拘一格的诗的歧视;我提出宽容和竞争的观念。在那次会上我呼吁:"编辑部和批评家不应该制定不成文之法,编辑部和批评家也不应该对不同风格流派的诗歌怀有偏见。"这些话的局限在于把原因归结在"编辑部和批评家",其实,编辑部和批评家的行为都听从于更大范围的思维惯性,而这几乎是无可变易的一种惯性。我预感到新诗的走向进步"还要走一段艰难的历程"。后来所发生的一切证实了我的预感。

1980 年 5 月回到北京,我应《光明日报》之约写了短文《在新的崛起面前》,并于 5 月 7 日刊出。这篇文章产生的巨大反响是我始料不及的,我因了这篇文章而成为有争议的人物也出乎我的意料。1983 年,在一次来势凶猛的运动中,我以及写其他两篇同样以"崛起"命题的文章的朋友,被综合为"三崛起"作为内容纳入了那个"清除"运动。这一事件以及那以后发生的一切事件,再一次惊动了渴望摆脱骚动而获得安宁生活的普通中国人。作为一个知识分子,由中国人的这一处境而联想到近百年来中国先进知识界争取民族复兴和社会进步而换来的一切悲剧是自然而然的。那些悲剧无一例外地都在重复。

"文革"动乱结束,我们的反思是浅层次的。我们简单地把一个空前的历史动乱的发生委过于几个卑鄙的政客。当风暴从窗口一次又一次呼啸而过,我们听到了中国历史的哀吟。这黄土地的悲哀和它的土层一样深厚,这黄土地的积重也如此!作为一个知识者,我们所遭遇和遭受的也决非属于个人。苦难降临时刻,当我预感到即使是对于文学这一个角落的自由思考也将成为禁地,浮起的不是属于个人而是属于中国的沉哀。

所幸中国社会并不因这些干扰而真的倒退。

中国这个古老而顽强的巨人终于听到了世界的召唤。它已经感到即使承担风险也要蹒跚着前行。这种醒觉对于酷喜黑暗和愚昧的人来说绝非福音。我们也就是在这样微妙的拉锯状态和各种力量际会的空隙中寻找艺术一隅的通往自由的可能性。

就我个人而言,我的学术生命真正开始于这一痛苦的时刻,中国社会由于变革而经历阵痛,也就是我个人在寻求学术自由的途中所经历的阵痛。毕竟应当感谢的是这样一个走到世界视野中的开放社会，是它给予我们个人以前所未有的创造和思考的机缘。我把自1980年以来的十余本编著、一百余万字文字看做是社会进步的赠与。应该感激的是从窗口卷过的那一阵阵风暴。它对于灵魂是一番无情的磨砺，它让人警惕，也让人勇敢，从而使人有充分的准备去迎接时势的艰危。

## 生命的感悟

生命是一道流向远方的水，对于以往的遗憾我不愿叹息。我愿这小水流是鲜活而不腐的。它只知一径地向着前面流去，并不湍急，也不浩大。我知道它有停止流动的一天，但它只知流动。我不相信伟大或不朽，我只知道作为平等的人，他对历史的尽责。少年壮志，青春狂傲，于我都成了昨日。生而有涯，但愿生而无愧。我期望着推迟衰老的到来。对于令人羡慕的青春，我喜爱“20岁的教授”的称呼；对于同样令人羡慕的对传统和习惯势力的反叛，我甚至欣赏“老顽童”这一谑称的发明者，我不崇拜青年，但我崇拜青春的热火。长沟流月，寂然无声，但流向远处的水希望有不竭的后续。云雀在歌唱中抛出的弧线，雨后天际那稍瞬即逝的虹彩，还有秋夜匆匆划过银河的流星，作为过程都是美丽的。它们留下的是记忆，记忆中有那么一道匆匆的抛物线。它们抛掷过，而后它们消失。

1988年7月于北京大学蔚秀园

# 初进燕园

燕园的第一夜是迷蒙的。只记得那日午夜时分，奔走了三个日夜的火车在前门车站停住了。下车，出站，便有北大的老师和同学在接我们。迷迷糊糊地上了车，迷迷糊糊地行进在去北大的西郊路上。夜很深，周围很宁静，这城市像在做梦。车子开进了校园，我已不记得那是哪一个校门了，只觉得是开进了一座密林之中。路是弯曲的，弯曲的路两旁全是树。树被街灯照着，也是迷迷糊糊的。后来，车在一座宫殿式的大楼前停住了，人似乎也从梦中醒来，惊讶地望着周围的一切，竟觉得是进了一个公园。

燕园到了，我开始了北大的第一个夜晚。这座宫殿式的大楼是第一体育馆，这是我们进校后的第一个住处。院系调整之后，学校扩大招生，原有西郊燕京大学旧园，虽然新建了好多办公楼和宿舍，还是不能满足需要。这一年新生到校，宿舍调整不过来，只好在体育馆和地学楼等处临时设点，安置新生。这在学校是权宜之计，在我们却已是非常满意了：能到北京，能进北京大学，能在北大有一个安身的床位，当日有的，就是发自内心的幸福感。

第一体育馆位于未名湖东岸，是燕大旧有的一座巍峨的建筑。当年设计燕园的建筑师很有眼光，他把整座燕京大学建成中国古典园林的样子，建成了和周围的三山五园皇家园林统一的风格，从而融在了一起。这座“一体”（我们对第一体育馆的简称）也是如此，歇山式的大屋顶，灰瓦，红柱，白墙，是典雅而庄严的皇家气象。

我是八月下旬从家乡福州出发，一路上先是轮船，而后敞篷车，辗转至江西上饶，坐上火车，折腾了差不多一周的时间才到的北大。到京时，已感到了秋凉——那时的天气比现在要冷得早。但住进了一体，躺在那临时安置的双层木床，就有一种温暖踏实的到家的感觉。从这一夜开始，先是上学，后来工作，我在燕园一住就是半个多世纪，再也没动窝，这是始料不及的。这是缘分，更是天意！

当学生的五年中，住处先后换过几次。一体之后，好像还住过小膳厅。也是双层的木床，木床一个挨一个地排满了整座大厅。后来有了正式的宿舍，那就是十三斋——北大当年沿袭了燕京大学的习惯，宿舍称斋：德斋、才斋、均斋、备斋、体斋、健斋、全斋。新盖的楼也叫斋，那就没有当时那般的雅致了，按数字排列：一斋、二斋……我们住的是十三斋，还是上下铺。以斋名楼的习惯，一直延续到"文革"，"文革"开始，大概以为这种叫法不革命，通通改叫"楼"了。连同"德、才、均、备、体、健、全"，也一律以数字排名，叫红一楼、红二楼……

学校给我们配了个校工，我们喊他老宋。老宋当年大约四十光景，秃头，性格幽默开朗。老宋的工作是给我们送信件、清理卫生。平时守门，冬天管拾掇炉子。我们和老宋结下了亲密的友谊，他叫得出全斋数十人的所有名字，包括我们各人的性格脾气。后来我留校工作了，还时有往来。

大学一年级是在十三斋度过的。在这里我度过了入京后的第一个新年和春节。温暖而热闹的十三斋，建筑简陋，房间割断，但上方不封顶，各个房间声息相通。但是我们几个班级相处得很好，能够互相体谅，是一个集体大家庭。在十三斋期间，我们听了游国恩、王力、魏建功、高名凯、朱德熙、朱家玉等各位先生的课，开始接受这些学术权威最初的启蒙。

大学一年级，我在老同学的引荐下参加了北大诗社，认识了张元勋、沈泽宜、李任、马嘶、杜文堂、林昭等诗友。这些人中，有些又是后来《红楼》编辑部的同事。当我们在北大开始新生活的时候，正是国内政治形势活跃和松动的时候，"百花时代"给了我们以梦想，我们雄心勃勃地响应号召，向科学进军，争当先进班、三好生，体育要过劳卫制的等级，等等。那是一个春光明媚的年代。

从秋天到冬天，大学生活的第一个学期结束了。留在记忆中的趣事也不少，记得初开学，魏建功先生给我们讲音韵学，他找不到教室，迟到了几分钟。当他气喘吁吁地来到教室，第一句话便是："你们不要以为这是我的常态……"他的"常态"引发了我们善意的笑。后来我自己当了教师，知道要守时，是从我们的前辈那里学的。

冬天是期末考试的季节。那时北大是以苏联、以莫斯科大学为榜样，处处学习他们的做法，实行副博士制，实行五分制，以及口头考试制，等等。印象最深的是口头考试，现在回想起当年高名凯先生的《普通语言学概论》学期考试，还心有余悸，简直太可怕了——一间单独的屋子，一张铺着白布的桌子，高先生正襟危坐，我是考生，坐在他的对面，我们一对一。先是抽题，那天我抽的是"试论语言与思维的关系"，在关键之处我讲不清楚，高先生一直启发我。我出了一身汗。

我知道，那五分是勉强给的。

我在中学学的是英语，因为一边倒地学习前苏联，大一开始就统一地改学俄语。一个学期下来，居然也得了五分。俄语学了几年，几位俄语老师，姚学吾老师后来成了朋友，还有漂亮的金景淑老师，她是朝鲜族，我们都喜欢她，后来她去韩国定居，我们一直很惆怅。我的俄语成绩不错，都是五分，可是事过境迁，现在连字母都忘得干干净净了。倒是中学时学的英语，现在也还记得几个单词。

除夕钟声在大饭厅响起来了，我度过了来北大的第一个年头。那个夜晚我们在大饭厅彻夜狂欢，跳舞直至深夜。为了迎接新的一年，我还写了一首诗：《一九五六年骑着骏马飞奔而来》——

在北京大学的未名湖畔
我也听见一九五六年的脚步在响
虽然冰霜封冻着大地
可是我的心却燃烧得发烫

祖国的每一天都不平凡
新来的年度又是这样的充满阳光
我要不虚度每一个有意义的时日
像勤劳的工人农民那样

这是意气如虹的年代，我们青春年少，不知忧患，唯有憧憬，我们享受着暴风雨到来之前的那一片春光灿烂。时间无情，此后不到一年光景，诗社散了，《红楼》解体，上面提到的我的那些诗友，纷纷遭了厄运，他们经历了无边的苦难。我也沉重地告别了给我欢乐、也给我忧伤的岁月。

2007年12月12日于北京昌平北七家村

# 多情最是此湖水

记得当年，天边那浅浅淡淡的烟云，那远远近近的霜雪，渐渐地都消失在岁月的尘埃之中了。那是一个明霞满天、歌吹遍野的年代。庄严的、郑重的生活召唤着一代青年的热情。我也是那个准备时刻投身于为建设新生活的、无限长的队伍中的一个。那正是激情似火、意气如虹的人生。青春做伴，偕侣北游，负笈京师。我终于选定了燕园的这一片土地。曾自喻是蒲公英的一粒种子，被命运女神的兰心蕙口轻轻一吹，不经意地掉在湖边那片草地上。自此落地生根，入定于这一片塔影婆娑、柳丝摇曳的名园。

迁至北京西郊的北大，依然承袭了老北大的文脉气韵。红楼笙箫，汉园弦颂，广场悲歌，长街呐喊，依然随处可见北大精神的延续。北大建校于戊戌维新，历经国难，视野自是高远，襟怀自是阔大。莘莘学子，每怀宏愿：天下兴亡，社会盛衰，人心今古，世事浮沉，未敢一日或忘于心。强国新民，科学民主，思想自由，兼收并蓄，依然是北大立校的根本。蔡元培首倡自由独立的思想精神，宏大精博的学术品格，自此在中国树立起第一所融学术与思想于一体的、综合性的新型大学的形象。

北大是五四运动的发祥地，又是中国新文化运动和新文学革命的摇篮。也许只有北大，能够如此智慧地把挽救国难的激情最后转移到伟大的文化重建上面来。五四运动中，不仅有走在队伍前面的北大师生，更有以《新青年》为基地的关于重铸国运民魂的思考以及参与的激情。红楼的庄严雄伟始终是北大精神的象征。红楼始终站立在北人人的心中。即使是迁了校址之后，在20世纪50年代，我们仍然以《红楼》命名北大的文学期刊。这是我们永存心中的纪念。

但北大毕竟是青年学子汇聚之地，青春以它自有的方式在这里运行不息。北大不仅是庄严的和深邃的，北大却又是浪漫的和轻松的。北大始终代表着中国的青春和活力，代表着不竭燃烧着的生命之火，以及伴随着生命之展开的那些奇特的、充满灵气的思想。北大人的创造激情和浪漫情怀期待着一种表达。青春焕发的年代给予了北大一个诗意的燕园——燕园里一个更为诗意的、始终找不到一个更为合适的名字的湖，这就是闻名遐迩的未名湖。

未名湖是镶嵌在燕园中的一颗绿宝石。环湖垂柳，柳荫小径，塔影婆娑，波光潋滟。月下观湖，静若惺忪着睡眼的处子，微风花影，则是一杯轻漾的春醪。这湖这水，给紧张的大学生活平添了温柔的诗意的情趣。但即使是这样的优美的环境，也没能隔绝北大师生与外界风云的心灵的联结。

北大的生活是多姿多彩的，也是那个年代，校园里日日夜夜鼓涌着关于中国的前途与命运的思考。深层的反思，锐意的质疑，涉及的都是当日国家生活和意识形态中的前沿问题。那是一个春意阑珊的季节，校园里夜以继日的辩论在进行。激昂的讲演，热烈的争论，从大饭厅到三角地，一夜间贴满了五彩缤纷的大字报——那是一篇篇对于蒙昧和专权的批判，那是一声声对于民主和正义的召唤。一株又一株的“毒草”，坦然的、无畏的，然而又是天真的和稚嫩的，向着惯性的思维发出尖锐的挑战。

当然，那一场民主运动最后以巨大的历史悲剧的形式宣告流产。一个充满时代精神的前卫性的思想解放的意愿，最终以众多的思想者付出沉重的代价而结束。它给中国现代史留下了一道永难弥合的流血的伤口。20世纪中叶是中国的多事之秋，紧接着对所谓的“右派进攻”的整肃而来的，是一阵紧似一阵的“共产风”和“大跃进”的狂热，是一浪高过一浪的“大批判”和“阶级斗争”的狂涛。如此这般，直至长达十年之久的“文革”大动乱。北大站立在风雨中，扮演着种种引人注目的角色。北大站在风浪的前列，起着种种别人起不到的独特的作用。这其中，更多的是引导时代前行的、有时则是反向的、甚至是让北大人蒙羞的作用。

但北大毕竟是北大，经历了时代的大动荡，见证了历史的大创伤，它依然挺立着，依然包容着和选择着，依然从这里向社会输送出一批又一批才俊之士。北大有着成熟的经验并拥有兼容而健全的性格。性格的一方面，是以红楼为代表的坚定、浑重和深邃，性格的另一面，是以未名湖为代表的潇洒、浪漫和不拘于定则的、往往给世人感到意外的灵思。一方面是建立于科学基础上的务实求真，一方面是寄托于诗意空间的梦想和不同于世俗的精神探险。

作为北大人是幸运的，他既拥有昨日的红楼，他又怀抱今日的未名湖。红楼赋予它以深沉的历史感，未名湖又使它尽情地享有今天。历史是那样的严峻，今天是那样的充满柔情。多情最是此湖水。如果说，红楼是父亲，那么，未名湖却充满了女性的温柔和浪漫，未名湖是母性的。

长记那湖畔柳荫度过的每一个日子。长记那花神庙边午夜的悄语，长记那荷花池旁傍晚的幽约，长记那月下花前，一圈又一圈的环湖漫步，人生、事业、友谊、爱情，我们总有不竭的话题。记得那年初进燕园，相约几个刚刚相识的朋友，定中秋之夜湖畔观月。几杯新酒，若干小酌，把酒临空，望塔边的月轮，晶莹澄澈，清绝寒冽。若有若无的远近灯火，如幻似梦的笑语笙歌，那水，那湖，那树，那花，那飘浮在空气中的青春气息，那种道不明、说不尽的诗意和梦想的思绪，有点隔，有点远，又有点空茫，但却是那样实在和久远。这一切如今已融入了我的血脉之中，它将与我的生命相终始。

更难忘湖畔的那些数不清的甜蜜的约会，如今都秘藏于心灵的深处，成为一页页永不褪色的记忆。难忘那个夏日的薄暮，月上柳梢，晚凉初至，新浴方罢，执手荷塘。长裙曳地，湿发垂肩，罗帕轻绾，兰香沁人，正是无以言说的千种风情。自此年年春草，长记那一袭浅色罗裙！更难忘那年元日新正，凌晨霜重，呵气成冰。湖边柳岸，雪霰结成了万树梨花。瑞雪纷飞中携手湖面雪场。冰刀如电，红衫如火，柔情似水，正是严寒中送出的融融的春意……

未名湖，你授我以知识、育我以志向，养我以精神，你是我的除了生我以外的另一个至爱的母亲。你更给了我深深的、浓浓的，长长的、远远的友谊和爱情，你是我的永难忘怀的亲密的女友！未名湖，我该怎样感谢你？我该怎样报答你？我的所有的感谢和报答，又怎能与你所给予我的相称？未名湖，我真的是无以面对你的深情和深爱，无以面对你的一切一切……

此湖多情，一经相约，便矢志伴我一生。

2005年2月8日于北京昌平北七家村

# 年年此夜

年年此夜，那昔日的思念，便会不顾一切地向我袭来。它唤醒我失去的青春的记忆，促使我回想那甜蜜的和苦涩的往日的一切，有一种美丽，更有一种追悔；有一种幸福，更有一种感动；而那混合着昔日的梦想与愉悦的，却又是一股酸酸的、涩涩的思绪。我不想拒绝，也无法拒绝这种执拗的“强加”。它逼使我排除一切现下的庞杂与冗繁，遁入并置身于昨日的纯真与浪漫。

总是一年的最后时光。当三角地那边高音喇叭播放着欢乐的乐曲，校园里的街灯便刷的亮了。年年此夜，天多半是灰暗的，云很低，往往是似有似无地飘着雪花，那雪花轻轻扬扬，落在脸上是清冽的，萧瑟中有一种快乐。北方的冬天黑得早，天气也比现在冷，到了一年的最后，寒冽的雪花一接触人的皮肤立刻就融化了，空气中充溢着一种期待的喜悦。

为了迎接除夕，下午的课多半是提前就结束了。从教室下来的同学，步履匆匆，在乐声中拥进餐厅。那时的北大，校园里供学生使用的只有大小两个餐厅。大餐厅可供几千人同时用餐。其实小餐厅也不小，近千人也容得下。两个餐厅的四围，摆放了类似书架那样的架子，是为学生们放置餐具用的。北大的学生们已经形成习惯，每个人各备布袋，把自己的碗筷装入袋中——各自自认位置，一般不致错乱。

除夕的晚餐比平日更见丰盛。50 年代的大学生，每月的伙食费是十二元五角。当时是敞开吃的。餐厅里摆放着四方桌，没有椅子，大家站着用餐，也没有固定的座位。不分系科，也不分男女，凑够了八个人就上菜。饭是自取，那时用的是大木桶装饭，馒头或花卷则是装在大管箩里，也是自取。餐厅的炊事员力大无比，用铁架子车推着主食。平时是四菜一汤，木须肉、西红柿炒鸡蛋、红烧肉、土豆烧牛肉，经常可以吃到，时不时地还有烹对虾解馋。

除夕的晚餐有学校的补贴，所以是丰盛的，比平时要多出一两个菜。一般的班级，多半自发地将菜饭搬回宿舍，以班组为单位自行聚餐。这时，学生们往往自掏腰包，买了啤酒或红酒来一醉方休。但更多的学生仍然坚持在大小餐厅，仍然坚持站着用餐。不论是在宿舍或是在大小餐厅会餐的，这个一年一度的新年宴会，虽然充满了欢乐，但多半也总是匆匆。因为宴会之后，还有一个全校规模的新年团拜，而在团拜之前，还有一个大规模的新年舞会。这些活动的会场都是大饭厅。

新年聚餐结束了，要把场地清理出来以便举行舞会和团拜会。时间紧，因此会餐难免匆忙。更重要的，大家也心急，急着参加那难忘的夜晚的大狂欢。年年此夜，年年如此匆忙，匆忙里充盈着期待，期待那难忘的欢乐。酒喝过了，歌也唱过了，大家收拾餐具，回到自己的宿舍。女同学们最紧张，她们要换上美丽的裙子，换上高跟鞋，略施粉黛。她们也没忘了邀上好友，而后从校园的四面八方汇成人潮，就这样缓缓地涌向大饭厅。

大约是除夕的晚八点光景，大饭厅已经张灯结彩，播放着欢乐的乐曲，开始迎接客人了。在现场指挥和服务的，是学生会的干部们，他们个个也都是盛装打扮，那些歌舞队的，合唱团的，戏剧社的，那些平时就很活跃也很骄傲的“公主”们，早就花团锦簇地出现在现场了。

50年代是一个充满幻想和希望的年代，周遭充盈着早春的气息和情调。百花齐放，向科学进军，先进班和三好生，都是那时的号召。北大更是了不起，声称要办“太学”。当日校园里弥漫着这种轻松的和欢乐的气氛，一种类似青春期做梦般的天真烂漫的情绪，是与时代的总体氛围相吻合的。普及交谊舞，提倡女同学穿花裙子，唱苏联的和古典的歌曲。学生中西装长衫并存，社团活动蓬勃开展。而且经常性的有来自国内外的名家讲演，上自国务院总理、各部部长，以至各路学术艺术新秀，都是北大邀请的客人。

那时的生活中充满信心而少忧虑。学生们的生活不算十分充裕，却是衣食无虑，国家对家境困难的同学有周到的补助。而且生活开销很低，一场电影的门票是五分，从北大到西直门的车费是一角五分。每到周末，东操场上的电影可以放到深夜，而周末的舞会更是笙歌达旦，一片升平气象！现在的年轻人往往惊异于为何我们会有如此优美的舞姿？他们不知道我们也曾经有过短暂的欢乐时光。

大饭厅的舞会举行到夜阑。时钟的指针转到了零点零分，正是新旧年交替的时候。尽情欢乐的人们把舞步停了下来——中央电台的钟声响了，未名湖边的钟声也响了！在大学生的欢呼声中，马寅初校长在众人的簇拥下，缓步登上讲台。他总是带着微醺，用浓重的浙江口音向大家祝贺新年。那时的马校长威望极高，平时他很少公开讲话，更不作长篇报告，却是每年的全校团拜总不缺席。他的新年致辞，也是寥寥数语，如同家常。内容讲些什么，现在多半记不住了，倒是"兄弟我今天多喝了几杯酒"却是印象深刻，历数十年而不忘。

北大的历届校长中蔡元培先生最负盛名，但蔡先生的风采，我们只能从文献和口传中领略。马寅初先生治校的最盛时期，我们都是亲历者。他是一代宗师，大家风范。他是校长，他更是学者，他是教授治校的楷模。马先生在当校长期间也没断了他的学术思考，惊天动地的"人口论"就是他在任职期间写成的。他不是官僚，他也不是事无巨细一把抓的事务主义者。依我看，他就是"无为而治"。这是一个"无为而治"的北大校长。

这么说，当然容易引起误解，以为马校长不做事，不拿主意。恰恰相反，马寅初校长正因为放了无数的"小事"给那些应当做事的人去做，而达到了治校的目的。先前的情况我们不知，可以这么说，在新中国成立后所有的北大校长中，马寅初是政绩最显著的一位。衡量大学校长的政绩，不是看他盖了多少宾馆高楼，也不是看他出了多少次国，或做了多少次空洞无物的报告。其实，大学校长就是一面旗帜，在学术界应当是公认的权威，更重要的是他的人格力量——他应当是具有精神领袖式的人物。至于他"做"了什么，"做"了多少，是不必计及的，校长毕竟不是事务主任。

年年此夜，年年如此的欢乐今宵。那时我们不知有明天，有灾难在明天等着我们。包括你、我、我们，包括我们敬爱的马寅初校长，我们都不知道！20世纪50年代中期，中国正经历着令人振奋的"百花时节"，那时的我们无忧无虑，天真烂漫，而且轻信——以为快乐无边无际，以为此日、此夜、如此的年年此夜的欢乐永久！

别了，那飘着雪花的日暮。别了，那通宵达旦的歌舞。别了，那带着微微醉意的新年祝词。别了，20世纪50年代短暂的欢乐！

2007年岁暮忆燕园旧事，于昌平

# 依依柳岸

有一个湖总是走不厌。开花的早晨，初月的黄昏，疏星淡月的夜晚，甚至是夏日的静午，我们就是这样一圈一圈地走着。总是希望这路是无尽的，总是觉得这沿湖而行的时间太短暂。我们都很贪婪，每次都恨不得把那柳岸，把那花径，把那碧水、碧水中的流云塔影吞下去，整个儿地化为永久的纪念。但是，那湖还是勾住我们的魂儿，它诱惑着我们、磁铁般地吸引着我们，让我们在繁忙的课余，在紧张的考试间隙，抽着空儿到那垂柳依依的湖边，走走，坐坐，哪怕是停留那么一会儿，也会有一种感慰。

我们都像是中了邪了，或者都像是恋爱中人，时时、刻刻，只是想着、念着，抹也抹不去，想忘也忘不了。我们都钟情那湖，热爱那湖。其实，世上有很多美景，也有很多名园，那些景中园里也有动人的山容水态，可我们认定了这个湖，再多的美景也抵不过它，它们加起来也不能把这湖从我们心中换了去。因为爱得深了，我们都有点偏心。记得初进燕园，是高班同学领着我们绕着湖走。也许他们先前，也是更比他们高班的同学领着他们。在北大，绕湖而行是一种习惯，是一种享受，或者更像是一种庆典。

就这么一代又一代的北大人，向往那湖，热爱那湖，把那湖视为自己的心灵家园，视为至亲至爱的朋友和亲人。在北大生活的学生，都处于人生起航的青春时代，有很多幻想，有很多关于未来的憧憬，有欢乐，也有苦恼：关于学业，关于知识，关于人生；有许多实现的欢喜，也有许多未能实现的烦忧；更重要的，北大人承袭了作为中国知识分子的精英意识，他们有更多的社会关怀，科学的、知识的、文化的，也有政治的，特别是对于国家民族命运的思考。这些在中国的其他地方视为特殊的那些品质，在北大都是平常心、平常事。若是没有这些，那才是这里的特别了。这些内容，往往也是北大人沿湖散步时谈话的内容。每当此时，那湖滨一带的花影婆娑、柳荫绰约也都被那些或轻松或沉重的谈话所轻忽。

当然，当柳岸浮出弯弯月、淡淡星的时节，有情韵雅好的女伴偕行，也是人生曼妙的境界。其实，湖边的山石旁、柳荫中也不乏这样的场面。北大并不永远沉重，北大也有轻松，这里原是自由的乡土，从思想，到情感。然而，话说回来，即使是那些双双携手的人们，也多半是夹着书本，或复习、或继续课堂讨论未了的话题。至于热恋中人，则多半选择别样的去处。

一般说来，大一的学生初进学校，多有集体行动，他们选择岛亭石舫或较为宽敞的场所，举行班会或其他活动。那时节，歌吹时起，笑语隐约，充盈着青春期的新鲜和单纯。年年中秋月夜，燕园笙歌阵阵，远处灯火楼台，近处草坪上烛光摇闪，端的是一派人间祥瑞景象。若是追溯旧日北大，那校址并不在西郊园林区，因而也没有湖。但从前人的记述来看，当年沙滩红楼、汉花园、故宫沿御河一带，也少不了北大学子的足迹。他们或是绕着院子，或是沿着宫墙，也是如此这般地走了一圈又一圈，也是如此这般地谈理想、谈学问、谈人生，谈谈天下兴亡匹夫有责。若说这是习性，倒不如说是"遗传"。这是不论其在何时何地，也不论这校园是有院墙抑是有湖。有湖当然好，月垂柳梢，星迷花径，脚步轻轻，曼语细声，自有一番美趣。

所以，北大人的这种课余行走，原不在有湖没湖，只是自由心灵和活泼思想需要借助一种方式予以释放，只是一种需要。40 年代在昆明，西南联大的校舍是简陋的，物质相当贫乏，而联大的学生照样有丰富的精神世界和内心生活。那时国土沦丧，硝烟满野，炮声在远处轰鸣。青年学子满腔报国热诚，随时准备投笔远征。而当他们在校，却依然是攻经论史，风云际会，以宽广的胸怀吸纳世界古代和现代文明滋养自己的心灵，时时发而为惊世骇俗的言谈。王佐良先生有一篇用英文写的文章——《一个中国诗人》，述及当年联大那些学生，"外表褴褛，有一些人形同流民，然而，却一直有着那点于心智上事物的兴奋"。他们狂热阅读并模仿艾略特和奥登，也阅读其他许多来自西方的书籍，用的是一种"无礼貌的饥饿吞下了的"：

> 在许多下午，饮着普通的中国茶，置身于农民和小商人的嘈杂之中，这些年青作家迫切也热烈地讨论着技术的细节，高声地辩论有时深入夜晚。那时候，他们离开小酒馆而围着校园一圈又一圈、激动地、不知休止地走着。

非常有趣的是，他们这围着校园的行走，唤起的是人们亲切的联想。一圈又一圈，从黄昏到夜晚，从北京城里的御河沿、皇城根，到昆明乡下的简陋土路，而后，是未名湖的依依柳岸。一代又一代的北大人，他们的血脉中流淌着传统的品性。这品性是内蕴的，却外化为如今的对那湖畔小径的无限的、永远的钟情。

1988 年 5 月的一个夜晚，燕园升起了五彩的礼花。那礼花，从临湖轩的竹丛里、从朗润园水湄的洋槐树梢、从燕南园那些静谧的花窗下升起，在湖的上空织成了一片锦簇的花团。王瑶先生在这个夜晚也有一颗不眠的心，他在他的弟子的簇拥下步出了镜春园 76 号的院子，他们加入了那个夜晚盛大的绕湖的仪典。他们如同他们的前辈、如同他们的晚辈那样，在那柳荫，在那花径，走了一圈又一圈。当然，在那个难忘夜晚杂沓的足音中，不眠的心灵原也不止王瑶先生一人，那个夜晚有无数这样不疲倦的、永远的绕行。而后，在五四运动场，当年民主广场的火炬重新点燃，熊熊篝火中，至少有一万人围着那火跳起了狂欢舞。踩踏而起的沙尘和篝火的烟灰，搅拌着乐声和笑语升向了燕园的上空，缓缓地飘向那依依柳岸。

1998 年 1 月 20 日于北京大学

# 湖畔的雪泥鸿爪

我把人生的大部分时间，都留在了未名湖畔的这一方土地。半个多世纪的光阴，有的人天南地北地往返奔波，而我基本是在原地踏步。北大是一个奇特的、一旦住下便不想离开的地方。它是圣洁的和光荣的，然而，它又是充满遗憾的，甚至在某些时期是蒙羞的，但不论它有多大的缺失，有的人甚至在此受到伤害和剥夺，但是，几乎所有的人却都是一相情愿地不改初衷，一样含着泪爱它、恋它！

距今五十多年前，那时的我年少轻狂，浪漫情怀，孤行千里，负笈北上。落定在湖边这一片土地上，就再也没有、也不想离开。长长的半个多世纪，我先后住过燕园的不少地方，临时住过的有入学之初的第一体育馆和小饭厅，"定居"的宿舍则有十三斋、二十九斋和三十二斋。十三斋现在已面目全非，二十九斋和三十二斋还在，但也早已改名为"楼"了。

毕业之后我留校任教，住的职工宿舍也有几处。这些住过的和没有住过、却也有过干系的居所和屋宇，留下了我的人生踪迹，也留下了我的生命感触。世事沧桑，悲欢离合，一切都非常可贵，我来不及叙说，我只能借这几片纸，星星点点地勾画那散落在湖畔的、尚可依稀辨认的雪泥鸿爪。

## 十六斋

十六斋在三角地西隅，是一座坐南朝北的筒子楼。这原应是一般的宿舍楼，因为学校发展很快，单身职工结婚后没有住所，就临时成了双职工的宿舍。楼有三层，房间南北相对，一个房间住一家。60年代初，一下子搬进了几十对年轻夫妇，呼啦啦地把整座楼都占满了。我也是这时搬进十六斋的，住三楼的316号。

房间不大，大约十二平方米，除了安放一张双人床，余下的地面就很可怜了。

好在那个年代奉行艰苦奋斗，人们对生活的要求很低，有一间安身立命的小房子，就已满足。楼里没有厨房，每层倒是有一个厕所，是公共的，男的在三层，女的在二层。初搬进十六斋，因为没有厨房，各家都把炉子放在各自的门口，加上置放一些必要的厨具，加上堆放煤饼（那时烧的是煤饼）的地方，那楼道就黑压压地成了"巷道"了。

后来学校给每层匀出两间空房，给各家做饭用——我们终于有"厨房"了，不过仍然是公共的。大家动手把楼道里的家伙，搬进了新的"厨房"，顷刻间，整个房间密密麻麻地摆满了炉子和煤饼，还有厨房的必备用具，油盐酱醋等等，仍然是挤得不留一点空隙。好在房客都是学校的职工，有的先前还认识，大家都彬彬有礼，也都能互相体谅，几年下来，倒也相安无事。有时还能互相照看，哪家缺了葱啊蒜的，还能互通有无。

住进十六斋时，大家都是青年，事业学问都看不出端倪，但是那种邻里互助的精神，却是愈久愈显得香醇。住在十六斋的那些房客们，后来有的在"文革"中遭难，有的则是飞黄腾达成了各界的要人。

## 朗润园

朗润园在燕园西，是一座岛，四面环水，水中荷叶田田，水岸杨柳婆娑，是北大后湖风景佳丽的地方。岛中央有许多古建筑，多是清代王公贵族留下的府第，到了50年代，经历了时代的风雨剥蚀，已经显得苍老了，但那种不同凡响的恢弘气象还在。园中小山逶迤多姿，山巅有亭，亭隐约于树荫中。朗润园最美的是临水的那些建筑。北大许多名人都是朗润园的居民。50年代初期孙楷弟先生的住处是一座岛中岛，四面荷花环绕，古槐杨柳掩映其中，真是神仙洞府。从孙府沿溪向东，路旁竹林中数间矮房，就是温德先生的家了。温先生是美国人，终身独处，90高龄还游泳骑车，也是一位活神仙。湖边盖起公寓之后，园中的居民就更多了，季羡林先生、金克木先生、陈占元先生、吴组缃先生、季镇淮先生先后都在这里安了家。

说起临水而居，最有韵味的要数罗列先生的家。记得当年罗列先生住的，是一座水流婉转经过的旧式平房。房前是一条幽雅林荫小径，入了院子，后门即是小河，河边的美人靠被夕阳的余晖照着，更是引人遐想。这些临水的充满情趣的房舍，今已荡然无存，倒是那亭子还屹立着，见证着往昔的繁华。

朗润园的外圈盖起一批公寓，那是60年代初的事。学校发展得快，见缝插针地利用“空地”盖起了大批的公寓，用以解决日益增多的双职工的住房困难。朗润园周边的公寓就是这时盖的，在这些楼群间，还建了一座招待所——那是北大当年唯一的“宾馆”，因为位置在校园的北边，我们简称为“北招”。“北招”后来成了著名的“梁效”大批判组的住处。这些新的建筑破坏了这座古典园林的传统风格，这种破坏在革命高涨的年代，几乎是不可避免的。

我就是在这时从十六斋的筒子楼迁居到朗润园的。当时住十二公寓三楼单元房中的一间。那套单元房面积总共约七十余平方米，有一个套间最大，三十多平方米住了化学系的三代人，其余两间，一家是地质系的，一家就是我住，总共算来，这小小的单元一下住进了三家、三代、十几号人口。厨房和卫生间是三家共用，做饭还好，用卫生间就要“排队”了。那时正值“文革”期间，外边口号声和爆炸声不绝于耳。我们能有这样的一座“避风港”，也是万幸了。

## 蔚秀园

蔚秀园在北大西校门对过，前临通衢，由此向北，可达圆明园和颐和园。蔚秀园和北大西门之间的道路，是旧时从故宫通往颐和园的御道，现在也还是从内城通向西山的大路，去香山的，去颐和园和圆明园的，再加上北大、清华和101中学这些学校都要通过这里，道路拥挤而繁忙，几乎时时都在塞车。

蔚秀园在海淀。海淀过去是万泉涌流的地方。这里的地名如万泉庄、万泉河、泉宗庙等都与泉水有关。蔚秀园置身于海淀的水网之中，这园林素以富于水乡特色名扬京师。园并不大，水面占了大部，河中水草芰荷丛生。旧式房舍，乌瓦粉墙掩映于粼粼波光之中，简朴而古雅。初进燕园，我们结伴步行去颐和园，常取道蔚秀园。当日的蔚秀园与四围西苑乡的稻田融为一体，令人恍若置身江南。

蔚秀园盖楼是70年代的事。楼高五层，约十余座，硬是把沿河那些小山脉全给铲平了。我刚搬进园子时，河道里水草依然丰茂，偶尔还能发现两三只野鸭从水泥涵洞中游出觅食。而如今，所有的水面都已干涸，昔日那种水乡风情是一去不复返了！

70年代末，我在蔚秀园分得了两小间住房，总共约三十多平方米。这对于长期与人合住、没有独立住房的人来说，总算是有了一个家的感觉，还能奢望些什么呢！当日在蔚秀园二十一公寓住的，各种人都有，有化学系的资深教授，也有食堂里的炊事员、校医院的护士，在特殊的年代，人们没有级别身份的差异，都相处得很融洽。

蔚秀园五层楼上居住的那些日子，是我学术经历中最值得怀念的日子。我在那里进行了对于中国当代文学的回顾，并开始了新的思考。我在那里完成的文字比任何时候都要多。那是长久积蕴的喷发。这说明，一个值得纪念的时代对于一个人的事业有着多么重要的意义。

我在蔚秀园居住的时候，南面的畅春园还是一片稻田和荷塘。从我的凉台南望，是一望无边的青翠！夏天的夜晚，蛙鸣惊天动地，使人终夜难眠。十里稻香，十里荷香，更是“扰”人清梦。那时望不到边的那些河网水面，如今已变成了同样望不到边的幢幢高楼：芙蓉里小区、稻香园小区（这些命名，还留有旧日的残迹），加上北大的畅春园和承泽园小区，当日都是“未曾开发”的良田——这里原是供宫廷食用的上好的京西稻的产地，如今都在历史的风烟里消失了。

消失的不仅是蔚秀园周边的这一片，北京西直门外从往昔的蓟门烟树到如今的中关村开发区，那些直冲云天的由马赛克和玻璃墙堆积起来的楼群，都是以无边的稻田和荷塘的消失、以美丽的西郊的消失为代价换来的。人们，包括我自己在内，我们每个人的“家”的获得，是以我们祖先留下的家园的丧失为代价换来的。

## 畅春园

畅春园的历史比圆明园要早，比颐和园更早。《日下尊闻考》说：此园“本前明戚畹武清侯李伟别墅，圣祖仁皇帝改建，锡名畅春园。”据说，康熙皇帝曾经延请外国传教士在畅春园向他讲习西洋天文、地理和数学等现代知识。这里曾经是康熙、雍正、乾隆几代帝王留下足迹的地方，也是他们听政和休憩、避喧的场所。

畅春园的繁华在许多典籍中都有记载。清代的吴长元在《宸垣识略》中说：“畅春园在南海淀大河庄之北，缭垣一千六百丈有余。本前明戚畹武清侯李伟别墅，圣祖因故址改建，爰锡嘉名。皇上祇奉慈帷于此。园在圆明园之南，亦名前园。”此书对当时的畅春园有很多细致的记述，宫内四围有小河环绕，河水数道环流苑中，东西有堤，东曰丁香，西曰兰芝，西堤外别筑一堤，曰桃花。古人有诗云：“西岭千重水，流成裂帛湖。分支归御园，随景结蓬壶。”可见当日园中水势之盛。

这些在今天当然是见不到了，那些新建的巍峨楼群吞噬了美妙的田园，连同旧日的山脉水系。倒是意外地留下了恩佑寺和恩慕寺的两座山门，作为“幸存者”在这里守护着死去的宫苑，供后人凭吊那往昔的繁华。这两座山门现在仍然屹立在北大的西门外，终日寂寞地面对着奔流不息的汽车的洪流。

从80年代末搬进此园，我再也没有离开这里。我住进畅春园后，手植了四棵石榴，园内两棵，园外两棵，现在还是年年开花结果。我家的对面，是北大二附中的操场，学生们矫健的身影给了我青春的感受。我在畅春园一住就是20年光景，在这里经历了社会的巨大变革，在这里接待过来自各地的朋友，这里凝聚了我对于人生和学术的诸多感悟。我现在的户口本上，依然写着畅春园这个居住地的地址。

## 勺 园

勺园不是我曾经的住处，但却给我留下诸多记忆。当年的勺园是一个废园。这里原先河网遍布，地势低湿，适于植物种植。燕京大学把它辟为农学院的实验地，外建一个气象站。到了北大，菜圃依然保留，还成了后勤的养猪基地，即猪场了。我上大学时，常到那里参加劳动，摘蔬菜，种树、翻土什么的。后来这里就盖起了宾馆和公寓。现在的勺园，一派灯红酒绿，是看不到那些田园景色了。

勺园的历史也相当久远。史书记载说："北曰淀有园一区，水曹郎米仲诏（万钟）新筑也。取海淀一勺水之意，署之曰勺，又署之曰风烟里。"[①]清代孙承泽在《天府广记》中对此有传神的描画："海淀米太仆勺园，园仅百亩，一望尽水。长堤大桥，幽亭曲榭。路穷则舟，舟穷则廊，垂柳掩之，一望无际。"现在的勺园宾馆就建在这座秀丽的园林上面。楼边的荷池年年新荷灿烂，柳岸摇曳多姿。宾馆落成后，修了一道长廊，形制如颐和园，但长度不及颐和园，宣统的弟弟溥杰先生题写匾额"勺园"二字。

现在的勺园当然是看不到上述这些景象了，现在也是毫无例外地矗立着连片的楼群，这里是北大现今接待宾客的宾馆区，楼房里住的是造访的内外宾客。勺园的多功能厅很有名，许多会议都在那里召开。我们在那里举行新年团拜，举行学术研讨，也举行过季羡林先生、林庚先生的庆祝会。特别要提及的是，我所属的北京大学中文系1955级入学40周年、毕业35周年的庆祝会——"难忘的岁月，世纪的约会"，也是在勺园举行的。那时正值林庚先生90华诞，我们向先生献了鲜花。

勺园，永远的记忆！

---

①明·蒋一葵：《长安客话》。

# 永远的校园

这圣地绵延着不熄的火种。

——题记

一颗蒲公英小小的种子，被草地上那个小女孩轻轻一吹，神奇地落在这里便不再动了——这也许竟是夙缘。已经变得十分遥远的那个八月末的午夜，车子在黑幽幽的校园林丛中旋转终于停住的时候，我认定那是一生中最神圣的一个夜晚：命运安排我选择了燕园一片土。

燕园的美丽是大家都这么说的，湖光塔影和青春的憧憬联系在一起，益发充满了诗意的情趣。每个北大学生都会有和这个校园相联系的梦和记忆，尽管它因人而异，而且也并非一味地幸福欢愉，会有辛酸烦苦，也会有无可补偿的遗憾和愧疚。

我的校园是永远的。因偶然的机缘而落脚于此，终于造成决定一生命运的契机。青年时代未免有点虚幻和夸张的抱负，由于那个开始显得美丽、后来愈来愈显得严峻的时代，而变得实际起来。热情受到冷却，幻想落于地面，一个激情而有些飘浮的青年人，终于在这里开始了实在的人生。

匆匆五个寒暑的学生生活，如今确实变得遥远了，但师长那些各具风采但又同样严格的治学精神影响下的学业精进，那些由包括不同民族和不同国籍同学组成的存在着差异又充满了友爱精神的班级集体，以及战烟消失后渴望和平建设的要求促使下向科学进军的总体时代氛围，给当日的校园镀上一层光环。友谊的真醇、知识的切磋、严肃的思考、轻松的郊游，甚至失魂落魄的考试，均因它的不曾虚度而始终留下充实的记忆。

燕园其实不大，未名不过一勺水。水边一塔，并不可登；水中一岛，绕岛仅可百余步；另有楼台百十座，仅此而已。但这小小校园却让所有在这里住过的人终生梦绕魂牵。其实北大人说到校园，潜意识中并不单指眼下的西郊燕园，他们大都无意间扩展了北大特有的校园的观念：从未名湖到红楼，从蔡元培先生铜像到民主广场。或者说，北大人的校园观念既是现实的存在，也是历史的和精神的存在。在北大人的心目中,校园既具体又抽象,他们似乎更乐于承认象征性的校园的精魂。

我同样拥有精神上的一座校园。我的校园回想包蕴了一段不平常的记忆。时代曾给予我们那一代青年以特殊的际遇,及今思来,可说是痛苦多于欢愉。我们曾有个充满期待也充满困惑的春天。一个预示着解放的早春降临了,万物因严冬的解冻而萌动。北大校园内传染着悄悄的激动,年轻的心预感于富有历史性转折时期的可能到来而不安和兴奋。白天连着夜晚,关于中国前途和命运的辩论,在课堂、在宿舍、在湖滨,也在大、小膳厅,广场上激烈地进行。

这里有向着习惯思维和因袭势力的勇敢抗争。那些富有历史预见和进取的思想,在那个迷蒙的时刻发出了动人的微光。作为时代的骄傲,它体现北大师生最敏感,也最有锐气的品质。与此同时,观念的束缚、疑惧的心态、处于矛盾的两难境地的彷徨,更有年轻的心因沉重的负荷而暗中流血。随后而来的狂热的夏季,多雨而湿闷。轰然而至的雷电袭击着这座校园,花木为风雨所摧折。激烈的呼喊静寂以后,蒙难的血泪默默唤醒沉睡的灵魂。他们在静默中迎接肃杀的秋季和苍白而漫长的冬日。

那颗偶然落下的种子不会长成树木,但因特殊的条件被催化而成熟。都过去了,湖畔走不到头的花荫曲径;都过去了,宿舍水房灯下午夜不眠的沉思,还有轻率的许诺,天真的轻信。告别青春,告别单纯,从此心甘情愿地跋涉于泥泞的长途而不怨尤。也许即在此时,忧患与我们同在,我们背上了沉重的人生十字架。曼妙的幻想,节日的狂欢,天真的虔诚,随着无可弥补的缺憾而远逝。我们有自己的青春祭。从这个意义上说,这校园与我们青春的希望与失望相连,它永远不灭。

燕园的魅力在于它的不单纯。就我们每个人说,我们把青春时代的痛苦和欢乐、追求和幻灭,投入并消融于燕园,它是我们永远的记忆。未名湖秀丽的波光与长鸣的钟声,民主广场上悲壮的呐喊,混成了一代又一代人的校园记忆。一种眼前的柔美与历史的雄健的合成,一种朝朝夕夕的弦颂之声与岁岁年年的奋斗呐喊的合成,一种勤奋的充实自身与热情的参与意识的合成,这校园的魅力多半产生于上述那些复合丰富的精神气质的合成。

燕园有一种特殊的气氛:总是少有闲暇的急匆匆的脚步,总是思考着的皱着的眉宇,总是这样没完没了的严肃和沉郁。当然也不尽然,广告牌上那些花花绿绿的招贴,间或也露出某些诙谐和轻松,时不时地出现一些令人震惊的举动,更体现出北大自由灵魂的机智和聪慧。北大又是洒脱和充满了活力的。

这真是一块圣地。数十年来这里成长着中国几代最优秀的学者。丰博的学识,闪光的才智,庄严无畏的独立思想,这一切又与先于天下的严峻思考,耿介不阿的人格操守以及勇锐的抗争精神相结合。这更是一种精神合成的魅力。科学与民主是未经确认却是事实上的北大校训。二者作为刚柔结合的象征，构成了北大的精神支柱。把这座校园作为一种文化和精神现象加以考察，便可发现科学民主作为北大精神支柱无所不在的影响。正是它，生发了北大恒久长存的对于人类自由境界和社会民主的渴望与追求。

这里是我的永远的校园，从未名湖曲折向西，有荷塘垂柳、江南烟景，从镜春园进入朗润园，从成府小街东迤，入燕东园林荫曲径，以燕园为中心向四面放射性扩张，那里有诸多这样的道路。年复一年，日复一日，那里行进着一些衣饰朴素的人。从青年到老年，他们步履稳健、仪态从容，一切都如这座北方古城那样质朴平常。但此刻与你默默交臂而过的，很可能就是科学和学术上的巨人。当然，跟随在他们身后的，有更多他们的学生，作为自由思想的继承者，他们默默地接受并奔涌着前辈学者身上的血液——作为精神品质不可见却实际拥有的伟力。

这圣地绵延着不会熄灭的火种。它不同于父母的繁衍后代，但却较那种繁衍更为神妙，且不朽。它不是一种物质的遗传，而是灵魂的塑造和远播。生活在燕园里的人都会把握到这种恒远同时又是不具形的巨大的存在，那是一种北大特有的精神现象。这种存在超越时间和空间成为北大永存的灵魂。

北大学生以最高分录取，往往带来了优越感和才子气。与表层现象的骄傲和自负相联系的，往往是北大学生心理上潜在的社会精英意识：一旦佩上北大校徽，每个人顿时便具有被选择的庄严感。北大人具有一种外界人很难把握的共同气质，他们为一种深沉的使命感所笼罩。今日的精英与明日的栋梁，今日的思考与明日的奉献，被无形的力量维系在一起。青春曼妙的青年男女一旦进入这座校园，便因这种献身精神和使命感而变得沉稳起来。

这是一片自由的乡土。从上个世纪末叶到如今，近百年间中国社会的痛苦和追求，都在这里得到集聚和呈现。沉沉暗夜中的古大陆，这校园中青春的精魂曾为之点燃昭示理想的火炬。一代又一代的中国学者，从这里眺望世界，用批判的目光审度漫漫的封建长夜，以坚毅的、顽强的、几乎是前仆后继的精神，在这片落后的国土上传播文明的种子。近百年来这种奋斗无一例外地受到阻遏。这里生生不息地爆发抗争。北大人的呐喊举世闻名。这呐喊代表了民众的心声。阻遏使北大人遗传了沉重的忧患。于是，你可以看到一代又一代人的沉思的面孔总有一种悲壮和忧愤。北大魂——中国魂在这里生长，这校园是永远的。

怀着神圣的皈依感，一颗偶然吹落的种子终于不再移动。它期待并期许一种奉献，以补偿青春的遗憾，并至诚期望冥冥之中不朽的中国魂永远绵延。

# 每年这一天

——海子逝世二十年祭

每年这一天都是春暖花开的日子。今天下午我走过校园,那一片开满了星星一样的花朵——是迎春,不是连翘,许多人都把连翘当成了迎春,迎春花开得比连翘还要早。那迎春花,是一种迫不及待的灿烂辉煌!

这是一年一度的春暖花开的日子,一年一度的迎春花星星般地点亮了校园的春天。走在校园里,想象着这是诗人在向我们报告春天的消息,心里有一种感动,有点怅惘又有点温暖的感动。

最早认识海子,那时他远未成名。我在他刻写的(或者是在他手抄的)小本子上读到了他的许多短诗,其中就有《亚洲铜》。那是 20 世纪 80 年代的某一天,海子那时还是北大法律系的学生。是在我家,应该是在蔚秀园的那个公寓的五楼上。这是我和海子的第一次见面。一见面,就没有忘记他,没有忘记他这个人和他的《亚洲铜》。

他写着仅仅属于他的与众不同的诗。当大家都被朦胧诗的英雄理想情结所激动的时候,海子向我们展示了神奇的另一片陌生的天空。就在这首题为《亚洲铜》的诗里,他谈到屈原遗落在河边的白鞋子,谈到飞鸟和野花,海水、月亮还有死亡。这是一些全新的意象,随后,我们也认识并熟知了他的麦地、麦地尽头的村庄,村庄里的母亲和姐妹,它的空虚和寒冷。

海子是始终都在为春天歌唱的诗人。1989 年 3 月,他继 1987 年、1988 年后,第三次修改写于三年前的《春天》这首诗:这是春天,这是最后的春天,我面对的春天,我就是它的鲜血和希望。《春天,十个海子》也许是他的绝笔,写于 1989 年 3 月 14 日,那是凌晨三四点的时分:在春天,十个海子全部复活,在春天,野蛮而悲伤的海子，就剩下这一个——

> 这是一个黑夜的孩子，沉浸于冬天，倾心死亡不能自拔，热爱着空虚而寒冷的乡村

今天的会上我与郁文相遇，我们回忆了那个难忘的夏天，是他和阎月君携带海子遗诗交我保存。我知道这是骆一禾用他年轻的生命整理、保护，并郑重地托付他们两位的。我知道这批诗稿的分量。我记住了郁文和阎月君的深深的友情，记住了骆一禾和海子匆忙而辉煌的生命，记住了中国现代诗歌那悲哀而惨烈的一页。

最后一次和海子见面是在拉萨。是那个惨烈的夏天之前的一个夏天，我们相见在布达拉宫前面的一所房屋。随后，海子就开始了他在西藏的漫游。拉萨一别，我们再未见面，直至令人哀伤的消息传来。但是我们不会忘记他，春天也不会忘记他。他也没忘了在春暖花开的时节来与我们相聚。

那是1992年的春天，我在“批评家周末”主持了纪念海子逝世三周年的纪念会。我在致辞中说：“时间是无声无息的流水，但这三年带给我们的不是遗忘。我们对海子的思念，似乎是时间愈久而愈深刻。”

1999年，海子逝世十周年，崔卫平主编了一本叫做《不死的海子》的纪念文集，我写了序言。我说，“作为过程，这诗人的一生过于短促了，他的才华来不及充分展示便宣告结束是他的不幸；但他以让人惊心动魄的短暂而赢得人们久远的怀念，而且，愈是久远这种怀念便愈是殷切，却非所有诗人都能拥有的幸运。这不能与他的猝然消失无关，但却与这位诗人对于诗歌的贡献绝对有关。”

一个诗人的一生不一定要写很多诗，有一些诗让人记住了就是诗人的幸运。海子的诗让我们记住了，他也就在我们的记忆中活着。让我们如同海子那样，热爱诗歌，热爱春天，作为年长的人，我还要加上一个：热爱生命！

2009年3月26日，于北京大学第十届未名诗歌节暨海子逝世二十周年纪念会

# 一百年的青春

北大这地方真有点特别，它似是一块磁铁，谁到了这里，谁就被吸住，再也不想离开。其原因并不在校园的美丽。北大现在的校园是很美，但在旧时，那校园说不上美。在战时，在昆明，那校园竟是陋巷蓬屋，是相当的残破了。但在北大人的心目中，它依然很美，依然是一块磁石，吸住你，想着它，恋着它，不愿离开。即使你走向天涯海角，而北大依然牵着你的灵魂，占领着你的心。

徐志摩向我们倾诉过他轻轻地来又轻轻地走了的康桥，冰心优美地描写过她所钟情的威尔斯利慰冰湖畔透明澄澈的风光。尽管中国许多远游的学子赞美过哈佛、倾心过早稻田那些巍峨的学术殿堂的美轮美奂，但事实上世界上任何一所校园，也未必能在他们心中替代北大的位置。

北大有它永恒的魅力。这魅力来自历史、来自历史漫长行进中形成的传统精神。一切犹如人，人有诸形诸态，但人的气质往往仅属于个人。中国有许许多多的大学，但北大的精神也仅仅属于北大。当然，北大的地位很特殊，都说它是中国的“第一大学”。由于它作为国家创办的综合性大学，是第一所。溯自古时，它继承了汉太学和晋国子监的传统，算起来也有近两千年的历史了。作为不间断的校史，而且作为戊戌变法的新学的雏形，自 1898 年算起的一百年来，北大一方面承继中国悠久的文化学术源流，同时又在 20 世纪世界现代化的潮流中，建立起新的学术精神和学术品格。

京师大学堂的建立，其最具本质的特征，即在于以新学取代腐朽的科举，以中西贯通、文理互融的新型大学取代以仕途为目标的旧学。北大的前身京师大学堂在王朝覆灭前夜的出现，是一个明显的信号。它作为一支烛照封建暗夜的火炬，划时代地宣告了中国文化的世纪转型。

当然，作为一个新的教育体制的形成和生长，它的由旧而新的过程，充满了蜕变的苦痛。京师大学堂在它演变为北京大学的进程中，同样充满了不离开中国国情的错综复杂，同样充满了痛苦与抗争。北大诚然美好，但也并非绝无杂质的纯粹，“老北大”或“穷北大”的谑称，大体也能说明北大的朝气与青春的另一面。时至今日，北大依然有它的积习与痼弊，把它想象为无可挑剔的完好，并不符合这所“太学”的实际，也不符合它的性格。

诞生于1898年的北京大学，是与中国的苦难与追求相联系的。1898是充满痛苦和灾难的年代，有很多的焦虑和困窘，有很多的流放、囚禁和牺牲。建立京师大学堂是有感于中国的贫弱与无边的悲痛。当日中国如狂澜中的一叶危舟。改变科举、建立学堂，旨在培养拯救国运的新型人才。因而，这所大学的诞生，是天边暗黑的沉云中，求生存的一线光亮。

北大诞生于无边的忧患中。那一场激情的梦幻破灭之时，许多志士仁人为此付出了代价。流产的改革使新政的一切构想都变成了空文，唯独这所大学却奇迹般地被保留了下来。这个站立在废墟上的幸存者，它既是苦难和阴谋的见证，又承当了那些死者的遗愿。所以，北大从它诞生之日起，就承袭了中国苦难与忧患的遗产。当然，上一个世纪末的理想和追求的火种，也在它的身上得到了绵延。

这是一个宿命。千年的梦想、百年的抗争、1840开始的半个多世纪的苦难，死者无声的托付，生者的吁求，都遥遥地羁系在这片风雨迷蒙中升浮而起的圣地之上。史载，戊戌那年突然降临的灾难，使京师大学堂未能如期开学，直至1902年方才正式上课。开学之后发生的第一件大事，却是非关学业的。1903年俄国没有按照条约从营口撤兵。当年4月30日，京师大学堂仕学馆和师范馆师生两百余人“鸣钟上堂”，集会抗议。他们的爱国行动推动了全国抗俄运动的发展。这是北大建立之后的第一次爱国行动。北大师生作为现代知识者的精英意识，第一次得到显扬。这是让人耳目一新的举动，黑暗沉沉的中华大地，燃起了20世纪第一线觉醒的曙光。

这所大学，它诞生在灾难深重的年代，它承袭了这大地上的全部忧患，生发而为抗争和奋斗、追求和梦想。在“广育人才，讲求时务”的召唤中，走来一代又一代学人，万家的忧乐、社会的盛衰充盈着这批最新觉醒的中国精英的心灵之中。当周围处于蒙昧和混沌状态时，这里的呼唤和怒吼是黑暗中国上空的惊雷！

北大是五四运动的摇篮和发祥地，民主广场的钟声，从沙滩红楼传向古老中国沉睡的大地。从抗议丧权辱国开始，北大人把思考转向深沉，把批判和抗议转向新思想、新文化的建设。蔡元培主政北大时，提出“囊括大典，网罗众家，思想自由，兼容并包”的方针。这16字真正体现了北大的魂，是一种能够包容一切的大气度和大胸襟。蔡元培校长为改革当日北大的陋习，即确定学生以学业为目的的方针。为达到兼收并蓄的目标，他邀请各派学术巨擘来校任教。使古今、东西、文理互融互通成为北大学术一大景观。由于嗣后各届校长秉承蔡先生确立的方针，使北大在它校史的每一阶段都如一面旗帜，飘扬在中国教育阵地上。

北大人以精英使命自勖，他们从来未曾忘却他们的社会承诺，但北大也从未降低过自己确立的学术标准。这种要求，早在一百年前酝酿建校之时即已确定，清政府《筹议京师大学堂章程》说："京师大学堂为各省之表率，万国所瞻仰，规模当极宏远，条理当极详密，不可因劣就简，有失首善体制。"仅有第一等的才智还不够，还要有第一等的胸襟，第一等的怀抱。因为心系于天下，眼界自然开阔，神气自有不同。这是北大学生的常态，也造成北大学生常被人诟病的傲气。

这里是科学民主的故乡。北大人一直高举蔡元培校长倡导的学术民主、思想自由的旗帜，在艰难的年代，在困苦的岁月。为科学、为真理、为正义、为维护人性尊严，北大人从来没有放弃过独立的思考、勇敢的抗争。人们不会忘记那个春寒料峭的时节，思想如刚刚解冻大地上冒尖的草芽，一曲"是时候了"，呼唤人们高举"五四"火炬、拆去人间藩篱，表现出新时代的激情。当思想被禁锢，充满挑战勇气的"一株毒草"赫然出现在墙上，那激情的宣扬让人耳目一新。那时胡风冤案既成，举国一片静默，是北大的莘莘学子发出了公开的质疑。在新时代，为了维护思想自由，一位张志新式的北大女诗人，悲壮地赴死在黑暗与黎明交会时刻。

一百年的青春，一百年的激情，一百年的奋斗，留下了一百年难泯的记忆。最难忘，年年岁首，大膳厅灯火辉煌，马寅初校长在新年钟声中，带着微醺致辞。他的潇洒不羁，在思想禁锢的年代，是一缕带着暖意的和风。马寅初终于以诤言获罪，他的《新人口论》遭到围攻。马寅初勇迎风暴，他的《重申我的请求》是一道惊世骇俗的雷电："我虽年近八十，明知寡不敌众，自当单枪匹马，出来应战，直至战死为止，决不向专以力压服不以理说服的那种批判者投降。"坚定的人格，坚贞的气节，凛然不屈的坚持，在马寅初沉重的金石之声的背后，人们不难发现那种年轻了一百年的北大精神。从京师大学堂到北京大学，从严复到胡适、陈独秀，从蔡元培到马寅初，这是一道永不枯竭的春天的长流水。这水已流了整整一百年，它将永远流下去，它是北大永远的骄傲。

1998年2月5日于北京大学畅春园

# 1898:陆沉中升浮起一片圣地

## ——从京师大学堂到北京大学

### 戊戌变政的一大举措

1898年新政变革的一个大举措,便是当年7月3日的"诏立京师大学堂"。这是我国近代最早由政府开办的一所大学。京师大学堂成立后,原先的官书局与译书局均合并入京师大学堂,清政府派孙家鼐为管理大臣。梁启超也于此年入京,"以六品衔专办京师大学堂译书局"。

京师大学堂的成立,是与当时文化教育改革的总体设想相联系的,它是作为逐步改革科举制度的一个步骤予以实施的。与之相联系的,是废八股,改试策论,最后以新式的综合性大学取代腐朽的科举制度。京师大学堂成立的本意即在于以新式的大学引进和宣扬西学,改革教育内容和方法以代替沿袭的旧式教育。京师大学堂成立之初,总理衙门起草了一份题为《筹议京师大学堂章程》的文件,该文件确定了这所未来大学的高标准:"京师大学堂为各省之表率,万国所瞻仰,规模当极宏远,条理当极详密,不可因陋就简,有失首善体制。"[①]在京师大学堂宣布成立的同时,政府通令各省、府、厅、州、县,将所有的旧式大、小学院一律改为兼习中学和西学的学堂。1898年7月20日,清政府明令各省兴办中、小学堂。应该说,这是当日大胆也很果断的一个改革措施。

作为维新变政的一个组成部分,京师大学堂成立的初衷,在于"广育人才,讲求时务"。当时拟设道学、政学、农学、工学、商学等十科,着眼于培养多方面的综合的可实际有用的人才。从它所设的学科门类来看,已经显示出新型的"综合大学"的趋向。可惜这种设想随着那场政治改革的失败而无法实行。

①见《变法自强奏议汇编》卷十。

戊戌政变之后，一切的改革措施都被迫停止和取消了，而唯独京师大学堂得以保存而成为"幸存者"。这是当局者为减少刺激而作的策略上的考虑，并不是他们真的赞成教育改革。但在那种非常时刻，它的原先拟想的内容当然也无法实行。政变之后的京师大学堂，实际只办了诗、书、易、礼四堂，及春秋二堂，每堂学生不过十余人："兢兢以圣学理学诏学学者，日悬《近思录》、朱子《小学》二书以为的。"所以，大学堂的名称是新的，而内容则依然是旧书院的那一套。由此可见，随着那场改革的破灭，原先的腐朽势力也猖獗地反扑过来，重新占领了包括教育的一切。

但毫无疑问，京师大学堂这个名字得以保存却是一个胜利。这名字的本身，就是一团烈火。点燃在那个漫漫长夜的尽头，预示着新世纪的希望。正如后来一位哲人说的：石在，火是不会灭的。这所学校，经历了将近一个世纪的风烟，它坚硬如石，炽热如火，它是民族良知的象征。

## 钟声第一次鸣响

那时候几乎每一个年头都是灾难，不独 1898 年。1900 年，八国联军开进这个末日王朝的首都，大学堂当然是难以开学了。过了两年，即 1902 年学校复学，增设预科班（政科、艺科）及速成科，设仕学馆和师范馆。1903 年又增设进士馆、译学馆和医学实习馆，毕业生授给贡生、举人、进士的头衔，也算是半新半旧的面目。但却是比先前的诗、书、易、礼、春秋等前进了一步。

也就是 1903 年，中国和俄国发生了一系列事件，关系紧张。先是，俄国沙皇交还营口到期，他们违约拒不撤兵。4 月 18 日俄国大使普拉蒿向清政府外务部提出七项新要求，企图永远控制东北三省，建立所谓"黄色俄罗斯"。4 月 30 日，京师大学堂仕学馆、师范馆师生两百余人"鸣钟上堂"，集会声讨沙俄侵略。他们的举动推动了全国拒俄运动的发展。消息传到上海，爱国学社学生一百多人成立拒俄义勇队，与北京学子相呼应。

这是京师大学堂成立之后师生的第一次爱国行动。对这所成立于一百年前的全国最高学府而言，1903 年的那次集会是历史性的。那时敲响的钟声，一直震荡在古老中国苍茫的上空，成为中国最先觉醒的知识分子向这个灾难深重的民族发出恒久的警钟的象征。1903 年的这声钟鸣同时也成为这所大学的光荣的第一页记载。在这里求学的莘莘学子，他们无疑是把这里作为接受教育、增长才识以期将来报效社会的场所，同时，逐渐形成的精英意识，又使他们在求学和研习期间不忘自己对社会的责任。他们从这里开始，也实践着以种种方式表达他们对国家富强、人民安康的关切和愿望。

1910年，京师大学堂的科目设置又有变化。学校改设经、法、文、格致、农、工、商七科。这种改设，接近戊戌年最初设计的模型。可见，经历了世变，历史又弯曲地回到了原来的出发点。而对中国来说，这种迂曲的前进乃是一种常态。

辛亥革命后，京师大学堂正式改称北京大学。1912年，当时教育总长蔡元培发表《对于教育方针之意见》，主张废除清朝的封建教育制度，建立新的教育制度。1916年12月26日，蔡元培被任命为国立北京大学校长。由于蔡元培的富有远见的和创造性的教育思想，也由于他丰富的学识和阅历，更由于他崇高的人格所获有的崇高的威望，在蔡元培卓越的领导下，北京大学掀开了崭新的一页。

## 第一任管学大臣

在蔡元培之前，北京大学及其前身京师大学堂，自清朝到民国，还任命过几任校长，孙家鼐是1898年7月4日，由光绪皇帝正式任命为京师大学堂的“管学大臣”。当时还未有校长的称呼，管学大臣应相当于校长的职务。孙家鼐当时是吏部尚书、协办大学士，是一位地位显赫的人物。清廷把这个“新生事物”委派给这样一位重臣，可算是戊戌夭折的改革之中一件非凡的举措了。

光绪皇帝十分重视教育的变革，在他思考教育的问题时，设立京师大学堂占有非常重要的位置。1898年6月11日，《明定国是诏》中，特别强调这所学校的建立。经过与顽固派的多方较量，严令军机处迅速筹办大学堂之事。当年7月4日，正式下令成立京师大学堂。

在物色这一重大的教育改革的负责人时，光绪皇帝毅然选中了孙家鼐，可见他对这一个新生的大学的重视。孙家鼐于咸丰九年(1859)32岁时中一甲一名进士，状元及第。此后，在咸丰、同治、光绪三朝一直任朝廷命官。他于1889年代理工部尚书，次年3月、6月又兼刑部尚书，并于11月被授为都察院左御史。光绪十七年(1891)3月、6月又兼礼部尚书工部尚书，并迅即被补为顺天府。在短短的时间里，如此频繁地迁要职，可见当时朝廷非常器重这个既有学识又有经验的人才。

孙家鼐的办学思想，在他正式被任命为管学大臣之前即有思考和表达。他在光绪二十二年奏上的《议覆开办京师大学堂折》中认为，西方国家之所以得以

"凌抗中朝",根本原因在于他们有完备的教育制度,培养和造就了各种学科的专门人才的结果。他认为中国若要振兴,决非当日那些旧式的各类学馆所能承担。那些学馆多师徒相授,教学内容不过经史义理,培养不出新式的能够掌握先进学问的人才。

同时,孙家鼐也认为对西方教育制度也不宜照搬,西方的分科立学,确实规制井然,但也有缺点,其病在于"道器分形,略于体而详于用,故虽励精图治,日近富强,而杂霸规为,未能进于三代圣王之盛治"。① 孙家鼐认为京师大学堂应循"中学为体,西学为用"的方针行事,取中国传统经学堂与西学之优长使之集于一身。他提出的办学六原则的第一条便是:中学为主,西学为辅;中学为体,西学为用;中学未备者,以西学补之;中学其失传者,以西学还之。他的主张是独立的、自主的、取他人独立长处而为我所用的:"以中学包罗西学,不能以西学凌驾中学,此是立学宗旨。"②

不论孙家鼐的主张在今天看来有多大的局限,但作为京师大学堂的第一任校长③他一开始便体现出与这所大学地位相称的独特风格——最可贵的是他那种基于自主独立而又开放的思考。早在他督办官书局时,就力主广泛翻译国外那些有益于中国发展的著作以开阔国人的视野,这便是最早的学术自由的思想。

孙家鼐虽然是个旧式官员,但是在当时腐朽的官僚体制中,他却是一位对事物有着自己敏锐而独立的看法的开明人物。除了他在京师大学堂的筹划和主持中屡有新见之外,还对当日的新闻改革起过明显的推进作用。他曾奏请将《上海时务报》改为官报,在提出这一动议时,他认为,自古圣帝明王未有不通达下情而可臻上理者,所以论治之患,不在贫弱不均,而在于壅蔽之患。"泰西报馆林立,人人阅报,其报能上达于君王,亦不问可知"。④ 他还进一步认为只《上海时务报》一家改官报还不够,还应令天津、上海、湖北、广东诸地的督抚将当地各报馆的报纸均呈送都察院和大学堂,"择其有关时事,无甚背谬者"录呈御览。可见孙家鼐的这些"改官报"的主张,其目的不在控制舆论,而在于当政者开阔视野、通达民情,收兼听则明之效。

①翦伯赞:《戊戌变法》(二),第 425—426 页。

②翦伯赞:《戊戌变法》(二),第 425—426 页。

③亦有以严复为北大第一任校长之说的,严复是在辛亥革命后 1912 年被任命为京师大学堂总督的。此年 5 月,京师大学堂改称北京大学校,总监督亦随之改称大学校长。

④翦伯赞:《戊戌变法》(二),第 432 页。

清廷于设立京师大学堂之后，选派孙家鼐为第一任管学大臣。这种遴选，不论就孙在政界和学界的地位，还是就孙本人的学识，特别是对各种事物的开放和开明的观点而言，无疑都是非常适当的。由此也可以看出，当日以光绪皇帝为首的改革派，在设立京师大学堂一事上是极端重视的。

## 选学界泰斗为校长

继孙家鼐之后，担任京师大学堂校长之职的严复，更是当日非常突出的一位人物。要是说，孙家鼐是一位旧式官僚，他的好处是不拘守旧制和通达时政，因而，他是一位在整个保守思想体系中的开明人士，他的整个建树在于从维护统治利益的角度而收到推进新事物的效果。而他的继任者严复的文化背景就与此迥然有异了。

严复，原名宗光，字又陵，后改名复，字几道。福建侯官（今福建省闽侯县）人，生于 1853 年 1 月，卒于 1921 年 10 月。严复的出生地位于闽江的入海口，是滨海的亚热带地区，那里终年气候温湿，四季长绿，遍地生长着葱郁的花木。因为地处江海结合部，地理位置决定了与外界有频繁的交往，那里的人形成了面向海洋的开放意识。自然和人文环境地理综合，更造就了一些中西文化交汇的先驱人物，严复是其中杰出的代表。

严复幼年受到旧学熏陶，父早逝，家境贫寒。1867 年应试福建船政学堂，以第一名录取，于 1871 年毕业。在船政学堂的四年中，严复学习了英文、算术、几何、代数、解析几何、三角、电磁学、光学、音学、热学、化学、地质学、天文学、航海术等科目。形成了他与旧式文人完全不同的知识结构。严复于是成为第一代既有广泛深厚的中国文化修养，又掌握了当世最先进的科学技术的、融汇了传统与现代、中国和西方的拥有综合知识的学者。而尤为特殊的是，严复还有非常丰富的、对于现代技术操作的经验，这在同代人中更显得突出。

船政学堂毕业后的五六年间，严复一直在海军兵船上工作。而且曾随“威远”号练习船远航新加坡、槟榔屿等地；又曾登“扬武”号巡历了黄海和日本海。1877 年到 1879 年，严复受清政府委派，赴英国朴次毛斯大学，后又转格林威治海军学院，在那里学习了高等数学、化学、物理、海军战术、海战公法及枪炮营垒各种知识。除了这些自然科学和实际技术之外，严复在留学期间，还广泛接触和研习了社会政治和哲学等社会科学方面的学问。也就是在此期间，严复对资产阶级的政治学术理论产生了浓厚的兴趣，他阅读了亚当·斯密、孟德斯鸠、卢梭、穆勒、达尔文、赫胥黎、斯宾塞等人的学术名著，奠定了他西学的基础。这为他日后的社会改革立场、现代学术观念的形成以及作为翻译家的生涯奠定了基础。

社会危机四伏的时代，往往也是社会勃发着生机，蕴蓄着无限可能性的时代，而且也是呼唤全面发展的可以称为奇才出现的时代。中国历史上的清代，经历了三百年的繁荣昌盛，到了19世纪的下半叶，国势开始衰落。统治者的腐朽没落，国际列强势力的入侵，加上民众心理上的积弱，造成了那个世纪末普遍的社会危机感，当中华帝国这艘世界巨轮颠簸于风浪之中，眼看就要沉没之际，"船民"中的感时忧世之士便站到了潮流的前端。这时，他们的天资和毅力便受到严重同时又是有效的考验。时势造英雄，在行将沉没的艰危中，站出来一批拥有智慧和胆识的巨人。这些巨人，涉及思想、哲学、军事、农业、教育、经济，直至文艺各个领域。严复，这位生长在南中国海滨的贫家子弟，便是其中杰出的一位。

关于严复的生平，本书在论析《天演论》出版的章节中，曾有介绍和评论。在那里，着重评介了严复对中国近、现代翻译工作的开创性贡献。但的确，翻译在严复的丰富人生经历中，只占一个不算大的位置。他的贡献于中国社会进步的，是一种巨大而全面的覆盖，他的确是一个危艰时势中涌出的奇才。

继孙家鼐之后，京师大学堂的校长人选落到严复身上。这一方面说明当事者对这所大学的极为重视，一方面也说明严复在思想界和学术界令人信服的显赫地位。从那时开始，可以说是从决定成立这所大学的那一刻开始，关于这所大学校长的人选就不是一个随便和可以随意而为的问题，对于这所大学的校长人选的重视，从来都和对这所大学的特殊地位相关联。

## 校长人选不是小问题

很显然，北京大学的校长必须是站在当代学术的前沿并具有权威性和号召力的学者，从学问到人格都应当是为全国学人所推崇的人物。任命何人为北大校长从来就不是一个轻率的举动，这点连包括清朝皇帝在内的历来政府都是明了的。北京大学王瑶教授曾经就北京大学校长的地位的重要性发表过这样的见解：

> 北大历届校长都是著名的学者，他们不仅是北大的校长，而且也是某一时期的学术界的代表人物，在他们身上集中地反映了当时思潮的

热点和重心。举例说，孙家鼐与戊戌维新的关系，严复对《天演论》、《法意》、《群学肄言》等的翻译及其政论著述对社会产生的巨大影响，蔡元培的美学思想和教育思想，胡适的主张白话文以及倡导用近代科学方法整理研究古籍等多方面的尝试，都不只是属于一个学校的事情。一直到解放以后，我们现在不是仍然怀念和思考马寅初在50年代所主张的市场经济和人口计划是符合中国社会的实际的吗？如果只把他们的主张和行为单独地作为独立现象来考察，那么这些只是个别历史人物的贡献和成就，但如果把他们联系起来作为一条发展线索来考察，那么他们的活动和贡献就构成了现代中国学术文化思想中的一个历史环节；其所以如此，除了他们个人的成就以外，是同他们作为北大校长的身份密不可分的。因为他们不只是一个著名的全国学术中心的代表人物，而且周围还有一大群知名学者程度不同地支持和赞同他们的主张。所以从这个角度审视和考察中国现代思潮，就有可能看到中国在现代化进程中所经历的艰难曲折的前进步伐。[①]

从王瑶的论述可以看到，他首先认为北大校长必须是一位能够成为全国的学术的代表和核心的人物，同时，他也论证了北大校长所处的地位和他可能产生的巨大的历史文化的影响——这种影响涉及整个中国文化的建设和发展的命运和走向。

从这一前提来观察历史上的北大校长，我们便可获得中国近、现代思想史、文化史和学术史的新的概念，同时也加深了对戊戌维新最直接的产物京师大学堂的认识。在考察历届北大校长与中国文化建设的关系的总题目下，蔡元培无疑是对中国新旧文化交融、冲突和转变起着重要作用的一位人物。首先是蔡元培个人所拥有的学术地位和人格力量，其次是北京大学所拥有的历史性影响，这些因素的融合使北京大学成为中国新文化运动发祥地，成为近代以来争取社会进步的民主堡垒，同时，也成为中国新文学革命的中心。伟大的“五四”运动最初的怒吼从这里发出，由于校长蔡元培以及北大进步师生的协力奋斗，团结了全国的学界，并推进到全社会，终于导致这一思想文化革命的成功。



①王瑶：《希望看到这样一本书》。这是王瑶为《北大校长与中国文化》一书所写的序言。见该书第5页，生活·读书·新知·三联书店，1988年4月第一版。

## 值得永远纪念的人物

蔡元培作为北京大学校长，是中国近、现代史值得永远纪念的人物。他生于1868年，戊戌变法那一年，他正好30岁，学问和人生都到"而立之年"。他自然能以非常成熟的眼光考察和审视那场巨变。他原是光绪进士，1892年授翰林院庶吉士，1894年补编修。清代的翰林院是储才之地，清制殿试朝考后，选取一部分新进士入翰林院授庶吉士。庶吉士修三年后，经考试优者留翰林院，为编修、检讨等，其余的人则改授他职。留翰林院的人，升迁与他官有异，清代大臣多从此出。这说明，以蔡元培当日的处境而言，为他的日后的仕途发展提供了良好的条件确定无疑。

甲午海战后，蔡元培开始接触西学，同情维新派。这说明他并不着意于维持当日的仕途优势，而选择了更为独立的道路。1898年9月亦即政变发生后的当日，他怀着对政局的失望心情回到家乡绍兴兴办教育，提倡新学。曾任绍兴中西学堂监督。《辛丑条约》签订后，他对清廷的腐败无能非常激愤，决心远离政治中心，在边缘地区谋求事业的独立发展。蔡元培在这一年到上海，任教于南洋公学，后任爱国女校校长。1920年，与章炳麟等创立中国教育会，任会长，并创办爱国学社、爱国女校，提倡民权，宣传排满革命，先后游学欧美诸国。

蔡元培是一位新型的教育家。他的影响不仅在北京大学，而且在全国；也不仅在当时，而且绵延到今天。他在担任北大校长期间，明确宣称并坚定实行他卓越而独立的教育理想，他坚定地推行"囊括大典，网罗众家，思想自由，兼容并包"的办校方针。[①] 为这所中国第一学府奠定了精神的基础。

蔡元培是一位贯通中西的学者，主张学术民主、思想自由，反对尊孔、倡导新学的学界领袖。他担任北大校长后，不遗余力、无所畏惧地推行他的教育主张。他要求北大学生研究高深学问，不要追求做官发财，强调"仿世界各大学通例，循思想自由原则，取兼容并包主义"，"无论有何种学派，苟其言之成理，持之有故，尚不达自然淘汰之运命者，虽彼此相反，悉听其自由发展"。涵容百家，乃至保护异端，在北大蔚为成风。由于他的努力，使北大彻底摆脱封建旧学的影响，而呈现出生机勃发的新式大学的最初轮廓。所以说，今天的北京大学的根基，是蔡元培以他坚定的努力所奠定的。

---

①蔡元培:《我在北京大学的经历》,《东方杂志》第三十一卷，第一号。

蔡元培在1917年就任北京大学校长之前，于1912年任南京临时政府教育总长。他既是前清进士，又是翰林院编修，又担任过教育总长，以他的资历而言，担任北京大学校长自是绰绰有余，名位相当的。但蔡元培更主要的是他个人的学术成就，在当时就是非常突出的。他的儒学功底极深厚，叔父铭恩是清末廪生，设塾授徒，蔡元培在叔父的指导下遍读经史小学诸书，打下了旧学的坚实基础。13岁时受业于王子庄，王系经学名宿，蔡元培于是对宋明理学有了较深的造诣。但蔡元培的学问绝不是到此为止，他决非自封于旧学的人。在到达当时学人所能到达的高度，他不止步，而是重新开始寻求新知的跋涉。

## 他奠定了北大的精神基石

1898年，正是新旧思想激烈冲击，维新改革之风吹起的年代，蔡元培于这一年开始学习日文。为了更好地吸收西洋文化，他决心到世界各地考察问学。1907年，蔡元培抵德国，先补习德文。蔡元培学习德文时已41岁，早已过了青年时代，但他依然以坚定的努力，弥补自己知识的缺陷。第二年，进入莱比锡大学研读文学、哲学、人类学、文化史、美学、心理学等学科目。1919年，他再度来到莱比锡大学文化研究所问学，并开始为期三年的欧游，其间访问过美国。一个出身于旧学环境，并中过清代进士的旧式文人，在他自己的坚持下，终于成长为精通西学的，发展全面的新型知识分子。这里说的“新”，不仅指他在知识的构成方面，而且也指他在治学方面的成功，对世界学术、文化历史现状的了解，以及独立的人格修养的完成，等等。他已完全能够以一个卓越自立的思想家、教育家和学问家形象出现在世人面前。作为北京大学的校长，他更是深孚众望的、当之无愧的人选。

蔡元培作为为北大奠定新型大学雏形的校长，他留给后人的最深印象，是他改革了旧日京师大学堂的官僚积习，为之注入现代社会的民主性精华。他的影响最深远处，是在新式知识分子品格的培养和塑造方面。他上任校长的首要之务，是在学校中推进新型的教育思想。他接管北大时，这所大学已染上当日官场和纨绔弟子的衰颓风气，读书便是为了做官，是当时非常普遍的思想。蔡元培指出：“大学也者，研究学问之机关”；“大学生当以研究学术为天责，不当以大学为升官发财阶梯”，强调学术的独立性等。这均是针对当日教育思想的实际而发，对当日学校内的官场习气起了扭转的作用。

蔡元培的学术自由思想是广泛而精博的，其中“兼容并包”四个字，则是他实施他的一整套教育思想的切实的一步。如今“兼容并包”已与这所大学的精魂“科学、民主”一道，成为竖立在北大校史上的精神碑石而与世长存。单就“兼容并包”这一方针来说，蔡元培是想到、说到就全力以赴、力排众议地去做到。这一点，突出地体现在蔡校长聘用教授的措施上，他认为教授的身份在于他在学术史上有所贡献，在本行中是权威，并不在于他选择何种政治态度或在政治上有什么主张。他学术独立的原则在于承认学术的本质是自由，并且使之和政治予以区分。这是为了维护学术的纯洁性，也为了坚定地排除学术之外的因素（如政治）对学术的干扰。

当时北大教授中有一位辜鸿铭。他在民国成立多年之后，还拖着一条辫子，在政治上主张帝制。但他早年留学英国，并游历欧洲各国，精通英文，便聘他教授英语。此外还有一个刘师培，是拥护袁世凯复辟的“筹安会”六君子之一。他旧学基础极好，蔡元培聘他讲授中国中古文学史。在蔡元培聘请的教授中，既有辜鸿铭、刘师培这样极端保守的人物，也有陈独秀、李大钊这样的信仰马克思主义的，后来成为共产党人的人士，还有无政府主义者及各种主张的人士。这种广纳才俊，并容百家的举措，使当日北大呈现出学术上学派林立、各种学说自由传播的盛况，北大随之成为新文化运动的中心，以及中国的学术中心，便是自然而然的。

马寅初对此曾高度赞扬蔡元培的主张和实践：“当时在北大，所言党派，国民党有先生及王安惠诸氏，共产党有李大钊、陈独秀诸氏，被视为无政府主义者有李石曾氏，憧憬于君主立宪发辫长垂者有辜鸿铭氏；以言文学，新派有胡适、钱玄同、吴虞诸氏，旧派有黄侃、刘师培、林损诸氏。先生于各派兼容并蓄，绝无偏袒。更于外间之攻讦者，在《答林琴南氏书》中，表其严正之主张。故各派对于学术，均能自由研究，而鲜磨擦，学风丕变，蔚成巨欢。”①

## 广纳贤才一例

蔡元培在北大校长任上，其用心最多处便是为贯彻他的兼容并包精神而延请当时国内闻名的各派人物。他的确做到只求有真学问而不论其政治态度地礼聘各路贤达。王国维是当代大学者，他甘当清代遗老的保守立场与蔡元培本人

①《蔡元培先生纪念集》，第 62 页。转引自徐兰婷《倡学术自由，开一代新潮——学界泰斗蔡元培校长》，《北大校长与中国文化》第 36 页。

的进步民主思想迥异，但蔡元培为了动员王国维到北大任教，还是竭尽全力而演出了一场极为感人的故事。刘烜在他的新著《王国维评传》中有一节文字生动详尽地叙述了蔡元培这次请王国维出山的细节，今引用如下：①

“五四”前后的北大校长蔡元培，是奠定北京大学具有国内外很高的学术地位的伟大教育家。他提倡大学要办好研究所，首先办起了国学研究所。这时候，王国维国学研究的成绩已经获得了世界性的声誉。蔡元培主张兼容并包，就是聘请各学科和不同学术派别的最有成就的学者到北京大学讲学，于是，一种新的互相探讨的学术风气很快就形成了。

早在1917年9月初蔡元培写信给马衡，表示聘他为“京师大学教授”，王国维即托故推辞。1918年冬天，蔡元培委托王国维的同乡和朋友马衡又出面礼请，又被王国维婉言拒绝了。不过，王国维也留有余地，告之北上有困难。王国维写信给罗振玉，征求意见。罗振玉请他征求沈曾植的意见。音韵学家沈曾植可算是前辈遗老。王国维估计到：“北学之事，若询之寐叟（沈曾植号——作者注），必劝永（王国维——作者注）行，然我辈乃永抱悲观者，则殊觉无谓也。”②以后，王国维专程去征求意见后，报告罗振玉说：“北学事寐谓其可允，其如有研究或者述事者嘱托，可以应命；并谓可乘此机行作二月勾留，果不出永所料也。公谓此事何如？”③最后，王国维忙碌了一阵，思想上有矛盾，最终没有应聘。

1912年春，罗振玉从日本回国后，马衡又请罗振玉作书相劝王国维应聘。罗振玉当了马衡的面写了推荐书说：“公有难于北上者数端，而淑兄（指马衡——作者注）坚嘱切实奉劝……”可是，第二天早晨，罗振玉又另写信给王国维，证明昨天晚上的信“不得不以一纸塞责”，“公必知非弟意”。④ 王国维回信对罗振玉说：“马淑翁（指马衡——作者

① 以下文字并注均引自刘烜教授《王国维评传》。该书现未出版，刘烜先生慨允本书作者引用这些手稿的材料，本书作者对此深为感激，特为致谢。

② 王国维《致罗振玉》，《王国维全集·书信》中华书局，1984年版，第234—235页。

③ 王国维《致罗振玉》，《王国维全集·书信》中华书局，1984年版，第234—235页。

④ 罗振玉致王国维书信手稿。

注)及大学雅意,与公相劝勉之厚,敢不敬承。惟旅沪日久,与各界关系甚多,经手未了之事与日俱增,儿辈学业多在南方,维亦有怀土之意,以迁地为畏事。前年已与马淑翁面言,而近岁与外界关系较前尤多,更觉难以摆脱,仍希将此情形转告淑翁为荷。”这次不受聘,说的理由是“以迁地为畏事”,确实符合王国维处事的习惯。

可是,过了不久,罗振玉自己先应了北京大学之聘。他对王国维说:“去冬法国博士院举弟为考古学通信员,因此北京大学又语前约。弟谢之再三,乃允以不受职位,不责到校,当以为各人面尽指导之任,蔡、马并当面承允。因又托弟致意于公不必来京,从事指导。乃昨忽有聘书至,仍立考古学导师之名,于是却其聘书。盖有聘书,则将来必有薪金,非我志也。若有书致公,请早为预计。”①

马衡于同时也写信给王国维说:“大学新设研究所国学门,请淑蕴先生为导师,昨已得其许可。蔡元培先生并拟要求先生担任指导,嘱为函恳,好在研究所导师不在讲授,研究问题尽可通信。为先生计,固无所不便;为中国学术计,尤当额手称庆者也。”②同时,正巧顾颉刚南行,又去上海面请王国维。王虽将他们携来的薪金退回,但这次有进展“仍许留名去实,不与决绝,保此一线关系或有益也。”③学校方面考虑到王国维不就教职的理由是“以迁地为畏事”,那么,通讯导师本来不必“迁地”,这层困难应该解决了。在这样的基础上,北京大学国学门正式写信恳请说:“大学同人望先生之来若大旱之望云霓,乃频年孜请,未蒙俯允,同人深以为憾。今春设立研究所国学门,拟广求海内外专门学者指导研究。校长蔡元培先生思欲重申前请”,“先生以提倡学术为己任,必能乐从所请”。这次,王国维总算答应了。

不久,又起波折。北京大学就再派人送去薪金,王国维仍然拒收。他于1922年8月1日《致马衡》中说:“昨日张君嘉甫见访,交到手书及大学脩金二百元,阅之无甚惶悚。前者大学屡次相招,皆以事羁未能趋赴。今年又辱以研究科导师见委,已惟浅劣,本不敢应命。惟惧拂诸公

①罗振玉致王国维书信手稿。

②马衡致王国维书信手稿(阴历三月十二日)。

③王国维:《致罗振玉》(1922年8月8日),《王国维全集·书信》中华书局1984年版,第326页。

雅意,又私心以为此名誉职也;故敢函先。不谓大学雅意又予以束脩。窃以尊师本无常职,弟又在千里之外,丝毫不能有所贡献,无事而食,深所不安;况大学又在邸屋之际,任事诸公尚不能无所空匮,弟以何劳敢贪此赐,故已将脩金托张君带还,优祈代缴,并请以鄙意达当事诸公,实为至幸。"①在大学方面看来,不受薪金,是不是意味着还会不受职位。于是,马衡于8月17日又致函王国维说:"大学致送之款,本不得谓之束脩,如先生固辞,同人等更觉不安。昨得研究所国学门主任沈兼士兄来函,深致歉疚,坚嘱婉达此意,兹将原函附呈。"同时,再请张嘉甫致送一次;又申明"务祈赐予收纳,万勿固辞,幸甚幸甚。"这封沈兼士致马衡的书信手稿,近期亦已见到。沈兼士听到王国维不受薪金事,郑重地告诉马衡:"本校现正组织《国学季刊》须赖静安先生指导处正多,又研究所国学门下半年拟恳静安先生揭示一二题目,俾研究生通信请业,校中每月送百金,仅供邮资而已,不是言束脩。尚望吾兄婉达此意于静安先生,请其俯允北大同人欢迎之微忱,赐予收纳,不胜盼荷。顷晤蔡孑民先生,言及此事,孑民先生主张亦与弟同,并嘱吾兄致意于静安先生。"②王国维多次不受薪金,显然不只是一般意义上的廉洁。这使人想起了殷周时代的伯夷,作为遗老,不食周粟而亡。那么,以清朝遗老自居的人能不能拿民国的国立大学的薪金呢?看来老实的王国维在思想中经历了曲折的斗争。蔡元培校长很懂得体贴人。他以特有的智慧指出:这不是薪金,而是邮资。因为,既然接受了通讯导师的名义,紧接着"邮资"总该接受的。这样就名正言顺了。果然,王国维在1922年8月24日致马衡的信中说:"前日张嘉甫携交手书并大学脩二百元,诸公词意殷拳,敢不暂存!惟受之滋媿耳。"并且,立即任事。他说:"研究科有章程否?研究生若干人?其研究事项想由诸生自行认定?弟于经、小学及秦汉以上事(就所知者)或能略备诸生顾问;至平生愿学事项,力有

---

①王国维:《致马衡》(1922年8月1日),《王国维全集·书信》中华书局1984年版,第323页。作者附注:经查北京图书馆藏这封信的手稿,文字出入甚大。兹录出,供参阅:"昨日张君嘉甫见过,交到手书并大学脩金二百元,阅之无甚惶悚。前者大学屡次见招,皆以事羁未能趋赴。今年又辱以研究科导师见委,因重拂诸公雅意,又私心以为此名誉职也,故敢函允。今乃送到束脩,窃以此席本无常职,加以弟远隔千里,不能有补,遂无事而食,深感不安;即将脩金托交张君带回,伏祈代缴,请以鄙意达当事诸公,至为感荷。"

②沈兼士致马衡书信手稿。

未暇者尚有数种，甚冀有人为之，异日当写出以备采择耳。《国学季刊》索文，弟有《五代监本考》一篇录出奉寄。”①王国维终于多请才出山。

## 沉思的铜像

在现今的北京大学一角，那里有一个湖，这湖到现在还找不到合适的名字。但未名湖却成了它的流行的、也是永远的名字。那里还有一座塔，那塔倒是有名字，叫博雅，取博而雅的意思。也许，这似是预先设下了一个名字，让北大接受并丰富它。就在湖光潋滟、塔影婆娑的校园一侧，那里有一棵只有北方寒冷气候才能成长的巨大的雪杉，在雪杉的浓荫下，蔡元培先生在那里永恒地沉思着。他的安详而睿智的目光，一直深情地注视着现今的一切，也许他是在想今日的北大是否承传了他的学术自由的传统，也许他是在回忆“五四”时代他为保护营救被捕学生愤而抗议辞职的悲壮往事……

要是再把目光往前追溯，北京城里有一个很奇怪的地名叫沙滩(其实那里没有海，当然更没有所谓的沙滩)。那里站立着一座魁梧的楼宇：红楼。红楼的一侧，是民主广场。这些，都是与1919年开始的中国现代史相关联的名字。这些名字，都和北京大学、和蔡元培校长联系在一起。

正是蔡元培担任北大校长期间，发生了五四新文化运动。近代以来中国发生的任何一件重大的事件，几乎都和社会危难有关。1919年为第一次世界大战结束举行了巴黎和会。北京军阀政府在会上签订了丧权辱国的条约。消息传回国内，举国震惊。5月4日以北大为中心的3000余名学生在天安门前集会，游行队伍便是在红楼钟声的导引下在民主广场集合并由此出发的。愤怒的学生火烧赵家楼曹汝霖住宅，并痛打章宗祥。警察逮捕学生32人。当日下午，各校学生在北大开会，通电全国，呼吁各界“一致联合，外争国权、内除国贼”。蔡元培校长为抗议当局逮捕学生，愤而辞职。在蔡元培任校长期间，他不止一次保护北大师生而以辞职相抗议。1923年北洋政府逮捕北大教授，蔡元培又一次辞职。他不仅是一位伟大的教育家，而且是一位有正义感的进步学者。

蔡元培以科学、民主两大旗帜为北大竖起了永恒的丰碑。在他手中完成了北京大学的现代改造，使之以崭新的，既有博大精深的中华文化传统、又拥有领导最新学术潮流，具有先锋精神的、传统与现代、中国和世界综合融汇的新形象

① 王国维：《致马衡》，《王国维全集·书信》中华书局1984年版，第328页。

出现在世人面前。北京大学一直是中国思想文化界的领袖，它不仅以学术博大精深和创造建设著称，而且也以它对中国社会的使命和责任的承诺著称。北京大学历来是中国文化精英荟萃之处。这些社会的才俊贤达之士一直作为民族和社会的大脑，进行着富有历史性的思考。北大师生因此也成为民族和社会的良知，他们勇于在社会和国家危难时挺身而起。北大的这种既代表学术和科学，又代表正义、勇敢和道德的伟大精神，是在蔡元培的领导下建设并完成的。是蔡元培赋予北大以与这个历史悠久、文化深厚的名字相称的胸襟和气魄。蔡元培本人也在这种建设和赋予的过程中成为北大精神的代表。

## 新文化运动的发祥地

从京师大学堂到北京大学，校名的更换表达了中国历史的一次腾跃。中国完成了从封建王朝到民主共和国的腾跃。从近代史向着现代史的一次大转移。这种腾跃和转移，极而言之，在于证明中国社会的进步与这所学校的成立有着极密切的关联。

五四新文化运动是中国现代史的开端，而北大则是新文化运动的发祥地，以反对旧道德、提倡新道德，反对旧文学、提倡新文学为基本内容的新文化运动，是由北大的教授和学生发起的。新文化运动最重要的阵地《新青年》(创刊于1915年，最先叫《青年杂志》)与北大师生关系极深。据胡适自述："民国七年一月，《新青年》重新出版，归北京大学教授陈独秀、钱玄同、沈尹默、李大钊、刘复、胡适六人轮流编辑"，"民国七年冬天，陈独秀等又办了一个《每周评论》，也是白话的。同时，北京大学的学生傅斯年、罗家伦、汪敬熙等出了一个白话的月刊，叫做《新潮》。英文名字叫做 *Ten Renaissance*，本义即是欧洲史上的"文艺复兴时代"。[①]

五四新文化革命的火种，也是由北大的教授点燃的。1917年1月，胡适发表《文学改良刍议》，指出文学随时代而变迁，一个时代有一个时代的文学，断言白话文学必将成为中国文学的正宗，这是中国文学史中开创新时代的宣言书。后来，胡适又在他的《历史的文学观念论》中详细论析了上述观念。1917年2月，也是北大教授的陈独秀呼应胡适的理论，发表《文学革命论》。这篇文章有着雄视千古的非凡气概：

---

①胡适：《五十年来中国之文学》，《胡适文存》二集，上海亚东图书馆，1924年印行。

余甘冒全国学究之敌，高张“文学革命大旗”，以为吾友之声援。旗上大书吾革命军三大主义：

曰推倒雕琢的、阿谀的贵族文学，建设平易的、抒情的国民文学；

曰推倒陈腐的、铺张的古典文学，建设新鲜的、立诚的写实文学；

曰推倒迂晦的、艰涩的山林文学，建设明了的、通俗的社会文学。

这篇宣言所具有的魄力与胆识，可以与世纪之交出现的巨人精神相衔接且毫不逊色。由于这批人勇敢的宣告以及创造性的实践，终于使这场空前的文学革命取得了成功。数十年后的今日，有人重新评估这些前驰者的言行，有责之为过激主义者，其实是缺乏历史眼光的见解。把五四新文化运动简单地斥之为“破坏”亦为未妥。陈独秀三大主义的每一项都是既有“推倒”，又言“建设”。他在作这样的论述时，有着整个的旧文化和旧文学作参照。旧时文学样式所具有的束缚和局限、僵死和腐朽，它所表现的内容和形式之与新时代的严重脱节和不相适应，以及清末以来“诗界革命”、“小说界革命”等的未能奏效，激起了那些前驱者的“改造”或“革命”的愿望。这些人，不是简单地提出口号，他们还付诸实践，是既有幻想，又肯实干的一代人。胡适是其中最富幻想性又最富实践性的一位猛士。他的新诗“尝试”，以及“尝试”的成功，如同千年壅塞的河流被打开了一道缺口，从此激流奔涌而形成不可阻挡的浩荡之势，实有赖他那种勇于试验实践的精神。

## 重评“五四”

20世纪最后几年，也就是“大批判”、“大跃进”、“文革”等一系列巨大的文化灾难和文化动乱之后，人们在进行历史反思时，从百年的过激的和粗暴的行动中，于巨大的惊恐和惨痛之余得到某种启示。这种启示不幸地与五四运动发生某种联想，联想导致谴责，他们以为这是一种正确的总结。其实，这些判断乃至结论恰恰是激动之余、又混杂着惊惧的情绪性的产物，并不是一种科学的和理性的总结。

这种对于五四新文化运动的评估，在一部分中青年学者中多持批判性立场，或质疑的态度。一位中年学者把五四精神归结为“激进主义”，又把它与“文革”和80年代文化热联系起来，统称为“三次文化批判运动”，认为“‘五四’的反传统的传统经过‘文革’的进一步得到强化”,“文革”是“五四精神的更片面的发展”。[1] 他在另一次发言中重申上述论点,认为,“五四文化思潮把整个文化传统看成巨大的历史包袱,要传统文化对中国的落后负全责,以为经过简单激烈的决裂才能对中国面临的现实问题作出贡献,带有明显的激进色彩。在学术层面上,全面否定儒家的价值体系和整个中国传统的价值,把东方文化和西方文化截然两分,把传统与现代完全割裂,以科学、民主排斥道德、宗教、文化,不能正确了解‘传统’、‘权威’的积极意义,这显然失于偏颇。”[2]这是一段倾向性十分明显的发言,具有一定的代表性。

但在诸多代表指责中,一种较为冷静的评述也在出现。1996年五四运动77周年前夕,《光明日报》邀请三位学者重估五四精神,与会者的谈话中表现出深刻的学理性和历史感。中国社会科学院近代史研究所的耿云志高度评价了“五四”的功绩:“民主与科学的旗帜树立后,中国在许多方面出现了巨大的变化与进步。譬如:为广大群众所乐于接受的白话新国语的形成,为社会进步、文化创造开出无数法门;新教育的诞生,为国育才有了可靠的基础;新文化的诞生,为广大群众提供了精神食粮;新学术范式的建立,为活跃中国文化,创造了前所未有的机会;科学态度、科学精神的大力提倡,为扫除愚昧与迷信、发展科学与技术创造了思想前提;整理国故,翻译西书更是融汇中西文化的基础工作。女子解放、女子教育、男女平等、婚姻自主、家庭教育、慈幼事业等等的提倡,则是移风易俗、改造国家、提倡人民素质的百年大计、千年大计。所有这些,都是与五四新文化运动提倡科学、民主分不开的。”[3]耿云志研究员这个发言,是对众多的事实的概括,他所讲述的内容,很难以“过激主义”的名义予以取消,所以,是相当切实和相当冷静的总结。

在接近世纪尾声的1996年,陆续出现了这样一批具有一定科学性的言论。这些言论对于那些浮躁的、情绪化的判断有一定的沉淀作用。中央音乐学院蔡仲德教授在他的一篇文章中重估了五四传统和五四精神,其中一些判断具有很强的说服力:

更重要的,则是必须弄清究竟什么是“五四”的根本精神。既有激进

①见陈来《二十世纪文化运动中的激进主义》,载《东方》1993年创刊号。

②见《中华读书报》,1995年5月3日,记者红娟:《传统性与现代性的重估》。

③见《发扬“五四”传统弘扬“五四”精神》,《光明日报》1996年4月30日,第5版。

的"五四",也有渐进的"五四";既有排他的"五四",也有兼容的"五四";既有救亡的即政治的"五四",也有启蒙的即文化的"五四"。"五四"有启蒙与救亡两层含义,其救亡一面与历史上的救亡有同也有异,同在爱国,异在君国分离,人民自觉参政议政,即救亡建立于启蒙之上。……而救亡是紧迫任务,常导致激进、排他,启蒙非一蹴可就,必要求渐进、兼容,故"五四"的根本精神不是救亡、爱国,而是启蒙、民主,作为新文化运动,其本质更不在救亡而在启蒙,不在激进、排他,而在渐进、兼容。就此而言,更不能将五四运动的精神归结为"激进主义"。

如再顾及"五四"的实践,则我们可以看到:辜鸿铭可以与陈独秀同登讲坛,《学衡》可以与《新青年》分庭抗礼:坚持文言可以与提倡白话共存于世;"中国本位文化论"可以与"全盘西化论"激烈争辩;自由讨论带来了学术的繁荣,因而涌现了蔡元培、陈独秀、胡适、梁漱溟这样的思想家;熊十力、冯友兰、金岳霖、贺麟这样的哲学家;鲁迅、曹禺、巴金、沈从文这样的文学家。就此而言,将五四精神归结为"激进主义"便经不起事实的检验。[①]

北京大学的精神传统,虽然缘起于戊戌维新的改良思想,受惠于孙家鼐、严复等这些宿耆硕儒的开拓倡导之功,其根基却奠定于伟大而恢弘的五四新文化运动,特别是与蔡元培对于这所大学进行现代改造有关。蔡元培始创思想、学术自由原则,立兼容并包方针和标举科学、民主精神,这些思想奠定了北京大学的百世基业。他的精神垂范至今,成为北京大学永久的校训。而由胡适、陈独秀等发起并推进的中国新文化运动更是以北大为舞台,演出了一场影响整个中国现代历史的话剧。

## 中国新文学的摇篮

中国新文化运动的前驱,提倡了一种对旧世界的批判以及锐意进取的创新意识。他们既富有理想又勇于行动、特别是面对重重压力而始终怀有坚定和自信。北大正是因此而成为新文化的堡垒,它为中国新文学和中国新诗所造出的

---

①见蔡仲德:《"五四"的重估与中国文化的未来》。据手稿,本书著者引用时,此文尚未发表。

功绩为国人所共知。

胡适在北大校园未设塑像。不仅于此，在革命意志旺盛的时代他还被当做资产阶级的一面旗帜，在全国范围内受到激烈的抨击。1954年10月，《文艺报》为支持两位“小人物”批评俞平伯的《红楼梦简论》发表署名文章，涉及对胡适的批判：“长时期以来，我们的文艺界对胡适派资产阶级唯心论曾经表现了容忍和麻痹的态度，任其占据古典文学研究领域的统治地位而没有给以些微冲撞；而当着文艺界以外的人首先发难，提出批驳以后文艺界中就有人出来对于权威学者的资产阶级思想表示委曲求全、对于生气勃勃的马克思主义思想摆出老爷态度。难道这是可以容忍的吗？”[①]对于胡适及“胡适派”的批判运动，是50年代非常著名的一次思想批判运动，胡适作为“反面人物”的形象也于此时开始被确定。

但胡适作为中国批判旧文化、创建新文化的前驱者和领袖人物的形象依然屹立于此。他的精神与这所学校同在。那次批判运动事实上未能改变人们对他的评价，也不能损害他的光辉。胡适自1917年于哥伦比亚大学毕业归国，受聘为北大教授之后，在北大任教数十年，先后担任过中文系主任、英文系主任、文学院院长等职，1946至1949年任北大校长。在中国教育界，他是一位著名的教授和教育家。在中国学术界，有人作了统计，他是创造了中国文化史上众多“第一”的一位勇于实践的人：“第一个提出用白话取代文言，推动了白话运动的开展。第一个用白话写诗，出版了第一本白话诗集《尝试集》，推动了现代新诗的诞生。第一个编写中国哲学史专著，出版了第一本《中国哲学史大纲》，促进中国哲学史科学的诞生。第一个把白话小说作为学术项目进行研究。第一个用现代观点考证《红楼梦》开创了一代新红学。”[②]这篇文章概括的胡适这些“第一”，从学术研究的角度看，体现了北大人的开拓精神。

在北大生活和学习的知识分子，多少都染有这所大学的某些精神遗传。人们朝圣般地来到这里，沐浴着这里的清纯和肃穆，进行着认真严肃的学术研究，又向着自己多难的乡邦投以热诚的目光，为着它的苦难发出惊天动地的呐喊。他们各有自己的个性，也各有自己的思维方式和学术道路，而宽阔的视野和博大的胸襟，则是他们的母校所要求并赋予的。自近代以至现代，中国历史的每一个过程，都可以从这个学校找到它的投影和回声。这个学校的师生，也以他们的智

①袁水拍：《质问〈文艺报〉编者》。载《人民日报》，1954年10月28日。

②乔清举：《他没有完成什么，却几乎开创了一切》。见《北大校长与中国文化》，三联书店，1988年版。

慧和献身的热情丰富了历史，他们于是也成为中国的良知。

每个时代都有自己的形式和内容，每个时代的知识分子也都有自己的姿态和声音。但不论如何，从这里走出的一代又一代的知识分子，他们作为文化精英的使命感和献身精神则是一致的。在乌云笼罩的时候，这里点燃了理想的火焰；在黑暗的重压中，这里发出了抗争的呐喊，而他们唯一的武器便是思想——思想让一切腐朽和反动为之丧胆——自由的信念，民主的意识，加上对于社会进步所拥有的热情的关切，构成了他们共同的品格。

## 中国的良知

20世纪50年代，这所大学开始一段新的艰难的历史。不断有风暴袭击着这里的宁静。但岁月无情，许多的记忆如今都改变了当时的含义，那些往事也成了过眼烟云。如今保留下来的依然是那个时代的渴望和追求，热情和单纯。记得当时，一个新生的社会走到全体中国人的面前，这所大学如同以往任何的社会转折那样为之产生巨大的激动。进入50年代，有一位著名的学者担任北大校长。他在担任北大校长期间，于每个新年的除夕之夜都举行全校的新年团拜，似乎形成了制度。

每年除夕，那时北大的大膳厅（如今的大讲堂）里总是人头攒动，静待新年的钟声鸣响。午夜时分，钟声响过，这位校长便出现在全校师生面前。他红光满面，有时是由于兴致佳好，有时是由于酒后微醺，以“兄弟”自称，向全校师生祝贺新年。话很短，也平常，有时则是某某宴请，多喝了几杯之类，都是家常，但体现出一种自由、洒脱、轻松。那时口号盛行，校长的致辞也绝少政治标语，却有一种难得的清新，倒是在平常中充溢着日益变得淡薄的人情味。在当日口号连天、到处革命红光的中国大陆，能够在万人聚会的讲台上听到这平常心、平常话，这只有自由、民主的北大。在严峻的时代，这里依然有一种严肃的坚守，一种自信心和不随波逐流的独立性，甚至是一种无言的对于流俗的抵抗。这种亲切的、温馨的氛围为当年北大校园所独有。在当时，政治运动的瘟疫已经无可阻挡地袭击着中国社会的每一个角落，而在这里，由于这位校长的无声的倡导，却依然坚守着最后一刻的自由。

校长的新年致辞之后，便是就地举行的万人舞会。舞会一直进行到子夜。那就是当时非常难得的对于升平景象和自由生活的挽留和纪念，因为更加严峻的岁月正在前面等待着他们。这位在钟声中准时步上讲台祝贺新年的北大校长是马寅初先生。他是中国近代以来享有盛誉的经济学家。笔者作为当年北大的一位学生，有好几个新年能够躬逢其盛，有幸目睹这位学者的风采。他是当日中国自由精神和独立个性的化身，而当日北大，也是那个高度组织化的社会里的难得存留的一片民主圣地。直到 1957 年那场暴风吹起之前，那里一直是科学、民主两面大旗招展的地方。

回到本文的题目上来，1898 年政变发生时，马寅初 16 岁，已是一位知事的少年。他诞生于 1882 年，浙江绍兴人。早年离家出走，在上海读完中学，后入天津北洋大学学习矿冶专业。1907 年以优异的成绩被北洋政府保送美国耶鲁大学官费留学。在耶鲁，马寅初攻读经济学硕士学位。正是在耶鲁，他学会"冷热水浴"的健身方法，使他始终能够以健康的体魄走完百岁之途。1910 年，马寅初获得耶鲁大学经济学硕士学位之后，复考入哥伦比亚大学，攻读经济学博士学位。1914 年以论文《纽约市的财政》获得美国哥伦比亚大学经济学博士学位。论文出版即成为畅销书，并列为哥伦比亚大学一年级教材。

1914 年马寅初归国，受蔡元培之聘，任北大经济系教授，后兼经济系主任。后蔡元培在北大设置教授评议会为全校最高权力机关，并设教务长职。马寅初被任命为北大第一任教务长。马寅初对蔡元培的治校方针有很高的评价，他说过："蔡先生来北大，留学人才归国，将外人之无学识者，完全革去，聘请中国人，可谓痛快极矣。"[①]在北大，马寅初主要讲授应用经济学课程，有银行学、货币学、交易所论、汇兑论等。1919 年 3 月在天安门广场庆祝第一次世界大战结束，李大钊在会上发表《庶民的胜利》的演讲，蔡元培的题目是《劳工神圣》，马寅初的题目与之相近，叫《中国之希望在于劳动者》，但马寅初的内容和角度均强调中国引进外资的问题。由此可见，他在当时便是很有影响力的学者了。天安门发出的声音，是当日北大思想的一种发扬。

1958 年马寅初把他的新著《我的经济理论、哲学思想和政治立场》一书献给北大，并在该书的扉页上题词："敬以此书作为给北京大学六十周年纪念的献礼"。这本书中收入他的学术经典《新人口论》。1958 年和《新人口论》的写作和出版，对于马寅初的一生来说，都是牵萦着他的命运的年代和事件。

马寅初当时担任全国人民代表大会的常务委员。1957 年，一次人民代表大会上，马寅初把"新人口论"作为一项提案正式提交大会。《新人口论》是马寅初学术上的最重要的贡献之一，它的提出，以及随后的事件，不仅体现了这位学者的科学

①《马寅初演讲集》第二集，第 291 页。

预见性，以及维护真理的坚定和勇气，从而展现出这位学者的人格光辉。马寅初的形象是50年代北大人的形象的集中展现，他无愧于这所学校的光荣的名字。

马寅初的《新人口论》是对中国传统的“广土众民”人口思想的挑战，也是对当日盛行的“人多是好事”的人口观的质疑。马寅初考察中国人口问题多年，他坚信中国当日面临着人口自身的生产与资金之间的日益尖锐的矛盾。新政权建立后由于就业机会增多，生活改善导致青年成婚人数激增，相对优越的生活条件与多子多福等封建思想传统结成联盟造成的结果，便是过高过快的人口自然增长率。马寅初据此提出必须有效地控制人口，他痛切地警告世人：如任其自流，其后果将严重影响社会的发展和进步。

但是，马寅初的忠言直谏得到的回报却是无休止的、愈演愈烈的批判运动，直至他被迫辞去校长职务为止。一篇评介马寅初的文章，不无感慨地这样说：“不论新人口论的目的多么崇高，也不论其内容多么坚实、科学，更不论持论者多么痛切勇敢，三十年前能够并敢于听取这科学之声的耳朵还太少了。这固然说明创造这种耳朵，听取这逆耳之言，并冷静客观地理解它还需要时间，但这里显然还有更潜在的根源。首先是民主问题。”①

1958年5月在有关当局的策动下，开始讨伐“新人口论”和马寅初。数万人参与批判，发表的批判文章共58篇。马寅初最后发表的文章是《重申我的请求》，其中说：“我虽年近八十，明知寡不敌众，自当单枪匹马，出来应战，直至战死为止，决不向专以力压服不以理说服的那种批判者们投降。”自此以后，他失去了言论自由，被禁止发表文章。马寅初在旧社会曾有过被迫沉默的时期，那只是1943年、1944年两年。这是他的第二次被迫沉默。但这次沉默期的时间是上一次的10倍，长达20年之久。

我们从马寅初身上看到了活生生的北大精神，不仅以他那卓然自立的、先于时代的独立思考，而且以他不屈不挠的抗争精神，以他坚定的人格。他在题为《北大之精神》的演讲中说过：

> 回忆母校自蔡先生执掌校务以来，力图改革，五四运动，打倒卖国贼，作人民思想之先导。此种虽斧钺加身毫无顾忌之精神，国家可灭亡，而此精神当永久不死。既有精神必有主义，所谓北大主义者，即牺

---

①席大民：《“为真理而死，壮哉！为真理而生，难矣！”》。见《北大校长与中国文化》，第100页。

牲主义也。服务于国家社会，不顾一己之私利，勇敢直前，以达其至高之鹄的。[①]

马寅初正是以这样的“北大精神”面对自己所承受的现实苦难。他在沉默的最初几年，以八十多岁的高龄发愤著《农书》百万字，不幸的是，他遇到了一场范围更广泛的灾难，他为了使此书免于沦落，“文革”中亲手焚烧了它。下面这篇短稿记载了这位文化巨人的深沉的悲愤——

1965年岁末，马寅初已经将他的一百多万字的《农书》初稿写完，而且还从头到尾作了一次修改。

1966年，在中国的大地上，突然降临和燃起了“文化大革命”的灾难之火。

马寅初听家人、亲戚对他讲红卫兵到处抄家、打人的事情，就觉得真可怕，就觉得这一次真是“秀才遇上兵，有理讲不清”了，很可能要大难临头。

开始，马寅初对红卫兵抄家，还是一般地提心害怕。深秋的一天，当他从子女那里听到红卫兵已经到他的好友邵力子、张治中家里转了几圈之后，就更加害怕起来，甚至做了一场噩梦。

几天后，马寅初就毅然作出决定：与其等着让别人来抄家破四旧，还不如自己动手为好。

“现在我向大家说一件事情，”一天早饭后，马寅初让家里人都来到客厅说，“近来我一直在反复思考，但又犹豫不决的一件事情，现在终于决定下来，这样做，虽然十分可惜，又非常痛苦，但不这样做，又有什么办法呢？今天，你们大家都不要出去，也不要去干别的事情，我们全家自己动手来破‘四旧’……”

于是，多年来，国内外的朋友送给马寅初的各种各样的花瓶、瓷器和玉器制品被摔碎，当做垃圾处理了，家中的许多皮鞋以及款式新颖的衣服均被锯掉鞋底和剪成碎片送进锅炉炉膛烧掉了。

马寅初的那个绿色的保险柜也被打开了，里边珍藏着毛泽东、周恩来、陈云等党和国家领导人给他的亲笔信件，何香凝等许多著名书画家

①《马寅初演讲集》，第四卷，第20页。

送给他的字画，还有他多年积累的有关中国和世界的许多经济方面的珍贵资料，等等，等等，都被拿出送进炉膛。

他的那部用数十年心血研究并写成的近百万字的《农书》，那个由十卷手稿堆放满的藤箱子，也被抬到锅炉房，一卷一卷送进炉膛化成了灰烬。

由于周总理的关怀，在"文化大革命"中，马寅初的家免遭了查抄和浩劫，马寅初本人也未受到大规模的批斗和皮肉之苦。但那些化作灰烬的信件、字画、资料，连同他的《农书》的手稿，成了他永久的遗憾！这也是一个学者终生的遗憾。①

在众人不能觉察时的"盛世"发出危言，可是"盛世"却不能容忍这样独立思考的"异端"。科学精神受到了愚昧和专横的反击。这种野蛮对于文明、无知对于科学的反动，虽曰造出无数个人乃至全社会的灾难，但反转来，却是对于癫狂时代的无情的嘲讽。马寅初 80 高龄烧毁《农书》的行动，让我们想起历史上许多悲烈之士的焚稿断琴！历史最严厉地惩罚了无知的专权，它对于一意妄为的答报是无法扼制的滚滚而来的人口洪流——这是本世纪中国无视科学导致的一次空前的灾难。

## 永远的北大精神

而马寅初终于在这样的灾难中完成了自己。他既是悲剧的象征，也是力量的象征。作为个人，他在苦难的忍受和抗争中成为强者。他把他毕生所崇尚的"北大精神"予以完好的展现——当然，这种展现是极其悲壮的。但历史终于补偿了他，他活到 101 岁，终于在他活着的时候，历史能够有机会向他道歉。1982 年 5 月 10 日下午 5 时，这位勇敢而智慧的老人终于告别了他为之争取、抗争也因而饱尝了苦痛的世界。

从孙家鼐到严复，从蔡元培到胡适，再延伸到从 19 世纪末一直活到 20 世纪 80 年代谢世的马寅初，这些与京师大学堂和北京大学名字相关联的是一些独立的和智慧的人。他们的名字连成一串展示了近百年的中国文化精神，也展示着这所大学所具有的特殊品质。本文作者在一篇文章中曾为这座校园写下了这样一些话，这些可以用来概括和纪念 1898 年梦想改变中国命运而成立的京师大学

---

①此文原题为《马寅初焚稿记》载于《湘泉之友》，1996 年 3 月 20 日。

堂这棵常青树所结出的精神之硕果：

这真是一块圣地。数十年来这里成长着中国几代最优秀的学者。丰博的学识，闪光的才智，庄严无畏的独立思想，这一切又与先于天下的严峻思考，耿介不阿的人格操守以及勇锐的抗争精神相结合。这更是一种精神合成的魅力。科学与民主是未经确认却是事实上的北大校训。二者作为刚柔结合的象征，构成了北大的精神支柱。把这座校园作为一种文化和精神现象加以考察，便可发现科学民主作为北大精神支柱无所不在的影响。正是它，生发了北大恒久长存的对于人类自由境界和社会民主的渴望与追求。

这是一片自由的圣土。从上个世纪末叶到如今，近百年间中国社会的痛苦和追求，都在这里得到积聚和呈现。沉沉暗夜中的古大陆，这校园中青春的精魂曾为之点燃昭示理想的火炬。一代又一代的中国学者，从这里眺望世界，用批判的目光审度漫漫的封建长夜，以坚毅的、顽强的、几乎是前赴后继的精神，在这片落后的国土上传播文明的种子。近百年来这种奋斗无一例外地受到阻扼。这里生生不息地爆发抗争。北大人的呐喊举世闻名。这呐喊代表了民众的心声。阻扼使北大人遗传了沉重的忧患。于是，你可以看到一代又一代人的沉思的面孔总有一种悲壮和忧愤。北大魂——中国魂在这里生长，这校园是永远的。[①]

1996年2月



①谢冕：《永远的校园》，见《精神的魅力》，第142—143页，北京大学出版社，1988年第一版。

# 富有的是精神

## ——在北京大学中文系1997级迎新会上的演讲

热烈祝贺你们来到北大。你们将在这里度过20世纪仅剩的最后几年。在这几年中,你们无疑将接受本世纪全部伟大的精神财富,以及这一世纪无边无际的民族忧患的洗礼。你们将以此为营养,充实并塑造自己,并以你们的聪明才智在这里迎接21世纪的第一线曙光。你们是名副其实的跨世纪的一代人。你们要珍惜这百年不遇的机会。

发生在距今99年前的戊戌变法是失败了,但京师大学堂却奇迹般地被保留了下来,成为那次失败的变法仅存的成果。你们正是在这个流产的变法失败100年,也是京师大学堂成立100年的前夕来到这里的。当你们来到这到处都在建筑和整修的学校时,百年的沧桑、百年的奋斗、百年的期待,一下子也都拥到了你们的面前,我设想此时此刻的你们,一定是在巨大的欢欣之中感到了某种沉重。

你们是未来世纪中国的建设者。你们将在未来的岁月中做出平凡的或是杰出的贡献,你们中有的人可能还会成为未来世纪非常出色的人物。但不论如何,1997年9月的今天,对于你们中的每一个人,都是决定自己一生命运的、不可替代的、非常重要的日子。那就是因为你们的名字和这所伟大的学校产生了联系。中国有12亿人,你们的同龄人也应该以千万为单位来计算,但只有极少数的人有幸能把自己的名字与这所学校联系起来。同学们,请以负重感来代替你们高考胜利的欢欣吧!

你们从各地来到北大,从现在开始,你们已结束了中学学习的阶段,开始了大学学习的阶段,在人的一生中,这是非常重要的时刻。虽然都是学习,中学只是普通教育,大学则是专业教育,这才是真正打基础的阶段,你们将来为社会服务的许多本事，是在这个阶段学到的。

去年也是这个时候，我在欢迎本系博士生和硕士生的迎新会上，也发表过一个讲话。那时我讲北大是做学问的地方，但是就重要性讲，还是做人第一、做学问第二。做人的问题很复杂，但也很简单，就是在人的质量和品德方面有高的标准和要求。只有人做好了，学问才能有好的发挥。

北大这所学校出过许多学者，也出过许多革命者。这些学者中的出色的人物，往往是人的品行高洁，而学问也是前瞻和开创的。如李大钊，他最早把马克思主义引到中国来，他呼唤并参与了中国青春的创造；又如鲁迅——北大校徽的设计者，他在这里的身份只是讲师，但却是中国文化的伟人。不论是李大钊，还是鲁迅，他们都是伟大的爱国者。所以，在这里，我想强调的是，做人和做学问的统一，爱国者和敬业精神的统一。

一个人成就有大小，水平有高低，决定这一切的因素很多，但最根本的，是学习。学习是不能偷巧的，一靠积累，二靠思考，综合起来，才有了创造。但是第一步是积累。积累说白了，就是抓紧时间读书，一边读书，一边思考，让自己的大脑活跃起来。用前人的经验来充实自己，先学习前人，而后发展前人，而后才有自己的发现和创造。

但无论怎么说，首先是学习，抓紧一切的时间学习。我的经验是，不要抱怨，更不要拒绝老师提供的那一串长长的书单，那里边有的道理，你们现在并不理解，但是要接受它，按照那个参考书目或必读书目，一本一本地读，古今中外都读，分门别类地读。有的书要反复读，细读；有的书可以走马观花，快读；但是一定要读。这叫机不可失，失不再来。我想告诉大家，我现在从事的工作，应付着方方面面工作的，不论是写文章、说话、论证、做判断，靠的就是北大本科几年的读书的积累。那时还有很多的政治运动，用到学习上面的时间并不多，但也就是那些有限的时间里读到的那些中国文学、外国文学、历史、哲学、语言学等方面的积累，支撑着我现时的繁重工作。虽然时感知识不足，所知甚少，但使我有能力去应付那千头万绪的局面的，还是在北大当学生那几年打下的基础。

事实上，人一旦走上了工作岗位，现在这样专注的、系统的、全力以赴的学习机会也就随之失去了。等到工作临头，你发现罗曼·罗兰没有读过，高尔基没有读过，《离骚》没有读过，《故事新编》没有读过，但丁和普希金也没有读过，那时工作逼着你发言，你只好手忙脚乱地临时乱翻。那是应急，不是学习。匆忙中谁能把《约翰·克利斯朵夫》一口吞下来？即使吞了下来，你又能发表出什么意见呢？离开了大学，可以说，你基本上失去了大学学习的条件，那时想起那一串长长的书单，你真是悔之莫及了。所以，你们到北大来，我第一要劝你们的，是做书呆子。只有先做呆子，然后才能做聪明人。一开始就想做聪明人，什么都没有，而要装天才，做神童，那才是真正的呆子。聪明绝顶，目空一切，这是北大学生容易犯的毛病。我们要杜绝这种小聪明，争取将来的大智慧。

此外，要学好语言。不仅本国语言要学好，外国语也要学好。那种认为中文系学生不必学好外语的观念，是一种短见，是很浅薄的。现在国门开放，不是闭关锁国的时代了，中国要了解世界，世界也要了解中国，要靠语言这座桥梁。

除了外国语，还要学好本国语。现代汉语要掌握好，写文章要用语法，不要写错别字，文字要漂亮。更重要的，是要掌握好古代汉语，中文系学生不会真正阅读古文，是耻辱。不要读白话《史记》或《论语》今译之类的书，不是那些书不好，而是中文系学生应当掌握好古汉语，直接和庄子和李白用他们当年的语言对话。还有，也许已超出了教学大纲的范围了，但是我还要讲，那就是中文系学生应当学毛笔字，还要识别繁体字。以上所说，对别人可能是苛求，而对中文系学生而言，则是必要的和起码的。

因为文学是你们的专业，所以我还要谈谈文学，在我的心目中，文学是非常神圣的。我们讲敬业，就是要对文学怀有敬畏之心。文学，有人说起源于劳动，有人说起源于游戏。在文学的功能中，是有游戏的成分，有让人愉快让人轻松的作用。但文学从根本上说不能等同于游戏，因此，我们不能游戏文学。

文学中的优秀部分，最有价值的部分，是人类崇高精神的诗化。文学是一种让人变得高雅、变得充实、变得聪明、变得有情趣的精神劳作。我们学习文学，是要把文学当做事业去创造、去发展、去发扬光大，而不是把它当做手中的玩物。我讲这些话不是无的放矢，而是有感于当前文学的某种缺陷和某种失落。

号称全国最高学府的北大，物质条件很差，有的方面如学生宿舍则是超乎寻常的差。物质的贫乏并不等于精神的贫乏。在精神方面，北大是富有的，是强者。北大的这种富有，足以抵抗那物质的贫乏而引以为自豪。走在我们前面的，有我们一代又一代的老师，他们一介布衣，终生清贫，但却是我们永远敬重的精神强者。

# 这里是新诗的故乡

这是一座诗的校园，诗歌的花在这里盛开。季节在转换，人在更迭，冬去春来，一代又一代，诗歌的花总在默默地、认真地开，鲜丽，而且热烈。先前，在红楼的花坛和人行道旁，也在汉花园宁静的院落中；后来，当校园迁徙到遥远的春城，诗歌的花依然盛开在翠湖边。随着时光的推移，在勺园、在朗润园，也在燕园的垂柳依依的湖滨，依然延续着诗歌的花事，每时每地，开得灿烂，也开得浪漫！

这里从来是诗的国土。古典诗歌和外国诗歌，在这里星月交辉，从来都不乏知音和吟者，这些来自故国和异邦的诗的精灵，在这里繁衍了鲜艳的诗之花。现在要说的是有别于前二者的新诗，一种适应着时代呼唤的新型的诗。胡适先生是“尝试”新诗的第一人。一个夜晚，月光透过窗帘，洒了满地。先生立于窗前，他感恩似的低语：“多谢你殷勤好月，提起我过来哀怨，过来情思。我就千思万想，直到月落天明，也甘心情愿！”[①]沈尹默先生好像是受到了感染，他吟的也是月夜情怀：“霜风呼呼地吹着，月光明明地照着。我和一株顶高的树并排立着，却没有靠着。”[②]

白话写诗，对于那些习惯了文言写诗的人，不免显得有点生，有点涩，有点“乏味”，但用的是全新的语言，却是全新的感受，全新的气象。有人开了风气之先，就有人接着做推动风气的事。北大的人，就这样破天荒地开启了新诗的闸门。教授们和学生们好像是摽着劲儿，开展着新诗的赛事：先生们办了《新青年》，首先发难登了新诗；学生们不甘落后，也办起了《新潮》，也大量地刊登新诗。《新青年》也好，《新潮》也好，都是新思想、新文学，也都是新诗的园地。

①胡适：《四月二十五夜》。

②沈尹默：《月夜》。

北大是属于诗的，从这里走来了一代又一代的新诗人，他们走来了，又走远了，留下了诗的神采和芬芳。这些北大诗人，他们的名字组成了一长串明亮的星辰。他们几乎涵盖了一部中国新诗史。很难设想，要是抽去了北大以及与北大有关的那些诗人，一部中国新诗的历史是否还能成立？正是因此，林庚先生才把北大比喻为新诗的摇篮——摇篮旁的母亲的心。①

北大从来也不曾辜负诗歌的抚慰和托付，不管是风霜雨雪，还是月夕花朝，这里的诗之花依然灿烂地蓓蕾着、绽放着时代的芳香和美丽。从周作人到康白情，从徐志摩到冯至，从废名到汉园三诗人，这个诗歌原野散发的芬芳感染了所有的人。连一贯尖锐凝重的鲁迅也写诗，从旧体诗到新诗，再到《野草》，从而使他的作品融进了诗的柔情，连专擅小说的沈从文也把诗带进了他的湘西风情，使他的作品充满了田园牧歌的情调。

在中国诗歌复兴的20世纪80年代，北大师生也始终站在引领新诗潮崛起的前列，一直到“面朝大海，春暖花开”。这一路诗歌行进的鲜明足迹，一直激励着世代的北大人，他们与中国诗歌共命运。正是因此，作为这一光辉事业的后续者，他们不论是曾为诗人，还是曾为研究者，从来没有忘记这一庄严的使命。

今天这里奉献给诸位的诗歌的小册子，原是为印证这一切而印制的。它不仅是一个总结，一种纪念，我们希望它还是诗歌原野的向导和馈赠，而且更是一种答谢和感恩。有幸得到它的人们，要是因而拥有了关于诗歌与北大历史渊源的一点认识，对于我们这些编者而言，那就是一个莫大的欣慰。

2011年10月7日于北京大学中国新诗研究所

---

①林庚，《红楼》：“红楼你响过五四的钟声/你啊是新诗摇篮旁的心/为什么今天不放声歌唱/让青年越过越觉得年青”。这是林庚为北大学生刊物《红楼》创刊所写的诗。

大家书系 咖啡或者茶

第二辑

# 咖啡或者茶

# 悲喜人生

不知不觉地，人就老了。人老了，首先是形貌上有了变化，变得不那么可爱了。而其实质是，体质上有了变化，变得不那么健壮了。这是不能不承认的。若不承认这一点，以为一切还如年轻时一样，那在待人接物上就会出问题，例如不回避一些不宜参加的场合等等。而在行动上更会产生问题——老人有老人的身体条件，一般来说节奏应当放慢，急不得。应该适当地改变年轻时期的动作习惯，例如负重、下蹲等，不能过急过猛，要根据自己的体力行事。我在这方面就有过教训。

以上说的，只是问题的一个方面。我以为更为重要的一方面是与上述反向的，就是不能老想着自己老了，更不能老把这挂在嘴巴上。不要想这些，一切如同往常，做应当做的事，说应当说的话。这就是，心态绝对要年轻。要是人老了，心也老了，那才是真的老了。我见一些同辈人，甚至比我岁数小许多的人，他老觉得自己老了，想着想着，步履就蹒跚起来，思维就迟钝起来，衰老得很快。都说老年人要乐观，这话好像说了等于没说，但我却认为是很重要的。

对老年人心理上最直接的威胁，是死亡。死亡是日近一日地逼近你，使你不能不心生恐惧，以为来日无多，于是手忙脚乱，弄得身心两衰。其实，死亡是上帝平等赐给所有人的，上自帝王权贵，下至平民百姓，大家机会均等，有什么可畏惧的！王瑶先生生前讲："不想死，不等死，不怕死。"这里边有朴素的哲理，不想死，就是现在流行的"活着的感觉真好"；不等死，就是我说的"该做什么，该说什么，一切照样"；不怕死，就是"人人如此，怕也无用"。有了这三条，思想就会大解放。明知前面是终点，但行走就是一切。等到实在走不动了，那就停下来。

只要我们在行走，就快乐着，享受生命的每一天。我相信我这种生死观并不浅薄。我的人生哲学是整体上的悲观主义，局部上的乐观主义。悲观是绝对的，而乐观则是相对的。我曾郑重地说过："人生到底是一个悲剧。"此话现在还不想修改。人来到世间，无忧无虑的童年转瞬即逝，此后上学，是投入了一个大竞争，此后就业，又是一个更大的竞争。人生途中充满了压力和艰险。有的人就此败下阵来，终生潦倒；有的人经历过种种磨难，穿越过人生诸多的忧患，能够战胜那一切险阻，并最终到达自己的目标，这是一种成功的人生境界。而这样的境界却不是每一个人都能获得的，只有少数人或极少数人在这种艰难的竞走中走到了前面。

话说回来，即使是那些幸运的到达者，当他们功成名就之日，多半也人已中年，人生开始走下坡路了。我这里讲的只是学业和事业上的竞争，没有说天灾和人祸，没有说病苦和贫穷，没有说突如其来的天崩地裂。人生拥有的纯粹的快乐，只在短短的童年的一瞬间，这能不让人慨叹吗？人生究竟是苦多还是乐多？我的局部的乐观是建立在整体的悲观之上的，所以我并不肤浅。但是我到底还是乐观主义者。我主张以快乐的态度对待人生的一切苦厄。我的主张就是认真每一天，快乐每一天，享受每一天，也美丽每一天。

我们毕竟无力对抗衰老，但我们的乐观精神能够延缓它的到来。我希望认真地对待人世拥有的每一天。想让人高兴的事，做一个自己快乐、也让别人快乐的人。有些人老了以后心情也变坏了，他自己不快乐也总让别人不快乐。我希望我不是。我愿忘记那应当忘记的，记住那应当记住的。放下的是那些伤害、那些卑鄙和污秽，放不下的是那些温情、那些友爱和良善。人生只是一个过程，过程以外，什么都不能留下，包括人们十分看重的名誉、地位、财富。世间没有什么比友情、亲情、爱情更宝贵的东西，它们无价，金子也换不来。

现在我已从工作岗位上退了下来，工作上的压力比过去少了，但我还是很忙碌。写文章，参加社会活动之外，我始终坚持身体锻炼，慢跑、冷水浴，这是一年四季不间断的，最近在一位年轻朋友的鼓励下正在学打网球，虽然现在还怯于上场，但已是一个"网球迷"，居然也知道阿加西、库娃和大小威廉姆斯了。这是我"古稀"以后发生的事。去年我曾在大风雨中登上黄山的莲花峰绝顶，今年更在暴风雨中步行 7996 级石阶直逼梵净山金顶。在这些活动中，我每次都走在所有年轻的和不年轻的同伴前面，他们都称赞我"45 岁的体力"，我当然有点得意。尽管仍然有很多让人烦忧的事，但我的生活充满了情趣。做一个健康的人，不仅自己快乐，而且也会使周围的人快乐。

当我们活着的时候，要记住那些在困难时帮助过我们，在痛苦时安慰过我们的人们。当我们不在的时候，也让人们记住我们的一些好处，至少人们会给你这样的评语——一个可爱的人。做一个除非万不得已、尽量不给别人（包括自己的子女）添麻烦的人，做一个别人喜欢你、至少不讨厌你的让人亲近的人，这就是我的人生的“大”目标。我始终心怀感激，为那些想着我的、记着我的、爱着我的人们。我不看重一切身外之物，我只看重我内心的那些秘藏，为那深深的、浅浅的、浓浓的、淡淡的，若即若离、若有若无、抓不住又放不下的一缕扯不断、理不清的情思……不论我们活得多么艰难，我们应当尽一切可能，让生命美丽每一天！

# 咖啡或者茶

我的生活情趣是兼容的，东方和西方的习俗我都能适应。在国内，我什么菜系的菜都吃，甜的、酸的、麻的、辣的，吃起来都香。我的口味是多方面的，在餐桌上，我是一个非常随和的客人，因为我不挑食。当然，其前提是菜要做得地道，鲁菜要是鲁菜，粤菜要是粤菜，川菜要是川菜，淮扬菜要是淮扬菜。在菜的品味上我很精，我不会轻易被糊弄。顺便要说的是，我也并非什么都吃，我也有不吃的东西，例如我拒绝吃狗肉，还有，事关生态与环保的，我也会拒绝。但那是与挑食无关的。

有的人到了国外，即使饿急了也要到处找中国餐馆，他们敬谢牛奶、面包和品种繁多、风格各异的香肠，就只想中国的面条和榨菜。我不，我在出访时一般拒绝中餐，专找西餐吃。这不是我的"数典忘祖"，我的信条是入乡随俗。沙拉生菜，冷牛奶、冰水，带血的牛排，我都能像本地人那样吃得津津有味。

西方的咖啡和东方的茶我都喜欢，并无偏爱。所以人们要是按照习惯问我，咖啡还是茶？我是很难回答的。但现今，我还是喝茶的时候居多。因为喝茶省事，一只杯子就解决问题。我不专喝高级茶，当学生时经济拮据，当然拣便宜的买。会喝茶的人常笑外行人爱喝花茶，以为他们不识茶的真趣。我照喝不误，我不怕人笑话。过去海淀的茶庄里卖一种高级花茶末，一两一元钱(当时还是显得很奢侈的)，我经常光顾。别说那时是学生身份，不挑剔。即使现在，我也还是觉得那茶品位不凡。我喝茶讲的是实际，并不像那些行家，他们从茶品到茶具都有讲究。

有人喝茶讲清淡，我喜欢浓烈，用得上闻一多先生的诗句："记住我的粮食是一杯苦茶"。一种滇绿是极苦的，我可以用半杯的茶叶泡一杯的茶。乌龙茶我极喜爱，不仅是它的清香，还有它的甘中之苦、苦中之甘，特别是它的经久耐喝。这些苦茶，我可以从早喝到晚，夜间也不例外。在喝茶这一点上，我是很自豪的，我从没有因为喝浓茶而失眠。大家都说龙井好，但我嫌淡，而且第三过以后就没有味道了。加上坊间的假龙井很多，更加破坏了它的名声，因此我并不对龙井情有独钟。

说到咖啡，较之茶是少喝多了。不是不喜爱，而是嫌它费事。虽然喝茶也要讲究环境和茶具，但对于俗人如我者，不分白天黑夜、无时无刻地喝，经常性地当然不能也不会太考究。不怕人笑话，我现在喝茶用的是保温杯，因为它可以保持恒温。用保温杯喝的虽然总是热茶，但却是行家的大忌，这我知道。咖啡就不同了，喝咖啡非有好环境和好心情不行，喝咖啡一定要有情调。咖啡具要雅致，茶几和小桌一定要清爽，对饮者必须是情意相投的、最好是知心的朋友。我的居室窄小而杂乱，连个饭桌都摆不下，哪有喝咖啡的场所？那些精美的咖啡具往哪里摆？所以，若问我：咖啡还是茶？我是很犯愁的。

说句笑话，茶好比是妻子，而咖啡则有点像是情人。妻子是人人都有的，相濡以沫，相安无事，是平常人的平常日子。而情人呢，必须有“条件”。咖啡很香，它的香味非常迷人，但更加重要的是情调，而情调是可期而不可求的。所以，咖啡是情人。

2001 年 4 月 26 日于北京大学畅春园寓所

# 给涛哥的信

涛哥：

日前奉上一信，想必收到。昨日甫弟自厦门来电话，说是收到涛哥近日来函，谈及勋侄梦见奶奶说“没有房子住”之事，并说涛哥为此内心深感“不安”。我们弟兄二人在电话里交换了意见，认为梦事总有虚幻的成分，不可全信。弟作此信，主要是劝涛哥不必为此不安，兹为略陈数言，以表宽慰之意。

自从台海两岸恢复民间往来之后，十余载间，涛哥几乎每年都回来拜祭父母双亲。涛哥早年为求生计，远离亲人，孤身漂泊，历尽艰辛。及至世事平泰，手足团聚，每以未能膝下尽孝自责。此情弟等均知。

80年代初，弟与涛哥首会香港。临别涛哥即让弟带回美金一万元，嘱交振兄以为置业之用(该款后由依娟购置了凤凰池房业)。记得涛哥当时曾语重心长地告弟：“我的每一分钱都是干净的。”此语弟铭记于心。此后数年间，涛哥倾毕生积蓄，分别为振、甫、冕、韫诸弟妹斥巨资置业。单是福州一地，经依娟之手，先后购置三套华屋。

涛哥每次为弟等置房，总说“子欲养而亲不待，这是用以弥补生前未尽奉养双亲责任的遗憾之举”，言者心诚，闻者心动。遥想双亲泉下有知，亦必为之展颜。

四十余年骨肉隔绝，留住内地的各弟妹虽身处逆境，亦为家庭各尽绵薄。记得弟当年求学燕地，每月调干奖学金为二十五元，弟与甫约，各人隔月寄家十元，以为双亲茶饭之资。如此继续至双亲先后去世。当然毕业后至“文革”前，弟月工资提高至五十六至六十二元，汇款标准亦相应有所提高。

弟等以为，谢家素来贫寒，但我等弟兄黾勉自爱，虽未能让父母生前过较为富裕的生活，均已各尽心力。五老老矣，身心交瘁。现今战烟消散，社会安定，应该是下一代来尽他们的孝心的时候了。

近来此方政府倡导薄葬，尽量不修墓茔，以减少占用耕地。故而，即使修墓亦以简朴为宜，此亦符合我谢家勤俭之家风也。

区区之意，深思而发，尚望涛哥指谬。暮春三月，北国风烟，乍暖还寒。遥想南天，必是一番阳春好景色也。

顺颂安祺！

2001 年 3 月 26 日于北京

# 痛别文超

得到文超的噩耗，我不感到突然，但我还是有椎心之痛。文超在我的所有学生中，不论是学术还是人品，都是最优秀的。我失去了文超，仿佛是失去了生命中最重要的部分，我的哀痛无以言说！

文超已经与绝症苦斗了十多年，他已精疲力竭。他实在是太苦太苦了。我们身体健康的人，看着身患绝症的文超，一面忍着常人难以忍受的病痛，一边做着超负荷的工作——他是用这样近于疯狂的工作，使自己忘记随时都在折磨他的死神的威胁。坚强的文超就这样忍着剧痛，任凭凶狠的癌细胞从喉部到淋巴，再到肺部，有恃无恐地在他身上四处游移，无情地摧残他的血肉之躯。换上任何一个人，早就挺不住倒下了，而文超却始终站立着！凡是认识文超的亲友和医生，都说他创造了生命的奇迹。

文超一贯乐观。不是我问，他从不在我面前谈论病情。他只是咬着牙，一个人苦苦地撑着。他把无尽的悲苦留给了自己，而试图以此安慰一切爱他的人。上世纪 90 年代初得病，几番重大的手术，几次几乎绝望地推上手术台，几次又奇迹般地从地狱回到人间，不是别的，是他那超乎常人的精神力量在支持着他。

命运对于文超，是太过不公平了。他是一位才智过人、毅力过人的人，他想在学术上做很多很多的事，他要培养更多更多的学生。一直到不久前还打电话给我，讨论他最后一部著作的出版。但是上天不给他健康和机会，他就这样并不心甘情愿地撒手人间。他很年轻，他死得太早了，他是被噩命运活活地逼走的。我深知文超，他对此是绝不甘心的。有那么多平庸的生命，都在苟且地活着，为什么要这样对待像文超这样人类最优秀的生命？想到这里，我真的要为文超抱屈。

有一次，文超戏谑地对我说，他是被上帝“惩罚”的。因为他出身鄂西北农家，世代没有出现一个大学生，而他却获得了从学士、硕士到博士的学位，得到从北京大学到伯克利大学的高学历，最后，当上了博士研究生的导师。他的成就是他历经艰苦、自我奋斗得来的。可是，却连上帝也嫉妒了。他获怨于上苍，因为他的事业和成就已经超越了上天可以容忍的极限。

文超是经我培养的第一位博士生，我看重他甚于我自己。无论从哪方面看，他都比我更有潜力，更有积蕴，而他却抛我而去。我的悲凉是彻骨透心的。我要向上天抗议，是它无情而不公地夺走了我的至爱和希望。

文超，你是太苦也太累了。人世茫茫，你还是认了命吧。你也好借此安息下来，结束你的虽然悲哀，却依旧辉煌的、短暂的一生。你是无愧于师友，无愧于亲人，无愧于人世的。我们永远爱你，我们也把你永远记在心中。

2004 年 10 月 27 日深夜至 28 日凌晨，心绪苍茫，万端悲苦，匆匆草于福建晋江旅次。

# 天寿山安魂辞

谢阅离开人间那一天，妈妈看见他一人在荒凉中前行。他频频回首，依依情重，不忍永别。后来，他在一座山峰的斜坡上坐定。他含笑着向送行的人们挥手。那天谢阅坐定的山峰，就是现在我们站立的这座天寿山。谢阅去世后，高黎带着我们连续数日寻找合适的墓园，终于找到了天寿山前的这一片灵魂安息地。应该说，这是谢阅自己选定的，他生前就喜欢这样的雄伟和开阔，他把这告诉给妈妈了。天寿山位于昌平南口，十三陵逶迤而东，居庸关雄峙于北，这是谢阅永世长眠的地方，我们也把挚爱永远留在了这里。

谢阅出生在贫困而严酷的年代。他童年不仅缺乏营养，而且缺乏快乐。但他的成长是自强而健康的。他义无反顾地选择了医生这个崇高的职业，决心终身行善。我和谢阅的妈妈都从事文学研究，但我们尊重谢阅的选择。谢阅敏慧而内敛，才情丰盈而吝于言辞。他看淡世间的繁华，以短暂的生命坚守自己的信念。他把朴素无华的爱，献给了自己的亲人和朋友。他把严重的病情向我们隐瞒了整整八年，为的是让我们在不知中享受安宁，而他和高黎却承受着巨大的内心折磨。两年以前，谢阅不得不进行手术的那一天，我珍重地向他表示了这种发自内心的感谢。

我为谢阅短暂的一生惋惜。人正中年，事业刚刚开始，便陷入绝境。没有飞黄腾达，没有惊天动地，他只是默默地工作，认真地做人。做一个平常的、纯净的，同时也是快乐的人。他是脑神经内科医生，他知道自己的病情，他依然从容地面对死亡。种花，养鱼，开车，打高尔夫球，旅游，早晚接送女儿上幼儿园，他的生活丰富而充满热情。而无情的事实是，他清楚地意识到他的生命已临近终点！

世上有荣华富贵，有功名利禄，但这与谢阅无关。他看重的是世间的爱，他一生只有朋友而没有敌人。谢阅是平凡的人，但却有着属于自己的人生态度、理想和追求，一种不同于凡俗的、不平凡的精神。作为谢阅的父母，我们为自己的儿子而骄傲。我平生不信有来世，也不信有天国，现在我希望有。亲爱的谢阅，我们都希望你在这边失去的在那边依然拥有。亲爱的儿子，快乐永远属于你。

# 生命因诗歌而美丽

我没有欢乐童年的记忆，我的童年是灰色的和绝望的。从记事的时候起，我的头顶就弥漫着战争的阴云，饥饿、失学、逃难，是我童年的“常课”。记得上小学时，因为节日没有新衣或是因为交不起远足的车资，我有意地回避了许多集体活动的机会。为了排遣孤独中的哀伤，我常把自己关在楼上读书。那时慰我孤寂心灵的只有诗歌。半知半解地，我已经会背诵白居易的《长恨歌》和《琵琶行》了，我在发生在遥远时代的凄婉的故事和优美的韵律中，得到悲情的寄托和宣泄。诗歌使我暂忘现实的困顿，诗歌给了我情感的抚慰。在孤立无援的时刻，我多么感谢这多情的诗歌！

记得家乡夏日的夜晚，满天的星斗，满耳的虫鸣，一领凉席，仰身向天，心中默默念着：“银烛秋光冷画屏，轻罗小扇扑流萤。天阶夜色凉如水，卧看牵牛织女星。”一段古人神韵，它的优美的旋律，使我一时忘了身边的繁难，伴我度过那些与幼小年龄并不相称的充满悲哀的白天和夜晚。忧患几乎是随着年龄的增长而增长，黑暗无止境地向着所有的空间弥漫，在看不到希望前路的时刻，我痴迷于诗歌。开始是古典的诗，后来是现代新诗和外国诗。在中国最传统的诗歌形式中，我找到了心灵的寄托。它的华美和安谧，使我的焦虑和烦忧得到沉淀。我在那里温馨和恬静的氛围中有一种皈依感。

与眼前的哀鸿遍野以及硝烟弥漫的一切丑陋和污秽不同，诗歌向我展开了另一个世界。那里的上帝是优美和崇高，那里的灵魂是人性的至情。我在无可挽回地向着黑暗沉沦之中，我有了光明的救援——这就是我所钟情的诗歌。从那时开始，我对这种文学形式有了一种新的体认。诗是产生于人们看不见的，甚至是不可捉摸的内心深处的，较之那些物质性的东西，它仿佛是一种“空无”。它所装填的无限博大的内容，只能在语言文字的外壳下感受到，因此它更是一种“无形”。然而，诗歌的无形之手却向着无限的时空延伸，人们在它的无限的延伸中感到了它的无限的力量。什么是诗？诗是一种文学体式，那里充填着情爱，这情爱来自人的内心，并流向更多的人的内心。

到后来，由于接触了五四新文学，我有了更多的新诗阅读的经验。我从新诗的那些经典性的作品中，体会到诗与时代、与思想的密不可分的关联。这些诗使我认识到，诗不仅应当是优美的，更可以是热烈的和激情的。它可以成为一种精神，引导人们走向希望和光明。如同五四时期的凤凰涅槃的歌唱，又如抗战时期的火把的燃烧。当然，这一切必须是诗的——因为诗并不直接是思想，更不直接是政治。要是离开了审美意义上和艺术层面上，要是离开了诗歌自身的特质去谈诗的意义或精神，那就会离题万里。

从幼年时代开始，我就亲近了诗这种文体。开始是一种欣赏的满足，后来更有了创作的愉悦。和许多青年诗歌爱好者一样，我也有过非常狂热的学习写诗的时候，那时甚至在与诗不相关的课堂上与同学“唱和”，而不顾老师当时在讲什么。我如痴如醉地写了许多诗，其间也曾在当时的报纸副刊上发表过诗作。但我并没有成为诗人，这由于环境，也由于理智。后来呢，后来的结局就是诗人当不成转而研究诗了。这也许就是作为研究者和批评家的悲哀吧！

但不管怎么说，我应当感谢诗。是诗使我战胜了周围无边的苦难，是诗使我亲近了人类最美好的情感，是诗使我向往圣洁和崇高，是诗使我远离卑微和丑恶——生命因诗歌而美丽。

2002 年 4 月 5 日于北京大学中文系

# 文学是一种信仰

## 文学的兴趣

和许多青少年文学爱好者一样，我对文学的接触最早只是由于兴趣。我的小学和中学时代，炮火连天，生活动荡，朝不虑夕。我一面因每个学期的学费无着落而愁苦，同时又如饥似渴地找文学作品来读，从巴金、冰心到鲁迅、郁达夫。开始是读新文学作家的作品，后来延伸到唐诗、宋词等古典作品。文学使我暂忘外界的烦忧，也使我的内心更为丰富，文学使我更为切近现实和历史的焦虑，它催我早熟。我在别人享受童年欢乐的时候，便因文学而开始感受人生的忧患。

后来，我就自己提笔写诗、写散文了。时间是 1948 年，我还在念初中的时候。我写那些东西，说是一种爱好，恐怕失之简单。其实，是我找到了一种传达内心苦闷和抗议的方式。那时我涉世未深，对社会、人生的思考也浅，只是一种积郁需要宣泄。文学就这样走进了我的生活，成为我最初的朋友。

中学到底还是没有读完。在 1949 年那个历史大转折的时刻，我像当年那些怀有理想和激情的年轻人那样，离开了学校，开始了新的痛苦的，甚至可以说是艰险的人生追求。我自信我当年的选择，不是由于浅薄，也不是由于轻信。是当年我所接触的有限的文学，使我对人生有一种向往，文学使我对真理和正义、平等和自由以及人性的尊严的认识，具体化了。我的人生选择，是基于对当时的丑恶、黑暗和无边苦难的否定，并在现实中找到了自认为可以实现理想的转机——这就是我当年投笔从军的简单动机。那年我 17 岁。

## 圣地在召唤

我经受着艰难困苦的磨炼，不仅是环境的恶劣，生死的考验，还有纪律约束下的内心苦闷——对思想自由的渴望，等等。1955 年 4 月我复员回乡。我听到内心强烈的召唤，一种愿望促使我选择更为合理的生活。我一方面等待分配工作，一方面借来全部的中学课本，准备高考。当年 8 月，我接到北京大学的录取通知书。我告别了从童年到少年生活过的小木屋、我的年迈的父母，溯闽江，越分水关，沿浙赣线一路北行，终于来到古都北京。我投身于北大的怀抱——等待和寻找了二十多年，终于在 1955 年金色的秋天，找到了属于我的、也属于中国的这片科学民主的圣地。

在这所校园里，我从青年到中年，再到走完中年的今天，我已鬓发斑白，竟是人生的秋景了。我把青春献给了这所校园，这所校园也以它的丰富和博大，以它的自由的空气、民主的精神滋养了我。

前面说过，我的小学和中学都是在战乱和动荡中度过的。高中刚读完一年级，时局突变，我放下了书本，离开了学校。这一停顿便是六年。我入北大时，中学没有念完，所以说，我的中学教育是不完备的。以前我接触文学只是由于爱好，入北大后，便开始了文学的系统学习。50 年代的中国教育，在“学习苏联”的大背景下，开始走向新的规范。我在北大的专业是中国语言文学，那时一批有名望的教授都健在，我们的授课老师的名录列开来，便是中国语言文学大师的一串长长的名单。我庆幸自己，最著名的学校、最著名的老师，还有最著名的图书馆！现在就看我自己的努力了。

## 一串长长的书单

我们的学习是繁重的，中国文学史从远古一直延伸到现代和当代，我们在老师的指导下阅读了灿若繁星的古今作家的作品。这种在历史的线索下、以社会发展为参照的关于文学的习读和思考，把我先前那种零碎和片面的知识系统化了。我们于是获得了一个关于中国文学历史的整体的印象。现在反观，有这个系统化的整理和只停留在零星的层面，是非常不同的。中国历史非常悠远，文化和文学的现象异常复杂，特别是社会发展各阶段中社会、经济、政治各方面的因素对文学的影响和制约，非常具体也非常深刻。唯有把文学发展置于中国社会、文化总的环境中加以考察，我们关于文学的意义和价值的评判方是可能的和可靠的。

北大五年的学习——严格地说，没有五年，主要是“反右”和“大跃进”以前那短暂的时间——那时总的口号是“向科学进军”，学习空气很浓厚，政治的干扰相对地少。那时课程设置很广泛，对学生的要求也很高。在文学方面，除了中国文学史，我们还学欧洲文学史、俄苏文学史以及东方文学史。每一位老师都为我们开了长长的书单，从《荷马史诗》到但丁的《神曲》，从巴尔扎克到罗曼·罗兰，从拜伦到列夫·托尔斯泰……我们如牛负重，日夕奔波于宿舍、大膳厅、图书馆这三点一线上。

我们的课程还不止这些，系主任杨晦先生一再谆谆教导：语言和文学是“有机联系”的，同等重要。于是，语言学的课程，跟随在文学的后面蜂拥而至：古代汉语、现代汉语、音韵学、方言学、普通语言学、汉语诗律学……王力先生、魏建功先生、高名凯先生、周祖谟先生、岑骐祥先生、袁家骅先生、朱德熙先生等等都亲自给我们上课。铺天盖地的广韵、切韵、下江官话、闽方言、声母、韵母……让我们叫苦不迭。现在想起来，有这么多的语言大师为我们授课，真是百年不遇的造化。此外，我们的课程还有逻辑学和哲学，以及西方和东方的哲学史，从古到今、由中及西，也是长长的一串书单。

## 狂热年代

尽管当时我们少不了怪话牢骚，但现在回想当年，回想那种劈头盖脸的学术“灌输”，实在是受益无穷。那时年轻，在北大这样思想自由、学术民主的园地里，我们如鱼得水，总觉得时间不够用。50年代物质条件差，外界诱惑少，我们便全身心地扑在知识的汲取上。当我们潜心于学习之时，风暴正在远方酝酿着。百花时节毕竟短暂。1957年突然而至的灾难，很快就造成了全国性的缄默。在我生活的这个校园里，琅琅书声骤然消失，代之而起的是无边无际的、花样繁多的批判和声讨。

平静的书斋生活很快就结束了。我和我的同学们只能在政治运动的夹缝中偷偷地读书、偷偷地思考。“大跃进”唤起了我们单纯的热情，我们响应了当时的号召，投身于“大批判”的热潮中。1958年，我和我的同学们开始以1955级集体的名义，自己动手编写《中国文学史》。我们日夜苦干，如同那个年月全国全民大炼钢铁和“超英赶美”那样，很快就写出了一部“红色文学史”。以我们当日的水平，它的片面性和简单化是明显的。我们也很快发现了自己的幼稚和无知。尽管如此，我们最终还是受益者。我本人(我相信我们全体1955级同学也是如此)在这次“集体科研”中得到了全面的锻炼。工作逼迫我们去阅读和占有浩繁的原始资料，也逼迫我们进行独立思考。我们还得用自己的笔，写出自己的所思、所感。感谢时间，感谢时代，给了我们这样的机会，使我们未出校门便以所掌握的知识锻炼了自己。

我属于这个以撰写“红色文学史”而出名的集体。在那个权威受到蔑视的时代，我们意外地获得了机会。这些机会促使我们成长。1959年，在我们把两卷本的文学史扩充为四卷本的文学史之后，当年《诗刊》的徐迟等三位先生来北大找我。他们建议由我们若干同学集体协作，着手进行一部新诗史的写作。这个建议鼓舞了我们。那年寒假，我们从北大图书馆拉走了一车的新诗史料，带着简单的行李，住进了中国作家协会和平里的一套无人居住的单元房。六位同学，我、孙玉石、孙绍振、殷晋培、洪子诚和刘登瀚，在别的同学都回家过年的寒假里，夜以继日地工作。一个假期，我们写出了后来被称作“中国新诗发展概况”的新诗史草稿。

## 鲜活而奇妙的天空

40年前的这段往事，与我后来的学术经历很有关系，它是我后来从事中国新诗研究和批评的起步。早年对诗歌创作的爱好，也为我此后对诗的研究提供了助力。当年那些幼稚的习作，给了我关于创作过程的初步的理解，以及关于创作规律的体悟，使我面对诗人的作品时，犹如面对一片鲜活而奇妙的天空。每当此时，我仿佛是在和每一个诗人讨论和切磋他们创作的成败得失，而不是从理念到理念。

上述这种体验，不专属于诗的研究，而是属于全部的、各体的文学研究。平生常感叹那些做学问的人，往往把活学问做成了死学问。其原因即在于这些文学研究者，其实并不真懂文学。他们从面对作品的那一刻起，就把具体、丰富、生动的文学创作抽象化了，把源自作家和诗人内心的充满情感和意趣的精神活动，变成了脱离人生、脱离生命的干枯的纯理念的推理。

的确,文学批评和文学史研究是不同于文学创作的一种科学思维,这种活动要靠逻辑的力量,进行冷静的分析和归纳。从本质上说,它是一种理性思维。但文学研究的对象与其他科学研究的对象,又有大的不同:文学研究的对象是感性的和形象的,它和人类的精神活动、特别是人类的情感活动相联系。文学的生成和呈现都是具象的,它通过语言媒介,展现实有的和幻象的、可见的和不可见的、极为诡秘也极为生动的世界。面对这一特殊的对象,研究如果缺乏想象力,缺乏与对象的情感认知,便是从事这一工作的人的先天性缺憾。

所以,我确认文学研究的性质是一种科学思维,但又不仅如此,这种理性思维从来都与感性思维有着千丝万缕的联系。我不是作家,但我却从以往很幼稚、也很有限的文学习作中得到了好处。我以为从事文学批评的人,欲要批评文学,最好本身能有这方面的一些(哪怕是非常不正式的和微弱的)实际体验。这样,在批评家和文学史家面前出现的对象,就不是"死"的,而是有感觉、有韵味、有情趣的"活"物了。

## 生活从中年开始

从集体编写《中国文学史》到合作写作《中国新诗发展概况》,以此为起点,这些不成熟的实践,锻炼了我掌握资料,进行抽象思考,并提炼、概括论点的能力。从 50 年代后期开始直至"文革"爆发,我在政治运动的夹缝中开始了有限的和幼稚的学术活动。其间,我把主要的精力投向了新诗的研究,这些最初的习作,我的蹒跚学步的足印,基本上都保留在我的第一本文集《湖岸诗评》中了。此外,在这期间,我还应北京出版社的约稿,写了一本叫做《关于读诗和写诗》的小册子。这本原拟出版的书稿,很快就消失在"文革"卷起的第一阵风暴中,只留下当年那位热情的资深编辑写给我的一封"祝贺成功"的信,它记载着当年的遗憾。

此后,便是被迫的、无可逃脱的长达 10 年的苦难经历。大学教师的生活刚刚开始,我便不甘心地停止了诗和文学的思考,以及一切的学术活动。生活是从来没有过的艰难,10 年中,我曾被数次"打入另册"。随后,一边要我不停地工作,一边又不停地把我当做"阶级斗争"的对象。我个人和中国所有知识分子一样,无法抗拒那一切。那 10 年真是无比漫长,我只能在独自一人时,偷偷吟咏杜甫痛苦的诗句:"不眠忧战伐,无力正乾坤!"

噩梦醒来,人已中年。生活从中年开始,青春属于 80 年代。那时节,教育界和文学界离散的队伍正在集结。人们带着肉体和心灵的累累伤痕，相会在新时代的阳光下。全社会都沉浸在悲喜交集的氛围中，告别黑暗的动乱年代，迎接光明的开放年代。当日，人们都习惯于把这个光明和黑暗际会的历史新时期，称为“第二次解放”。后来，随着对于“文革”动乱批判、反思的深入，以及对于现代迷信的清除，人们更乐于把它定名为新的“思想解放”的时代。从模糊的“第二次解放”到明晰的新的“思想解放”时代，说明 20 世纪 70 年代后半期，人们已经把情绪大喜大悲的宣泄，转向了思想文化层面的对于历史动乱的反思。就我个人而言，在此之前，我没有属于个人的青春，更没有我个人的思考的声音，我的青春都贡献并融化在大时代的潮流中了。那潮流淹没了我的个性。真正属于我的青春是从 70 年代后期开始的。尽管当时，我人已中年，但我还是真切地感到了头顶那一轮崭新太阳的明亮。

## 重新思考

“文革”结束后，我所面对的受到文化专制主义戕害的文学园地，竟是可悲的一片残败和萧条景象，极“左”文艺思潮造成了文学的扭曲的颠倒，“文化大革命”的后果，是创作、批评、欣赏总体水平的大倒退。诗歌也和其他文学品种一样，受到严重的摧残。在这片废墟上，我明确感到应当结束在“批判”名义下的不间断地破坏的状态，我要以自己的精力贡献于新时代的文化建设。把注意力从破坏转向建设，我以为是此时中国知识分子应当承担的历史使命。我意识到，此时我应当做的第一件事，是坚持对诗歌的关注，是对诗的品质的重新认定，是恢复诗歌创作的正常秩序。为此，我开始就诗的基本规律以通讯的方式，写了普及型的系列文字，从诗的本质到诗的形态，从诗的内涵到诗的艺术表现，从诗的鉴赏到诗的批评。这些文字是很幼稚的，但却保留了那个年代单纯的热情。我的这些文章，后来以《北京书简》的名义于 80 年代初由人民文学出版社出版。

1978 年在中国当代史中是极为重要的一年。这一年确定了中国向世界开放的方针，宣告了与世隔绝、闭关锁国历史的结束。这一年在北京召开了一个重要的会议。这一年北京西单一带的墙上贴出了崭新的诗。几乎是在我写作《北京书简》的同时，北京的街头开始流传一份叫做《今天》的民办刊物。那上面刊登了许多陌生诗人写的同样陌生的诗歌，其中一部分诗歌，被张贴在墙上。面对这些摒弃了虚假和充满批判激情的诗篇，我感到这正是我所期待的；这些诗的内涵,唤起了我对昨日噩梦的记忆,它们拥有的艺术精神,给了我接续中国新诗现代传统的、令人感到欣慰的真切的印象。我欣喜地发现,新诗在50年代以降的大部分时间里所丢失的,特别是在“文化大革命”动乱岁月中所丢失的,在我如今面对的诗中重现了。

## 第一个崛起

1980年在广西南宁召开了新诗研讨会。会上爆发了一场关于后来被称为“朦胧诗”之争的论战。我是这场论战的参与者。南宁诗会结束,回到北京,我应《光明日报》之邀,写了一篇短文:《在新的崛起面前》。这是后来被称为“三个崛起”的第一个“崛起”。《在新的崛起面前》中我为“朦胧诗”辩护,“朦胧诗”原是反对者带有嘲讽意味的称谓,而我则更乐于称之为新诗潮,我指出它的进步性和合理性,以及它对中国新诗发展的革命性意义。这篇三千字的文章所引起的反响,是我始料不及的。它从出现之日起,即受到了激烈的、不间断的批判和围攻。其中有一些时候(如“反自由化”和“反精神污染”时期),甚至把这些本来属于学术和艺术层面的论题,拔高到政治批判的高度上来。

我真的有点“受宠若惊”了。由此,我不仅感到了世道的可怕,而且感到了中国的惰性。中国的文人顺从成疾,便生发出奴性来,这些人由奴隶而成为专制主义的卫道者,他们顽强地反对哪怕是给黑屋子开一扇可以透透空气的窗子。一些习惯了“假、大、空”的人,甚至以“维护民族传统”的名义、以反对“崇洋媚外”为借口,拒绝诗的现代转化。

就是在这样的文化处境中,我因推进新诗潮的变革而成为“异端”。反对者给了我一个古怪的名字:“古怪理论家”。这名称现在是不大有人用了,但我由此而成为有争议的人物,则基本没有变。我在新时期的学术活动,始终受到来自艺术惰性和意识形态惯性的双重压力。我因目睹中国文学的变态和严重倒退,而支持旨在革故图新的艺术主张和实践,为此我屡遭天谴!这也许并非我的不幸,我因置身其中而更为了解中国、了解中国的文人。这种了解使我更为坚定。

## 置身雷区

1977年开始恢复高考,北京大学也恢复了正常的教育秩序,我们迎接了恢复高考后的第一批大学生。自从1960年毕业留校，直至70年代末，我方才开始做我应当做和愿意做的事情。“文革”结束前后，没有职称，我是无数“永远的助教”中的一个。职称恢复后，我方才由助教而讲师，而副教授，而教授。随后，又恢复了学位制，我开始招收硕士研究生。1986年，我所在的北京大学中国当代文学学科被国务院批准，成立国内第一个当代文学博士点，我也成为本学科最早获得培养博士研究生资格的博士生导师。从70年代末到90年代末，这20年，是中国罕有的和平建设的年代，也是我个人罕有的能够专注于本职工作的年代。正是因此，我对新时期怀有深深的感激之情。

中国当代文学是一门年轻的学科，以往从属于现代文学，是现代文学一条“光明的尾巴”。在过去的现代文学课程中，进入50年代的中国文学，只是一个“附带”的部分。因为总是“附带讲讲”，因而也总是匆匆。对于因社会大变动而带来的文学变化的现象描写和规律总结，根本无法做到。到了“文革”结束，这学科的时限又增添了10年，就历史跨度而言，已经接近五四新文学运动至1949年的时限了。为此，“文革”一结束，北大中文系率先建起了独立的中国当代文学教研室，我参与了筹建工作。

当代文学这一学科的设立和工作的开展，充满了艰难困苦。我去年曾应《今晚报》全国博士生导师征文之约，写了一篇文字，题目就叫《风雨相伴而行》。这题目意在提醒人们，当代学科的建立和开展，从来都是不平静和充满风险的。它是一门年轻而鲜活的学问。首先是，无止境地增长的作品和资料，使人目不暇接。尤为特殊的是，在这个领域中，文学以外的干预从来就没有停止过，以政治运动的方式来领导和推进文学的发展，几乎是50年代以来的常态。持续不断的政治批判和斗争，构成了“文革”结束以前长时间的当代文学的历史。作家创作在特有时代气氛笼罩下表现出特殊状态，批评也如此。不是没有文学，而是文学现象中夹杂着和纠缠着许多非文学的因素和意图。这当然增加了文学研究的难度。

研究者首先面对的是这种文学和政治“混合”的状态。因此，研究文学就必须研究政治的趋势和意图。之后，再剥离它，从那些混沌中探讨文学的生存状态、它的真实面目。在这种研究的开展中，研究者还受到被指定的价值标准和被规定的审美标准的约束。尽管批评家小心谨慎、如履薄冰，却免不了要触雷、引祸。但是，有见解和有胆识的批评家，往往也能从这些危境中奇迹般地挺然自立。当然，这里几乎每天也都在发生悲剧事件。其次，则是不断增长的资料，造成了研究的困难。在古代文学和现代文学这些学科中,它的时间跨度不再增加,资料虽然也会有变动,但总的状态是稳定的。而当代文学则不同,它是一种不断"生长"的学科,特别是80年代以后,社会开放,创作自由度增大,有关的出版物和文学资料可说是"泛滥成灾"。因而,当代文学研究者面对着掌握和筛选这些资料的困难。

文学史研究和文学批评的开展,其基本法则是"减法"而不是"加法"。就是说,它必须不断从那些混合状态中选择有价值的东西,而剔除和扬弃那些无价值的东西。这些工作的难度,不身历其境者往往难知其间艰苦,即人们首先必须"面对"它,而后才能"背离"它,而选择则需要研究者的独具慧眼。

此外,当代文学还是一门不被看重的学科,或者说,在一些人的眼里从来就很鄙薄。一种成见,时间久了,就成了定见,即,这里"没有学问",说透了,就是这里没有他们认为的那种"学问"。这些人既不了解学科的内涵和外延,又不了解学科的品质和处境,他们的这些成见究竟从何而来?在今日中国,认为越古越有学问者仍然不乏其人,于是,就发生了在大学或研究单位排挤或挤压当代文学的现象:在学术评估上,在评定职称上,也在评奖和各种措施、条例的设置上。因为不知而造成误解,因为偏见而造成歧视,这种悲剧也几乎每日都在发生。这,也就是我说的"风雨相伴而行"的意思。这种风雨,既有行政和意识形态的干预,也有学术偏见和门户之见的因素。

中国当代文学的学科建设,在"文革"的文化废墟上建立起来,并且一直伴随着社会风浪的撞击和习惯势力的强加而发展。处身于这个从来不平静的领域,习惯成了自然,我仿佛是穿越雷场的兵士,一方面小心翼翼,一方面也随时准备迎接突然而至的"爆炸"。人一旦把得失置之度外,对于外界的袭击,也就变得有点满不在乎了。

## 周末的聚会

自从第一位博士生入校,几年之内,我身边已经聚集了相当数量的博士生和硕士生,而且,有越来越多的国内、国外的访问学者来到北大。当初我单枪匹马,身单力薄。为了提高学生对中国当代文学的全面了解和把握,为了有效地促进学生的独立思考能力,也为了应付越来越复杂的局面,80年代后期开始,我以我主持的北大中国语言文学研究所为基地,建立了"批评家周末"。这是一种类似于文艺沙龙的周末学术聚会。我设计并提出若干专题，确定专人做主讲人，大家分别阅读作品，在自由、平等、宽松的气氛中讨论和交换意见。从 80 年代末到 90 年代末，学生们走了一批又一批，“批评家周末”一直不间断地延伸到现在。

十多年来，我们进行了许多有意思的题目的讨论。“批评家周末”吸引了更多人的兴趣，也有热心的朋友闻讯而来，参加我们的讨论。这个文艺沙龙处身于商潮汹涌的当今中国，却始终保持了独立的学术品位和立场。北大是喧嚣社会的一座孤岛，“批评家周末”是这座巍峨学术殿堂的岛中之岛。

在一次剧烈的震撼中我告别了 80 年代。当日的悲凉情怀，使我很容易联想起 19 世纪末中国的灾难和悲哀。又是一个世纪末来到了，而 19 世纪末中国所发生的一切，仿佛还在昨天。我的学术生涯仿佛也到了一个转折点。我一直把对文学的考察放置于中国社会的具体环境中。我总认为一代学者若只是把他的目光仅仅停留在他所专攻的学业上，而忘记那些学业生存的环境，他的思考将会变得板滞和狭窄。我非常注重文学和社会的关联，我认为文学难以脱离社会诸因素的制约。文学发展变化的原因，固然要从文学自身去找，但文学以外的原因，有时却会产生极大的影响。这是古往今来不争的事实，中国当代文学更是如此。可以断言，若是离开了对于中国社会的认知和考察，当代文学及其研究将一事无成。

## 回望百年

我从中国文学的当代处境中，接触到了一个更为深远的主题：这就是如今中国文学生成的一切，仿佛都在冥冥之中维系着中国社会百年来的经历和经验。例如中国文学的使命意识，不论是救亡还是启蒙；又例如中国文学的忧患主题，仿佛就是一种遗传。我由此把思考从 20 世纪末遥遥地接通了 19 世纪末。这样，自鸦片战争后的一切，一下子都涌上了心头：中日甲午海战的硝烟，戊戌百日维新的血迹……

从 1989 年开始，“批评家周末”的论题中又多了一个专题：百年中国文学的回顾，世纪之交的文学展望。我从探究中国文学的存在和规律的症结，而把思考的触角伸展到了两个世纪之交的社会、文化、文学的考察。从那时起，我们开始了以完整的一百年为框架的文学考察。我受到黄仁宇《万历十五年》新鲜的研究角度的启发，以及《剑桥中国晚清史》宏大的研究视野的启发，中国百年文学的构想开始在我心中形成。

我们从那时就开始了以年代为经、以该年代中的诸种与文学有关的现象为纬的交错的“拼盘”式研究。各个题目主讲人在这种统一的框架下，开始了有条不紊的工作。几年下来，居然积累了相当可观的题目。总数十三卷的《中国百年文学总系》，就这样在北京大学“批评家周末”酝酿并诞生了！

近代文学不仅不是我的专长，甚至还是我的盲点。但我还是在学生们的鼓动下，承担了总系第一卷《1898：百年忧患》的写作。我把学术关怀从当代一下子提前了一百年。这工作对我来说是个难题，可是，这难题到底还是把我吸引住了。我终于获得了一种关于中国现当代文学产生和形成，当代文学发展中所经历的一切痛苦和悲哀的遥远的原因，以及它的悲剧命运形成的总体印象。这些印象更为坚定了我对中国文学的历史命运的基本观点和基本立场。我的这些看法，在一些关于百年文学回顾的论文中，均有不同程度的表述。这样，事情就发展到了1996～1997年度，这段时间是我出访最频繁的时期，也是我写作和编书、教学最紧张的时期，被谈论得沸沸扬扬的两套“百年经典”，也是此时的成果。

我在繁忙中经受了考验，也在繁忙中获得了乐趣。尽管有个别人和个别刊物借两套“百年经典”一事攻击我，但他们并不能摧垮我。学术有它不可触犯的尊严，特别是在北大这样一个学术民主、思想自由、治学严谨的地方。我依然站立着，尽管我看到了海面上冰山之下那个巨大的存在，但我坦然。我不会后退，哪怕只是半步！

让人们说这说那去吧，我走我的路！

1998年2月18日于畅春园

# 先生本色是诗人

我少年时代便痴迷于诗，很有些癫狂的时刻。写诗影响了我中学时期学业的全面发展，及今思来，尚是后悔不迭。但因为学诗而“认识”了林庚先生，却使我受益良多，是终生引以为幸的。那时不知是由于什么机缘，我读到了林庚先生的诗(随后，还有何其芳和辛笛的诗)。林先生早期的自由体诗，一下子便令我倾心。开始是默默地读，读熟了便偷偷地学着写。我觉得他那些含蓄的韵味、委婉的语调，能够传达我那时对于生活那种朦胧的、捉摸不定的感受。当然，也许更为重要的是，充盈在林先生所有的诗创作中的那种“唯美”的追求。

那时我写了不少这样的“林庚体”。有些诗发表在家乡福州的《福建时报》和《星闽日报》的副刊上，时间大约是 1948 和 1949 两年。它们是我的诗歌处女作。我年轻时和许多文学青年一样，做过诗人梦，断续地写诗直至进了北大。但我和他们不同的是，我很早便觉悟到我成不了诗人，直至最后放弃了诗的写作。但我承认在我的所有习作中，写得最好的，还是我学习林庚先生(混合着何其芳和辛笛的影响)的那些诗。林先生也许并不知道，在我的心中，他始终是我的诗歌启蒙者和引路人。尽管在漫长的岁月中，我无缘认识林先生。

真正拜识林先生是在我 1955 年考进了北大之后。进了北大，我就理直气壮地成了林庚先生的真正的学生了。我入学的时候，林先生大约刚到 40 岁，风华正茂，却已是北大和全国知名的大学者了。那时林先生为我们讲授中国古典文学史，是隋唐五代那一段。林先生讲课令我们着迷。他讲诗人的作品，不仅是在具体的时代氛围中讲，而且能够“置身”在诗人的具体写作环境中讲。因为林先生本身是诗人，有很多实际的创作经验，他知道创作的甘苦。这种从作品“回到”创作情景中去的学术研究的路子，是我从林先生那里学到的，一直影响着我的学术工作。

最令我们不忘的是他那细致的艺术分析。在别的老师那里可能是简单地一笔带过的地方，林先生却是条分缕析，如剥笋般地层层深入，直抵那艺术性最核心的也是最精华的部分。他对古诗中"木叶"("无边落木萧萧下")一词的剖析，我是当时在课堂亲耳聆听的，那时的欣喜无以言状。50年代中期，表面上虽有百花齐放的提倡，而内里却依旧是严厉的言论控制。林庚先生的课堂讲授，他对于文学作品中的艺术性的重视，是要承担风险的。林先生未必不知，却是坦然对待。记得有一次系主任召集会议，听取学生意见，我作为学生代表参加了。我说林先生的课讲得好，还引了"木叶"的例子。记得当日的会议主持者听了，明显地流露出不以为然的神态。

我不知道当日的天空中正酝酿着狂烈的风暴。随后呢，不仅是"木叶"遭到了批判，而且林先生的"唐诗的黄金时代"，乃至"布衣精神"，也都无一例外地遭到了谴责。那是一个以政治掩埋和吞噬艺术的年代，林先生的"唯美"的学术倾向，是有背于世的。1958年"大跃进"中，我们这些无知而又天真的学生们，响应了"拔白旗，插红旗"的号召，也真真假假地把林先生当了批判的对象。但在我的心中，林先生还是林先生，他的学术精神，他的人格魅力，是我以毕生的心力倾慕他、追随他、仿效他而始终难以达到的。

林庚先生是北大的骄傲。他的学术操守，他的人格力量，始终代表着北大的传统精神。他默默住在燕园平静的一角，不与世隔绝，却与世无争；虽然身居深院，却总是心忧天下，萦怀于万民的忧乐。林先生平生自奉甚严，淡泊名利，视功名如草芥。他始终坚守他的布衣精神，以平常心，做平常事，过平常的日子。他名满天下，著作等身，培养了无数弟子，却依然清清雅雅，浅浅淡淡，一副平常居家的样子。

燕南园是嵌在北大校区中心地带的一块绿宝石。不大的院子，松槐夹峙，竹影婆娑，一个清雅的所在，却是大师云集的地方。这里住过冯友兰、朱光潜、王力、周培源……这些老师的家我都进过，林庚先生的家更是多次拜访。只有在这里，你才知道什么是淡泊，什么是宁静。这些老师的家都很平常，好像除了书籍，别的都不起眼，或者都不重要。林先生的家更是如此，绝对与豪华无涉，说是清贫，却未见过分。有一个厅，却是连一套像样的沙发也没有。记得有一只过时的冰箱，倒是被放到了显要的位置，这就越发显示出"家无长物"的特殊境况。

固守清贫生活，固守布衣精神，在林先生那里，精神的富足是永远的和绝对的。在往常，我们经常在燕园的林荫道上遇见林先生潇洒的身影，步履矫健，衣袂随风，恍若仙人。这些年，林先生退休了，却没有停止过他的学术活动，新诗的形式问题，楚辞和唐诗，古典小说和文学史，都是他思考的世界。老师们退休得早，收入并不丰厚，倒是应了“清贫”二字。但林先生安贫若素，不改其乐，前些年精力旺盛时，还经常引吭高歌，林先生是美声唱法，是漂亮的男高音。风雅绝伦，风流倜傥若林先生者，我认定他是李白一类的仙人。

2004 年 11 月 15 日于北京大学诗歌中心，为庆祝林庚先生九十五华诞而作

# 在朗润园静静的一隅

——记陈贻焮先生

那时他总是骑着自行车到我这里来，他一般不进屋，只在园子外面喊我的名字。每当这时，我就知道他一定是做了一首自己满意的诗，或者是写了一幅自己得意的字，每当这个时候他总没有忘了喊我——我相信在很多时候，我是他的得意之作的第一读者——他总没有忘了让我分享他的创作的喜悦。这时我请他进屋，我们一道喝茶品诗，或者欣赏他的书法，往往到了灯火阑珊的时节。也有的时候他并不进屋，留下他要我看的，又匆匆地骑车走了。他的行止使我想起《世说新语》中的“王子猷居山阴”，颇有“乘兴而行，兴尽而返”的神韵。我一直认为他是一位真名士。我们的这种交往在他的《梅棣庵诗词集》里留有痕迹，其中《访谢冕谈诗不遇》——“新诗改罢待评论，相访高楼子应门。道是阿爹忙教学，昨朝冒雨下黄村”，记的就是许多这类交往中的一次。

我们习惯了都喊他“大师兄”。其实我们当学生时，他已是教师身份，给我们讲过课，也辅导过我们，是名副其实的老师。只不过是北大中文系有个特点，大多数同事都毕业于本系，都是先后的师生、同学的关系，在称谓上老师辈均称先生，同学辈则直呼其名，这是惯例。这样就出现了“标准”的问题，陈贻焮先生于是就成了“师生”还是“同学”的“分界线”。在他以前是年纪较长的，即自冯钟芸、吴小如先生以上直至游国恩、王力先生等，是师辈；陈贻焮先生往下是同辈。“大师兄”就这样叫开了。

其实“大师兄”的地位是很特殊的，我们这样称呼他除了有同辈的亲切之外，还含有对师辈的尊敬在内。陈先生对于我个人来说，始终是让我敬重的师长，又是可以推心置腹的朋友。就这样，他以亦师亦友的身份走进了我漫长的北大生涯。他比我年长，毕业也比我早好多年，叫他大师兄，我总觉得有些欠他。但他本人显然并不以为意，甚至还有点喜欢这称呼。不论怎么说，他是我在北大，也是我这一生中无可替代的、终生难忘的良师益友。

他也经常邀我去他那里喝茶。那时他住镜春园。一座清雅的小园，门前是一道垂花门，进屋穿过一条不长的游廊，直抵他的书房。我们被围在四厢的书中，享受着周遭的寂静。竹影婆娑、花香盈室，品茗临窗，考古论今，不觉日斜西山，蛙声起于四野。像我这样能够经常流连于陈先生的书房的人，恐怕不会很多。我诚何幸，能够有此殊荣！

陈先生的专业是古典文学，而我的专业则是现当代文学。常言说“隔行如隔山”，何况我们中间隔着长长的唐诗、宋词、元曲和明清小说这些古典文学的辉煌！但这丝毫也没有影响我们之间的友谊。我们几乎无话不谈，当然谈得最多的、经常性的话题则是诗和文学，也时常论说历史上的和现实中的人物故事，知人论世，总以格调和气节为品评的标准。奇怪的是，我们的见解竟是这样的一致！真用得上是“心气相投”这样的形容。

他是古典文学的专家，又是诗人。他写的是旧诗，各体都写，而且各体都写得顺手娴熟。有一段时间他痴心于写五言排律，他在这种智慧的文字运作中得到满足。陈先生一面教学做研究，一面又创作。他是性情中人，在做这一切的时候，他没有一般做学问者的那种“愁苦”，他总是充满了乐趣，探知的乐趣，理解的乐趣，创造的乐趣。

他的诗颇得唐人神韵。也许是我的偏爱，我以为在古今各体中，他的七绝不仅写得清丽，而且韵味深长。陈先生知道我不会写诗，但他认为我懂诗。所以他有了新的创作总没有忘了找我，听取我的意见。他的这种信任感，很让我感动。我通常也不辜负他的这种信任。我总是能在他的新作中，找出那些最闪光的也是他自己暗暗得意的句子。每当此时，我们都有一种“知音”的欣喜。这种对于诗的寻觅和理解，无形中使我们的心更加靠近了。

在我认识的古典文学的研究者中，多数人并不关心也不了解中国当代文学。陈先生是少数的例外，他的关心和谙熟中国当代文学，在古典文学界是很突出的。他不仅关心，而且相当了解中国当今创作的实况。更为让人惊喜的是，除了写旧体诗之外，他还写小说。早在上个世纪中叶，我在当时的《北京文学》上读过他的历史题材小说《曲江踏青》。作为古典文学的研究者，陈先生是有点与众不同，他不仅在史料中研究他的对象，而且在这种研究中进入了古人生活的时空，感知他们的品性与情感，把他所了解的历史人物以形象化的方式再现出来。他是始终生活在他的研究对象中的，杜甫的入世，李白的潇洒，王维的淡泊，李商隐的瑰丽，都融进了他的人生。他做的是活学问。

其实在开始时，我和陈先生的交往只是一般的，说不上深交。我们的来往多了，是在上个世纪60年代学校里的秩序开始变得不正常起来以后。这种“不正常”，简而言之，即是不让学生正常地学习，不让教师正常地研究和教学。不间断地、变着花样地驱赶着师生从事各种各样的与学习不相干的“运动”。我和陈贻欣那时都置身于这样非正常的环境中。仿佛有一种心照不宣的默契，接连不断的学术批判运动，反而使我们的心更加靠近了。即使是“文化大革命”那样急风暴雨式的非常时期，也没能中断联结我们心灵的纽带。

那时我们的处境大抵相似：头上有悬剑，以“戴罪之身”做事。我们一方面要承受着不断变着花样的“阶级斗争”的压力，一方面又要按照各式各样的指令干活。我常叹当日的我们，甚至比一边挨着鞭子、一边耕作的牲口都不如，因为牲口没有精神奴役之苦。但不论环境如何恶劣，我们都没有忘了我们的教师身份，不论处境如何，只要是事关教书育人的，我们总尽心地，甚至是忍着屈辱地去做。记得当年，工农兵学员进校了，要进行“开门办学”，这事轮到了我和陈先生的头上。我们都做了，我去了云南，他去了山西。在鲤鱼洲“五七干校”，我放牛，他用牛。我们的友谊是在非正常的年代里结下的。

动乱的岁月结束了，我和陈先生都回到了各自的学术研究中来。日子开始变得正常起来了，我们都十分珍惜这来之不易的和平岁月，我们的日子过得紧张而充实。社会大动荡一结束，他几乎是不假思索地坐到了书桌前，摒弃一切的应酬，以惊人的意志与毅力，开始了《杜甫评传》的写作。自1979年至1984年，历时五个寒暑，终于完成了百余万字的皇皇巨著。尽管有李庆粤先生的全力支持，他还是为此而丧失了大部分的视力。

我们都在忙各自的事。但不论多么忙碌，我们来往依旧，谈诗和欣赏书法依旧。他从镜春园迁家朗润园，朗润园的书斋依然有香茗在等我。我原以为我们之间这种始于上个世纪60年代、历时四十余载的既是淡淡的又是深深的交往，会无限地继续下去。但风云不测，人事无常，终于有一天，人们告诉我：大师兄病了！陈先生身材魁梧，体魄强健，声如洪钟，乐观、放达，充满了生活情趣，不论从生理的还是心理的角度看，他都是非常健康的。我想不到他会有病，而且病得不轻。

我是不会安慰人的，对于至亲至近的人尤其如此。因而我很少去看望他。但我无时无刻不想着他、念着他，在心的深处默默地祝祷着他。我盼着他的康复，盼着有一天，我们重新坐在朗润园他那竹影摇曳的窗前品诗论文，而且面前有一杯他倒给我的飘着香气的茶！我一直这么幻想着。直至有一天在未名湖边遇到他——他坐着轮椅由人推着——可是，陈先生已经认不出我了！这是一次让我绝望的打击。也许是我自私，我想，药物既不能唤醒陈先生对以往一切的记忆，我去看他，除了徒增我的伤感又能有什么？大师兄，以你的超然物外的洒脱，你该不会责怪我对你的“忘却”的吧！

那时，陈先生还在他的静静的湖边的一隅，过着他静静的病中的日子。那时，恰好我接受了一个任务，为纪念中国文学50年的发展而选编一本诗集。为了表达我对他的怀念和敬意，在这本有意义的书中，我选了他的诗。这一切，也许大师兄病中并不知情，但只有这样，我的心才能稍安。我能为他做的，也只能是这样的一件小事，我的悲哀是深重的！

我最后一次见到他，是在令人哀痛的告别大厅！大师兄躺在鲜花之中，他已经无知无觉、不悲不喜。而在我，却是永远地失去了我所敬重的老师和朋友！我多么惭愧，我和他神交数十载，谈诗无数，终究不能从他那里学到做诗的本领。在这篇纪念文章的最后，我想起了葛晓音写的悼诗，她说：“慈训何时敢忘之，终惭驽钝不能诗。”然而，她毕竟写出了她的悲情，而我终究未能！

# 依然一棵年轻的树

## ——贺辛笛先生诗歌创作七十周年

辛笛先生从事创作的年限已进入“古稀之年”。但读他的诗，依然感到一种青春的气象。此刻诗人静坐在那里，望着那棵窗前的树。那树是他的老朋友了，他们经常默然相对。尽管在不开花的时候，他和树一样要承受寂寞，但他们不说一声憔悴。我不知道树的年龄，但我知道诗人已不再年轻，但他依然有着一颗憧憬春天的心。诗人就这么坐在那里，望着这棵“窗前树”，空阔中传来他的声音：“明年春天来了，它还会照样开花。”①

再过两年，还是一样的年轻的声音：“四月，春天来了。”他看到了“桃花挤满枝条”的繁忙景象，也看到了那 36 层高楼一夜间又长了一层。在写给从巴黎归来的友人的那首《客诗帖》中，他回忆起莫奈的睡莲，名叫“诺曼底太阳”的红酒，他一样听到了塞纳河边树叶的絮语。半个世纪已经悄然在身边过去了，诗人并没有那种落寞的秋意，他仍然执著地相信：生命的冬天可以触摸到春天的脚步。② 这些诗，都是在诗人过了 80 岁以后写的。他已把一生中大部分时光留在了身后，但他的情感世界没有苍老，他对周围的一切仍然保留着那种纯真的喜悦。这就是辛笛，“九叶”诗人中最年长，也最辛勤的、令人肃然起敬的一位。

辛笛先生是一个很矜持的诗人，他对自己的创作有着近乎冷酷的挑剔。记得他在《手掌集》的后记中引用过奥登在 1945 年的诗集小序中的论点，奥登认为在每一个作者的眼光中，自己过去的作品大体可分四类：一是不堪入目的东西；一是有一些很好的意思，只是由于才华短拙或匆忙成章而没有写到好处；其三，是一些自认为尚看得过的篇章，但缺乏重要性。任何集子都无可逃避地以此三

---

①辛笛：《窗前树》，作于 1993 年。见《诗刊》2003 年 10 月号上半月刊，第 24 页。

②辛笛：《四月，春天来了》、《客诗帖》，均作于 1995 年。见《诗刊》2003 年 10 月号上半月刊，第 24—25 页。

类为定，只有他认为的第四类，才是诗人自己最为激赏的诗歌。但若以此为限结集成书，那么他的集子就薄得太令人气短了。辛笛先生说："我很喜欢奥登这一段简洁完整的文字，虽然写来平易，创作的甘苦却给他轻轻道破。我写了这么些年的新诗，纵说是百分之九十九的时间都用在与诗歌全不相干的研究和工作上，写存的诗原本不多，更禁不住拣选，而论起品质来——倘若有何品质可言，却大体属于奥登所列举的前三类的东西。加上从1936年的《珠贝集》中摘下的部分也还只有如此小小的一本。"①

辛笛是一位对自己要求非常严格的诗人。尽管他对自己的文字显得有些吝啬，总的产量不算太多。但我们还是要感谢他，是他在沉沉的暗夜撒给了我们一串闪光的珠贝。我这里要说的是，即使他毕生只写一本《手掌集》，就这本诗集也足以展示他作为成功诗人的全部才华与风采，他在中国诗歌史上的地位也可以由一本诗集来论定。事实是对所有诗人来说，大量的诗总是平常的，好诗总是少数。即使一位诗人非常杰出，事实上也不可能每篇均可传世。由一首诗而让我们永记一个名字，因一本诗集而让我们想起一位诗人，这样的例子在中外的诗歌史上实在是太多了。记得当年，我还是一个爱好诗歌的少年，我是那样地对辛笛先生的文字感兴趣。一本《手掌集》当时定价是国币四元五角，它使一个贫穷的初中生在书柜旁徘徊了整整一个学期，终于攒够了钱买下来了。这本《手掌集》伴随我走过了风雨人生，经历了无数劫难，至今仍是我的珍藏。

我现在还记得初读辛笛诗歌时所受到的感动："鞭起了的马蹄不可少留。想收拾下铃辔的叮当么？帏灯正摇落着无声的露而去呢，心沉向苍茫的海了。"②当日这样的语气和句式让我着迷，我感到从来没有的新鲜和奇异，诗原来是可以这样委屈地表达情感的复杂性，可以如此细微地体察人情，而且可以如此传达出婉转缠绵的美感。我那时不知诗，只知道辛笛和他的朋友们写着一些不同凡响的诗。后来约略地知道，辛笛的诗和当时流行的诗之间有着明显的不同之处——他极端重视通过精美的艺术表现力体现生活中的美感。在别人可能是直露地表达的地方，他追求一种纤细委婉的效果。③ 他直接继承了"五四"以来新

①见《手掌集》后记。星群出版公司，1948年1月，第115—116页。

②辛笛：《夜别》。作于1933年。见《手掌集》第11页。1948年1月，星群出版公司。

③星群出版公司出版《手掌集》时在《诗创造》上刊登的广告词说："他的诗里没有浮面的东西，没有不耐咀嚼的糟粕，他把感觉的真和艺术的真统一成一个至高至纯的境界，使人沉湎其中，低回而忘返。他那柔和的笔触，对于遣词使字和内在节奏都是十分完美的。"

诗崇尚艺术审美的这一路诗人的传统。这一路诗人注重诗的艺术性，但并不排斥诗歌和现实生活的关联。但他们对艺术的真诚，在艺术不受重视的年代的确是一道鲜丽的风景。

他们明确地坚持诗应当是音乐的，是美的，诗不仅应当有情有意，还应当有声有色。“花的天气里夜的白色，映照中一个裙带的柔和”；“我把碎裂的怀想散播在田原上”，“你给我带来了一纸清寒”——他的诗句表达情感很细腻，有一种感伤的美丽。它通过暗示、借代、移情、通感等多种手段，让所要加以传达的情致都有一个熨帖的居所。读《潭柘》的首句“虫声让我怀着夏日的绿意了”，即可窥见作者的匠心：虫声是诉诸听觉的，绿意是作用于视觉的，从声音的感知，转换而为色彩的接纳，造出了这种音色之间的立体画面。主体是人，我是被虫声唤起而怀着一种夏日清凉的绿意的。

读着这样的诗句，人们也许会说，这是辛笛早年的作品，那时他年轻，有着青春愉悦的心境。此话其实不对。即使是六七十年之后的今天，诗人审美的触角依然没有钝化。一曲《夜航》[①]即是明证。夜航船“悄悄地，在巨幅流动的暗色绸面上滑行”，他说的是夜间的水面，那是流动的暗色的绸，夜航的船是在一幅巨大的绸缎上滑行。即使到了晚年，辛笛依然心细如初，文字鲜丽如初。他是一棵依然年轻的树。

20世纪40年代是辛笛创作的高峰期。当时中国社会处于剧烈震荡之中，时世的严重使一些人产生错觉，以为思想替代艺术是正当的，为了内容的重要性可以完全忽略形式和技巧。这些人往往对注意艺术表现的现象不怀好感，认为是“艺术至上”或“唯美主义”。很长时间内对“九叶诗派”的误解即是由此而生。其实，分歧不在对现实的态度，而在如何表现现实，即是艺术的还是非艺术的分歧上。所谓“至上”是心目中除了形式别无他物，“唯美”云云，也是如此。反观辛笛那时的作品，如《巴黎旅意》，“千里万里，我全不能为这异域的魅力移心，而忘怀于凄凉故国的关山月”；再如《布谷》[②]：

我听见过意大利的夜莺
我听见过英吉利的百灵

---

①《夜航》，辛笛作于1993年。载《诗刊》2003年10月号上半月刊。

②《巴黎旅意》，约作于30年代末，《手掌集》第69—71页，星群版。《布谷》，作于1946年，《手掌集》第91—94页。

但我渡海而归
暮暮朝朝
我只一心一意想着你
古中国的凡鸟

从《巴黎旅意》到《布谷》，跨越不同的时空，始终不变的是那种非常让人感动的东西，说是乡土情结也可以，说是爱国主义也无妨。这点，所有的忠实于时代的诗人都是这么做的，也是不问艺术流派的。20 世纪 40 年代后期，《中国新诗》和《诗创造》兴起，其中以辛笛先生参与其中的“九叶诗派”最为引人注目。“九叶”诸诗人精通外文，深得现代主义神韵，又熟谙中国传统诗学，致力于沟通东西方文化以建设现代化的中国新诗。这本是上个世纪中叶中国诗歌史上的一番盛事。不意却是谤讽骤起，有说是“中国新诗的恶流”的，是“南北才子才女大会串”的。[①] 这不能不使人感慨于中国的惰性。

然而历史是公平的，偏见已随着岁月流逝。至今人们对此都深信不疑：辛笛(和他的朋友们)不仅是非常“新潮”的，而且也是非常“传统”的。辛笛先生最近在接受一次访谈时说了这样一段话：“直到今天我仍然想我们如果运用一些半文不白的词汇、典故，只要运用得当，必然会给新诗增添一种难能可贵的魅力……中国文言贵在言简意深，而古典诗词的内涵蕴藏尤为丰富，不论四声、格律、对仗都是讲究有来历的。很多美妙之处是只能意会不可言传的。所以如果能够把古典诗歌的传统恰当地融入到新诗中来，必可为新诗开拓前所未有的思路。”[②]这话说得很“大胆”，也很“保守”，但的确发人深省。

附带说一句，辛笛先生不仅外文好，而且国学基础深厚，他不仅新诗写得好，还写着一手地道的旧体诗，他的《听水吟集》可与《珠贝集》和《手掌集》比美。

2003 年 10 月 27 日于北京大学中文系

①见张羽《南北才子才女的大会串》——评《中国新诗》，《新诗潮》第 4 期，1948 年。又见游友基著《九叶诗派研究》，第 112—113 页。福建教育出版社，1997 年 8 月第 1 版。

②辛笛、张大为：《辛笛访谈录》。辛笛口述，王圣思整理。《诗刊》2003 年 10 月号上半月刊，第 21—24 页。

# 一颗星亮在天边

——纪念穆旦

每一个诗的季节里都有它的时尚和流俗，做一个既能传达那时代的脉搏，而又能卓然自立地发出自己的声音的诗人是困难的。惯性力图裹胁所有的诗人用一种方式和共同的姿态发言，这对天才便意味着伤害；而天才一旦试图反抗那秩序，悲剧几乎毫无例外地便要产生。

20世纪中叶是中国新诗形势严峻的时代。绵延不断的战争和社会动荡催使诗歌为契合现实需要而忽略甚而放逐抒情。民族的和群体的利益使个性变得微不足道。诗人的独特性追求与大时代的一致性召唤不由自主地构成了不可调和的反差，在这样的氛围里诗人的坚持可能意味着苦难。

对于此一时期从事创作的诗人，他们始终面对着难以摆脱的双重的压力，社会的和艺术的。国运的艰危要求并导引着诗歌对它的关注，其合理性当然无可置疑。但当时，缺少节制的直接宣泄已成约定的模式，采取别一方式而达于同一目标的艺术行为便自然地具有了反叛的性质。与此同时，艺术走向民间的呼声日隆，在此一倡导的背后，则有着近于浮表的形式上的同一化要求。这意味着诗人的责任不仅仅在于表现民众，而且应当采取民众熟悉的和乐于接受的方式。这一切理所当然地将诗推向一体化的极限。

我们此刻谈论的穆旦，便出现在上述那特殊的背景之中。时代孕育并创造了天才，但时代在创造天才的同时也开始了对他的扼杀。因此，如何忠实于他的时代并勇敢地坚持自有的艺术方式，便成为对诗人品格独立性的严重的考验。因为他敏感于四方的风景，并以他特别的坚定体现诗歌的自由，穆旦于是无愧地成为一面飘扬的《旗》：

是大家的心，可是比大家聪明，
带着清晨来，随黑夜而受苦，
你最会说出自由的欢欣。

在漫长的岁月里，穆旦一直是一个被忽略的题目。他曾经闪光，但偏见和积习遮蔽了他的光芒。其实他是热情的晨光的礼赞者，而粗暴的力量却把他视为黑夜的同谋。像穆旦这样在不长的一生中留下可纪念的甚至值得自豪的足迹的诗人不会很多——学生时代徒步跨越湘、黔、滇三省，全程1750千米，沿途随读随撕读完一部《英汉辞典》，最后到达昆明西南联大；25岁以中国远征军一个成员的身份参加滇缅前线的抗日战争，经历了严重的生死考验；1952年欣慰于新中国的成立，穆旦、周与良夫妇在获得美国学位之后谢绝印度的聘请毅然回归祖国——何况他还有足够的诗篇呈现着作为中国知识分子对于祖国和民众的赤诚。但是，仅仅是由于他对诗的品格的坚守，仅仅由于他的诗歌见解的独特性，以及穆旦自有的表达方式，厄运一直伴随着他。穆旦自50年代以来频受打击，直至遽然谢世。他的诗歌创作所拥有的创造性，他至少在英文和俄文方面的精湛的修养和实力，作为诗人和翻译家，他都是来不及展示，或者说是不被许可展示的天才。彗星尚且燃烧，而后消失，穆旦不是，他是一颗始终被乌云遮蔽的星辰。我们只是从那浓云缝隙中偶露的光莹，便感受到了他的旷远的辉煌。

中国新诗自它诞生之日起，便确立了实现中国古老诗歌的现代更新的目标。对于促进和实现诗的现代化，中国诗人为此付出了艰辛的劳作。中国诗歌传统宏博绵远，正因为如此，它同时也拥有并体现出它的保守和惰性的特点。因而，中国诗在其引进现代性和实现现代化的过程中，一直存在着激烈的传统与现代的矛盾冲突。中国传统社会和传统诗学一直抗拒现代主义甚至外来的其他思潮。中国新诗中的现代主义尽管有诸多诗人做过成功的尝试，但它从来没有成为主流，现代主义的诗潮在中国一直处境不佳。

由于中国社会的多忧患，从30年代中期开始，作为现代主义的余绪逐渐趋于消失。与现代主义的弱化和消失形成强烈对照的，则是古典和民间诗潮的再度兴起并走向鼎盛期。40年代中国新诗的民间化受到强大而权威的理论的支持，它直接承继并强化了“红色的30年代”革命诗歌运动的成果。它依然无可争议地代表了中国新诗的时代主流的地位，这种事实成为新诗引进和加强现代意识的巨大障碍。

但现代主义的火种并没有在中国熄灭，在重重的农民文化意识的包围之中，战时的中国后方城市尤其是由北京大学、清华大学、南开大学三个学校组成的西南联合大学所在的昆明，那里集聚了一批既具有传统文化积蕴又与当时世界先锋文学思潮保持最密切关联的著名学者和青年学生，他们代表了学院知识分子对中国文化的基本立场。作为中国文化的精英，联大师生以其开放的视野、先驱的意识和巨大的涵容性，在与大西北遥遥相对的西南一隅掀起了中国新诗史上的现代主义的"中兴"运动。当时在西南联大执教的一些著名的学者、诗人闻一多、朱自清、冯至、卞之琳、燕卜荪等，有力地支持并推进了这一火种的燃烧。

若把五四时期的北京大学喻为"中国新诗的摇篮"，则此时的西南联大同样可以比喻为振兴并发展中国现代诗的新垦地。一批青年学生，在中外名师的指导下，再一次迸发了建设中国新诗的热情。穆旦是其中最积极、最活跃，也最有代表性的一位。据有关材料介绍，他也就是在这里对叶芝、艾略特、奥登甚至对狄兰·托马斯发生了浓厚的兴趣。在大师的影响下，由于包括穆旦在内的一批青年诗人的投入，中国新诗史掀开了值得纪念的新页。

穆旦具有作为诗人的最可贵的品格，即艺术上的独立精神。这种品格在巨大的潮流（这种潮流往往代表"正确"和"真理"）铺天盖地涌来从而使所有的独立的追求陷入尴尬和不利的境地时，依旧对自己的追求持坚定不移的姿态，其所闪射的就不仅仅是诗人的节操，而且是人格的光辉了。这一点，要是说在40年代以前是一种不愿随俗的"自说自话"，那么，在艺术高度一体化的50年代之后，穆旦的"个人化"便显示出桀骜不驯的异端色彩来。

穆旦生当中国濒临危亡的最艰难的岁月，在这样的年代里，穆旦也如众多的中国诗人一样，以巨大的牺牲精神投入争取民族解放的抗争。这表现在他的行动上，也表现在他的艺术实践中。但不同的是，穆旦始终坚持用自己的语言、自己的方式传达他对他所热爱的大地、天空和在那里受苦受难的民众的关怀。在这位学院诗人的作品里，人们发现这里并没有象牙塔的与世隔绝，而是总有很多的血性，很多的汗味、泥土味和干草味。但在穆旦的笔下，这一切来源于古老中国的元素，却是排除了流行款式的穆旦式的独特表达。在《出发》、《原野上走路》、《小镇一日》等一些诗中我们都可以感受到这种鲜活的人生图画和真实的生活脉搏。当然最出色的表现还是《在寒冷的腊月的夜里》，那里有一幅旷远的，甚至有些悲哀的北京原野的风景——

风向东吹，风向南吹，风在低矮的小街上旋转，
木格的窗纸上堆着沙土，我们在泥草的屋顶下安眠，
谁家的儿郎吓哭了，哇—呜—呜—从屋顶传过屋顶，
他就要长大了渐渐和我们一样地躺下，一样地打鼾，
从屋顶传过屋顶，风
这样大岁月这样悠久，
我们不能够听见，我们不能够听见。

了解中国北方农村的人读穆旦这首诗都会感到亲切。腊月夜晚寒冽的风无阻拦地吹刮，风声中有婴儿的啼哭，这一切让人升起莫名的怅惘甚至哀恸。前面说的穆旦诗的泥土味即指这些，他对中国厚土层的深笃的情怀不比别人少，但他显然不把诗的目标限定于现实图景的反映或再现。穆旦从这里出发，他通过这些情绪和事实而指向了深层。岁月这样悠久，我们无法听见。但是，当无声的雪花飘落在门口那用旧了的镰刀、锄头、牛轭、石磨和大车上面的时候，我们听到了诗人对中国大地以及生活在古老村落里的中国农民命运的关切。穆旦的诗让我们想起恒久的悲哀：为人类的生生死死，为无休止的辛苦劳碌。

读穆旦的诗使我们置身现世，感受到真切生活的一切情味。他的诗不是远离人间烟火的“纯诗”，他的诗是丰满的肉体，肉体里奔涌着热血，跳动着脉搏，“这儿有硫黄的气味碎裂的神经”[①]。但是，穆旦又是那样的与众不同，对于30年代以来、40年代达于极盛的把诗写得实而又实，甚至沦为照相式或留声机式的崇尚描摹和模仿的潮流而言，穆旦却有他的一份超然和洒脱。他的诗总是透过事实或情感的表象而指向深远。他是既追求具体又超脱具体并指归于“抽象”。他置身现世，却又看到或暗示着永恒。穆旦的魅力在于不脱离尘世，体验并开掘人生的一切苦厄，但又将此推向永恒的思索。他不停留于短暂。穆旦把他的诗性的思考嵌入现实中国的血肉，他是始终不脱离中国大地的一位，但他又是善于苦苦冥思的一位，穆旦使现世关怀和永恒的思考达于完美的结合。

三四十年代的中国，众多的苦难涌向并充填社会的每个角落。普通的中国人，从农工劳苦者、士兵到知识阶层无不承受着巨大的实际的和精神的压力，他们的心灵深处都装满了关于苦难的诸多具体的图像。顺从潮流的诗人，轻易地

①《从空虚到充实》。

把这些图像组装成他们的诗句。但穆旦不同，他显然仅仅把这看成是切入的初步。穆旦的始终努力在于通过这些丰富的事实进入关于整个民族生命存在的久远的话题：他的诗句穿透大地的表层，穿透历史的沉积，他展现人们感到陌生的浩瀚的精神空间。他写《不幸的人们》的不幸不仅是现实的“伤痕”，而是——

是谁的安排荒诞到让我们讥笑，
笑过了千年，千年中更大的不幸。

诞生以后我们就学习着忏悔，
我们也曾哭泣过为了自己的侵凌，
这样多的是彼此的过失，
仿佛人类就是愚蠢加上愚蠢——
……
像一名逃奔的鸟，我们的生活
孤单着，永远在恐惧下进行，
如果这里集腋起一点温暖，
一定的，我们会在那里得到憎恨
……

这就是穆旦的沉郁，他看到受别人忽略的东西。一位天才的诗人，他的心灵承载着整个民族的忧患。但他从不排拒他自己灵魂苦难的体验，而且往往是由此深入推进，由个人而推及整体，由现在推及绵渺。他的无情的鞭笞、抽打的首先是他自己。“虽然生命是疲惫的，我必须追求”；虽然“观念的丛林缠绕我”，“善恶的光亮在我的心里明灭”，但他显然拒绝“蛇的诱惑”而再度偷吃禁果。他不断拷问自己：

我是活着吗？我活着吗？我活着为什么？[①]

穆旦的这种自我拷问是他的诗的一贯而不中断的主题。写于 1957 年的《葬

---

①《蛇的诱惑》。

歌》,写于1976年的《问》,不论周围的环境发生了什么样的变化,他都坚持这种无情的审判。“是不情愿的情愿,不肯定的肯定,攻击和再攻击,不过酝酿最后的叛变。”[①]站立在过去和未来两大黑暗之间,揭示自我的全部复杂性,这是穆旦最动人的诗情。穆旦作为20世纪后半叶非常重要的诗人,他展现那时代真实的残缺和破碎,包括他自己矛盾重重的内心世界。前面说的他写的不是“纯诗”,即在于他诗中出现的都是一种“混杂”的平常。他就是在这种混杂中思考社会和个人:在被毁坏的楼里,“发现我自己死在那儿”,而楼外的世界——

> 洪水越过了无声的原野,
> 浸过了山角,切割,暴击;
> 展开,带着庞大的黑色轮廓
> 和恐怖……[②]

在穆旦的诗里找不到“纯粹”,他的诗从来不“完美”,仿佛整个20世纪的苦难和忧患都压到了他的身上。他不断听到“陆沉的声音”,他默默守护着“昏乱的黑夜”,他被“黑暗的浪潮”所拍打,这是一颗骚动不宁的灵魂。但是,“为了想念和期待,我咽进这黑夜里不断的血丝……”[③]正是由于他的诗保存这么多的罪恶和苦难,我们说穆旦因传达这时代真实的情绪而成为最具代表性的诗人是恰当的。

话说回来,要是仅仅从穆旦的诗传达时代的实感方面考察他的贡献,那就等于忽略了穆旦最重要的品质。我们不能忽视穆旦作为学院诗人所具有的“书卷气”。他绝不媚俗,他的诗给人以庄严的感觉。他总是展现着良好教育的高雅情调,此种情调使他的诗具有明显的超越性。他的忧患不仅在于现实的际遇,他的忧患根源于人和世界的本身。穆旦不是“写实”的诗人,穆旦的沉思使他的诗充满哲理,这就是他的“抽象”,但又恰到好处。生活中的许多疑惧,他不竭地追寻回答,而回答又总是虚妄,这造就穆旦式的痛苦。“我不再祈求那不可能的了,上

①《三十诞辰有感》。
②《从空虚到充实》。
③《漫漫长夜》。

帝，当可能还在不可能的时候”[①]，我们从这种绝望中发现深刻。于是我们发现穆旦对绝望的抗议——

> 零星的知识已使我们不再信任
> 血里的爱情，而它的残缺
> 我们为了补救，自动的流放，
> 什么也不做，因为什么也不信仰，
> ……
> 这是死。历史的矛盾压着我们
> 平衡，毒戕我们每一个冲动。[②]

穆旦的诗充满了动感。我无时无刻不在展示那外在世界的冲突和内心痛苦的骚动。穆旦从来不用优美和甜蜜来诱惑我们，他的无边的痛苦从不掩饰。而在痛苦的背后，则是一颗不屈心灵的抗议。穆旦的抗议有现实的触因但基本不属于此。诗人的敏感使他超前地感到了深远的痛苦。这种痛苦不是基于个人，甚至也不单是社会，而是某种预感到的无所不在的“暴力”的威胁：“从强制的集体的愚蠢，到文明的精密的计算”[③]；他是那样地厌恶那些与高尚心灵格格不入的世俗气以及“普遍而又无望的模仿”[④]。作为渴望心灵自由和人格独立的诗人，他几乎是以决绝的姿态抗击对于个性的抹杀和蹂躏。这是《出发》里的诗句——

> 给我们善感的心灵又要它歌唱
> 僵硬的声音。个人的哀喜
> 被大量制造又该被蔑视
> 被否定，被僵化……

①《我向自己说》。
②《控诉》。
③《暴力》。
④《我想要走》。

这首诗中还有更为惊人的揭示："让我们相信你句句的紊乱是一个真理"，他是真实地从这种"丰富"中感到"丰富的痛苦"。

写于1947年的《隐现》是迄今为止很少被人谈论的穆旦最重要的一首长诗。整首诗吁呼的是不能"看见"的痛苦，"因为我们认为真的，现在已经变假，我们曾经哭泣过的，现在已被遗忘"。他的诗表现当代人的缺失和疑惑，他诅咒那使世界变得僵硬和窒息的"偏见"和"狭窄"。这首诗以超然于表象的巨大的概括力，把生当现代的种种矛盾、冲突、愿望目标的确立而又违反的痛苦涂上一层哲理的光晕。这对于40年代非常流行的"反映现实"的潮流而言是一种逆向而进的奇兀，他在这里继续着对于心灵自由的追寻以及对于精神压迫的谴责：

……我们站在这个荒凉的世界上
我们是廿世纪的众生骚动在它的黑暗里
我们有机器和制度却没有文明
我们有复杂的感情却无处归依
我们有很多的声音而没有真理
我们来自一个良心却各自藏起

这种对于秩序化控制的恐惧和抵制，诱导了随后发生的一系列悲剧，一颗自由不羁的诗魂很难屈从在一律化的框架中。这不仅指的是思想追求而且也包括艺术态度，特别是表现在他的现代主义倾向以及他对"传统"的反抗上。王佐良很早就说过"穆旦的胜利却在于他对于古代经典的彻底的无知"，以及"他的最好的品质却全然是非中国的"[①]之类的话，这当然不是在否定穆旦所具有的中国文化的涵养和积蕴，而是强调了他的艺术反叛精神。细读穆旦诗就知道，站在他那些充盈着现代精神的诗作背后的，是整个的中国文化的厚土层。这不是指表面的相似，而是指内在的精神一致性和这种文化不由自己的渗透和蕴蓄。以他的《流吧，长江的水》为例，通篇是一首具有浓郁的传统色彩的谣曲："这草色青青，今日一如往日，还有鸟啼，霜雨，金黄的花香，只是我们有过的已不能再有。"这诗句让人想起李白，想起他的"弃我去者，昨日之日不可留；乱我心者，今日之日多烦忧"来。无论怎么说，穆旦和李白纵有千年之隔，但作为中国诗人的艺术思维

①《一个中国诗人》。

方式却表现出惊人的承继性。

但穆旦的好处却是他的“非中国”。他和许多诗人不同，他对“现代”的亲近感，以及他对“传统”的警惕，在许多人那里是不具备的。他来自传统却又如此果决地站在传统的对面，勇敢地向它挑战，这表明穆旦的强大和清醒。穆旦这样写过，“我长大在古诗词的山水里，我们的太阳也是太古老了，没有气流的激变，没有山海的倒转，人在单调疲倦中死去”①。对此，他禁不住要喊一声：“突进！”中国传统的强大深厚和它的自足性培养了中国多数艺术家的慵懒和屈从的性格。特别是当艺术面临着强大的权力和理论支持的时候，那些以挑战的姿态试图反抗这种强大的，便往往具有了某种悲壮。

穆旦就是这样出现在中国充满惰性的艺术氛围中。他对现代艺术精神的向往和热情，显示了学院诗人的新锐之气。穆旦站立在一个重大的历史交汇点上，这是黑暗和光明、战争与和平际会的紧要关头。作为中国的知识分子，穆旦庄严承担了自己的一份责任：一方面，他以实际行动贡献着拳拳报国之心；另一方面，他又无情地解剖自己（他诗中不止一次诅咒“平衡”，而且要“埋葬”另一个“我”）以期使自己能与他生活的大时代相谐。但生活的惯性追逼这颗痛苦的灵魂，不能允许并试图抹杀作为独立诗人的自由渴望以使之就范。我们于是看到了充斥在诗行夹缝中的那无所不在的追索、疑惧和挣扎——当然，间或也流露出辛辣的反讽。

但穆旦更大的辉煌却表现在他的艺术精神上。他在整个创作趋向于整齐一律的规格化的进程中，以奇兀的姿态屹立在诗的地平线上。他创造了仅仅属于他自己的诗歌语言：他把充满血性的现实感受提炼、升华而为闪耀着理性光芒的睿智；他的让人感到陌生的独特意象的创造极大地拓宽和丰富了中国现代诗的内涵和表现力；他使疲软而程式化的语言在他的魔法般的驱遣下变得内敛、富有质感的男性的刚健；最重要的是，他诗中的现代精神与极丰富的中国内容有着完好的结合，他让人看到的不是所谓“纯粹”的技巧的炫示，而是给中国的历史重负和现实纠结以现代性的观照，从而使传统中国式的痛苦和现代人类的尴尬处境获得了心理、情感和艺术表现上的均衡和共通。

在社会环境的危急中坚持艺术的纯正性，又在忠实而真诚的诗性运作中不脱离社会的苦难并予以独特的展现，特别是在艺术实践中他始终以从思想到艺

---

①《玫瑰之歌》。

术的批判锐气而站立在前卫的立场上。他一方面吸收着中国诗学传统的丰美的汁液，一方面又警惕着漫山遍野呼啸而来的诗歌世俗化的潮涌。他坚决而热情地面对西方现代诗特具的魅力，同时又把它的艺术精神用以充实和更新当代中国诗的品质。在三四十年代出现的穆旦——当然还包括了他的志同道合的朋友们的努力，为当时中国诗造出新的气势并展开了新生面。穆旦也就是在此一时刻以他早慧的、全面的，同时又蕴蓄着巨大创造力的实践而成为最能代表本世纪下半叶——当他出现以至于今——中国诗歌精神的经典性人物。

穆旦生当我们前面述及的灾难血泊中崛起的中国大时代，他的创作已经显示出中西文化交汇所积蕴的博大丰盈、生活阅历和艺术经验的丰富性，这充分表明穆旦有可能成为能够代表这一时代的大诗人——"让我歌唱帕米尔的高原，用它峰顶静穆的声音，混然的倾泻如远古的熔岩，缓缓迸涌出坚强的骨干，像钢铁编织起亚洲的海棠。"发出这《合唱》的声音时，穆旦才是22岁的大学生。我们已从他的声音感觉到由伟大抗争凝练而出的沉着、静穆铸出的力度与内在激情的爆发构成的巨大的震撼力。

每个时代都在以它的精神塑造最能传达其精神的歌者，但是，每个时代在作这种选择时又都表现出苛刻：它往往忽视并扼制诗人与众有异的独立个性和特异风格。这情景在50年代以后的岁月中展现得非常充分。穆旦为世不容。一曲《葬歌》使他遭到更大的误解与非议，他终于在不甘与忧愤中停止他的歌唱。70年代浓重的暗夜里，他默念那烛泪筑成的"可敬的小小坟场"[①]，在《沉没》中发出"什么天空能把我拯救出'现在'"的抗议之声。在北风吹着窗纸的小土房里，他再一次面对青年时代的《在寒冷的腊月的夜里》，再一次面对中国充满悲哀的大地，大地吹刮的冰雪和寒风。"让马吃料，车子歇在风中"，用"粗而短的指头把烟丝倒在纸里卷成烟"，这些普通的劳苦的中国人的劳苦生活，再一次温暖着他，召唤他的热情。可是，他的生命之《冬》已悄然来到。他只能在这样的夜里写下他的"绝笔"。

一颗星亮在天边，冲出浓云它闪着寒光。它照耀过，但浓云最终还是埋葬了它。在偏见的时代，天才总是不幸的。

1995年11月23日于北京大学畅春园

①《停电之后》。

# 他是一坛陈酒

他生前就是一个游荡四方的人，来去了无牵挂，多半是信马由缰。他走到哪里，就把诗写到哪里，并和那里美丽的女性合影，而后，满载着这些美丽的收获快乐地回来，再筹划着下一次远行。有美女做伴，有诗歌和花朵做伴，再艰难的旅途，他也视为欢乐。人们看到的就是这么一个快乐的蔡诗人。他的生活中几乎没有忧愁，整天乐呵呵的。其实他何曾没有？他本是个常人，常人有的他也会有。只是他有能力消解。和常人不同的是，他愿为自己的行为承受。为了爱一个人，甚至只是为了一个吻，即使是坐牢，他也情愿。

文学界的人都知道，他是一只候鸟，北京和福建他都有"窝"。天冷了往北飞，天暖了往南飞。这大概与自然界的鸟类是反向的，因为北京的"窝"里有暖气，冬天相对暖和。他就是这么飞着，写着，快乐着。我到过蔡诗人的园坂"老窝"，诗人把整条河沟修成了一座花园。他飞到南方了，就找时间在这里种花，从各地移来名贵的花，装饰了园坂的整条山涧。他让自己的老屋掩映在浓浓的花荫之中。

其实他是经历过苦难的。那年他为了一次不被理解、也不被宽恕的爱情，自己挑着行李、走在被押解的服刑的路上，那时他内心一定装满了辛酸。现在反观王炳根笔下描写的那样的行旅，倒真像是一个使徒行走在朝圣的路上。爱与美是他终生服膺的目标，为了这，他可以从容面对旷古的哀愁甚至屈辱。他一生写诗，其实就是一生寻美。当他的这种寻求受到曲解、压抑，甚至轻蔑的时候，他何曾没有愤怒，何曾不思抗争？但成熟的人生经验帮他化解了旁人难以承受的困厄。

我曾把蔡其矫形容为闲云野鹤。他毕生追求作为诗人的至高的境界：自由。

在不自由的年代，这种追求意味着异端和另类，是注定不会有好结果的。蔡其矫一生的悲剧性遭遇，其源盖出于此。但是我们的诗人即使面对灾难，也不曾妥协和屈服。诗人年逾八十，依然以自行车代步。在福州如此，在北京也如此。朋友告我，跟他一起骑车真是惊心动魄，因为他不看红绿灯，在十字路口横冲直撞。这就是蔡其矫，无拘无束的、散淡而自由的蔡其矫。

他是个独行侠。他喜欢一个人行走，即使岁数大了也不改初衷，从青海湖到吐鲁番，天南地北，他总是一个人背着行囊，走了一路，写了一路。每次远行，他总有好诗带回来，当然，也带回了许多美女的照片。这个人始终生活在自己的天国里，写着不合时宜的、自以为是的诗。在意识形态严密控制的年代，他的写作不仅为当局所不容，而且也为同行所轻蔑。而蔡其矫依然我行我素。当然，逼迫得紧了，有时他也随众，例如他也写过"新民歌"。那真是应了那句名言："演反面人物演久了，演正面人物总也不像。"

这样"随众"的时候毕竟不多，几乎在新中国成立之后的所有时间里，他都在写那种自以为是的"蔡其矫体"。他的歌唱方式来自李白，来自惠特曼，也来自聂鲁达。虽然他也倾心于将中国的古典化为现代（例如实验新诗的"绝句"），但他几乎把所有的努力都贡献于自由体。这是最能体现他的艺术个性的方式。

他在实践这一切的时候，从容，自信，坚定，而且一以贯之。而在他的周围，一会儿是这个"号召"，一会儿又是另一个"提倡"，他都置若罔闻。还是写他的红豆、南曲、少女和星星。你要是在那个时代生活过，你就会知道那时能喊出"少女万岁"那石破天惊的声音的，要有多大的无畏的勇气！

说蔡其矫是唯美的，这大体没错。但是要是认为他不问世情，不辨是非，那可是大错。他是把批判的尖刺隐藏在他对美丽的顺心之中。但看这样写在动乱年月中的诗句："我祈求歌声发自各人胸中/没有谁制造模式/为所有的音调规定高低"，便可从中窥见诗人的批判的热情和锐气。我们在蔡其矫的所有创作中很难找到公式化的标语口号，更找不到"假大空"。这在舆论一律的年代，本身就是奇迹。他始终被认为是"不革命"的和创作倾向有问题的诗人，他承受着压力，但他没有屈服。当然，他也为此付出了代价。

我总认为一个诗人的写作不在数量，即使是伟大的诗人，他的一生创作能被人记住并加以传诵的，往往只有几首，最多也不过十几首。许多人不明白这个道理，他们的作品泛滥成灾。最近我常想中国内地 50 年代以来的诗歌创作，许多应时之作以及声名喧腾的诗人，都湮没在历史的风烟中了。而经历过世事沧桑仍保留在人们的记忆中的，只有为数寥寥的几首诗。我们的蔡诗人有幸，他的《川江号子》，他的《雾中汉水》，还有他的《祈求》，成为了严酷岁月中的珍贵典藏。

平生未曾与蔡其矫作过倾心之谈，但我自信是了解他的。从读他的诗到读他的人，我发现不仅是他的诗，更重要的是他的人，给了我们以恒久的启示。他的生命已经过去了，而他的诗仍在世上流传。这一切都不会过去，而且时间愈久，愈能体现它的价值。蔡其矫是一坛陈年的酒，不仅可以久远地留存，而且留存得愈久，它的香气愈甘洌、愈醇厚。

2008 年 4 月 22 日于北京大学中国新诗研究所

# 铜的铁的血的火的……[①]

读牛汉先生的诗，若用铜琶铁板来伴奏恐怕还不够，要用大鼓，要用那敲得震天动地的、让人惊心动魄的大鼓才够味。他的诗与一切的温柔敦厚无涉，也与一切的中庸平和无涉，他的诗是用历尽苦难的生命深处渗出的汗水、泪水和血水写成的。要想在他的诗中找到通常所谓的温情的抚慰，期望读了他的诗后流一滴两滴温柔泪，或是找到那些给少男少女多愁善感的爱情撒上一些胡椒面，那肯定是要落空的。他的诗不是用来在花前月下读的（尽管这也是读诗的一种合理的境界），这是拒绝了闲情逸致，也拒绝了轻松愉快的诗歌，是一种写着痛苦、读着更加痛苦的诗歌。

和许多诗人一样，牛汉先生写的很多诗，好像都在写他自己。不论是想象的飞扬还是意象的熔铸，都可以溯源到与他血肉相连的独特的经历和生命的极限体验上面去。当然，这一切都是诗的，都凝聚在一种悲壮的诗性光辉之中。牛汉先生所有诗的造型，都让我们窥见一位强者和智者用铜、用铁、用血、用火铸就的心灵世界。他是一位激情的诗人，总是有火焰一般的情感在他的诗行里跳动、燃烧，仿佛要把周围的空气燃烧得爆裂开来。

他的生命经受过严酷的考验，他几番从濒临死亡的边缘奇迹般地复活。因为有了这种生死临界的体验，所以他尊重生命，特别珍惜和礼赞一种庄严而高贵的生命境界。通常有一棵高高的树在他的诗中出现，这棵树站立在空旷得有点荒凉的山巅，宁可被风吹折而不向强暴俯首。就像他在《悼念一棵枫树》中写的

①这是牛汉《铸钟人的呐喊》诗中的句子。原句为："向里面浇灌吧，铜的铁的血的火的液汁。"见《牛汉短诗选》第54页，银河出版社2001年8月香港第1版。

那样，有一种让人震惊的死亡，被砍伐的枫树躺在草丛和荆棘中，“看上去比它站立的时候还要雄伟和美丽”。更有一棵被雷劈成一半而仍然活着的树，它坚定而骄傲地站着，“还是一整棵树那样高，还是一整棵树那样伟岸”①。这些都体现牛汉所肯定的生命质，是坚硬的、顽强的和不妥协的。

有一首题为《生命》的诗，共两节，合起来总共 9 行，他写了半个多世纪。其中前半首写于 1946 年，后半首写于 1996 年，5 年后即 2001 年再改，此诗写作经历了 55 年。诗意大抵如下：头发向上生长，又直又硬，脊骨也在向上生长，又直又硬；50 年后，头发脱得几乎净光，剩下的头发如一支孤军仍向上生长，又直又硬，仿佛是生出了骨头。最动人的是这样一句：

而骨头也像头发
一根也没有弯曲

从流行的“纯美”的眼光看，这孤零零的、硬邦邦的头发，比起目下广告上的那些又黑又柔的秀发来，它实在一点也不美。但它体现了诗人牛汉独特的审美向度，这直，这硬，这仅存的“孤立”，这既不媚雅又不媚俗的坚定质朴是最美的。因为经历过也目睹过众多的生死，所以，他能够在莎士比亚的“懦弱的人一生死一千次，勇敢的人一生只死一回”之后，对此加以改写：“勇敢的人死一千次仍勇敢地活着，而懦弱的人仅仅死一次就懦弱地死去了。”②

牛汉的诗绝不“甜美”，甚至也和“细腻”、“精致”等不沾边。他的诗和他的人一样“粗糙”。这也许是他的缺憾，但话说回来，若是没有这“粗糙”，又到哪里去寻找诗人牛汉？牛汉的诗有一种质朴无华之美。呈现出来的是生命的原质，是一种不打磨，不刨光，也不搽雪花膏的，来自生命深处的呐喊和号叫，带着血水，更带着愤怒。说他不打磨，不等于他的诗没有打磨，他的诗在用字、音响、节奏方面都是很有讲究的。他把艺术性的追求置放于生命的热烈呼喊之中，他拒绝那种雍容华贵的装饰，他宁肯在诗中保留下那种刀凿斧砍的痕迹，而使他的诗显露出诸多的棱角和尖刺。牛汉创造了仅仅属于他的粗放风格。

这位诗人的胸中始终孕育着铁石铸成的句子。他写的是大情大义大爱大

①《半棵树》。

②《生与死》。

恨，儿女情，英雄气，都被包裹其中。汗水、泪水、血水都搅拌成混沌的一团。那是一种沉淀的、浓缩的、凝重的、世所罕见的坚硬的汁液。牛汉是一个硬汉子，草原上的风雪雷电，养成了他的一身宁折不弯的硬骨。但是透过那大情大义大爱大恨，我们却发现了诗人内心的一种柔性。对土地、对天空、对人民、对真理和正义，他爱得心痛。因为是爱得深，所以当所爱受到伤害，他的愤恨也深。男人有情，男人也有泪，但男人的情不轻露，泪不轻弹。生命在荆棘中燃烧，皮肉被刺伤流血，不是无泪，而是"泪比血隐藏得深，泪全部凝聚在心里"，"刽子手们猎取到的只是血和尸骨，他们找不到泪"①。

2003 年 3 月 20 日于北京昌平北七家村

①牛汉《血和泪》中的诗句。见《牛汉短诗选》第 48 页。

# 埋葬了的爱情

那时我们爱得正苦
常常一同到城外沙丘中漫步
她用手拢起了一个小小坟茔
插上几根枯草，说：
这里埋葬了我们的爱情

第二天我独自来到这里
想把那座小沙堆移回家中
但什么也没有了
秋风在夜间已把它削平

第二年我又去凭吊
沙坡上雨水纵横，像她的泪痕
而沙地里已钻出几粒草芽
远远望去微微泛青
这不是枯草又发了芽
这是我们埋在地下的爱情
　　生了根

作者注：几十年前的秋天，姑娘约我到一个小县城的郊外。秋风阵阵。因为当时我出于羞怯没有亲她，一直遗恨至今！只能在暮年的黄昏默默回想多年以前的爱情。

86 岁作于 1992 年 5 月 27 日

（原载《诗刊》1993 年第一期）

古今第一等文字是无遮拦、不作假、率性而为、发自真心。这里当然也有技巧，无技巧便不是文学，但这样的诗文往往超凡脱俗，不用形容。技巧到了纯熟之处，全把那一切机关隐到背后去了。大凡年轻气盛，往往藏不住自己的才华机智；及至年事渐长，参透人生枝枝节节，托出的却是那份澄澈空明，这时，技巧于它便成了多余。读那些文坛大师老年作品或与他们交谈，都有一种凝丰富于平淡，寓深刻于自然的魅力，他们无须炫耀，也不用夸饰，却端的是炉火纯青的境界。

苏金伞这首《埋葬了的爱情》，是在暮年回忆青春期的爱情往事，袒露、真挚、朴素而全无斧凿痕迹。全诗三段，首段写二人郊外约会，她手拢沙堆做了一个爱的墓茔；第二段写次日他一人独往，风吹平了沙堆；第三段写次年又是一人独往凭吊遗踪，枯草发芽，埋葬的爱情已在地下生根。以平淡写刻骨铭心，愈是不用形容，便愈见深郁强烈。世间无数花前月下、男欢女爱，却不如这平常说来的震撼人心。

诗后作者附注更是一段不可忽视的奇文字，我以为其意义甚至胜过诗的正文。“当时我出于羞怯而没有亲她，一直遗恨至今！只能在暮年的黄昏默默回想多年以前的爱情”，这是一种童稚般的纯真！最动情处，便是最坦率处。因为当年的羞涩而铸成了终身的遗憾。这种失之交臂，却是无可补偿的天荒地老的哀痛！

人生无常，沧海桑田，诗人钟情一生的女子也许已不在人世，即使健在，也许竟已忘却。但当一切都不在的时候，唯有那一缕亘古不绝的情思，却缠绕着、牵萦着那未曾老去的诗心。对于不能如愿的爱情的思念，伴随着那最后一会儿未能抱吻的遗憾，经数十年风雨以至于今。

诗人写此诗时已 86 岁高龄。这样的年龄，往往是无牵无挂、不忧不喜，但却为青春年代的一段情、一个吻而在人生的黄昏时分独自默默地痛苦着。这样的文字诗史上有，但也不多，也许可与比拟的是陆游的《沈园》二首——

城上斜阳画角哀，沈园非是旧池台。
伤心桥下青波绿，曾是惊鸿照影来。

梦断香销四十年，沈园柳老不吹绵。
此身行作稽山土，犹吊遗踪一泫然！

写这诗的陆游也是晚年，沈园伤心处，唐琬已不在，存在的却是荒草斜阳里的永远的遗憾和思念！

人的一生可以写很多诗，但这样的诗却不能多写。说得极端些，人一生写很多诗而未必留传，而这样的诗只要一首便能留传，因为它把一生的哀痛浓缩在短短的诗章之中了。像苏金伞《埋葬了的爱情》这样的诗，看似平淡无技巧，一般人却写不成，因为它的浑朴天成之中凝聚了毕生的艺术经验。

从生命为之悸动不宁的极处直接切入，不曲折，不迂回，甚至也无须含蓄或婉转，活脱脱地托出那颗真心来。眼下流行的那类爱情诗，轻轻浅浅，缠缠绵绵，娇态百种，悲情万状，与苏先生这首诗相形之下，孰高孰低，读者定有明察。

# 赠书琐记

书是供人看的，这人看过了，再转给别人看。书是越流通越能发挥作用。爱书的人讲收藏，更要讲流通，这原在理中，不言自明。然而，事实上书籍之于文人，有点像金钱之于商人的关系，积累和守护的愿望大于施放。所以，所谓流通，几乎就只是纯理论的一个命题。

但事实上，任何个人在书的收藏上都是有局限的。首先是财力的限制，再就是空间了。在当今的中国，似乎后一种局限更具有普遍性。在大学里任教的人，其住房标准中并没有用以藏书的面积。事实上，几乎所有的人都在用生活用房来当书房。这样，永无止境的收藏而不疏散，再多的住房也是不够用的。

这就想到了通过卖书以减少藏书量，用这来减轻住房压力的途径。谁知此举却遇到了更大的心理阻碍，即是大多文人、至少在我这里是耻于“卖书”的。这可能与清高有关，但却有更为深层的原因。从道理上讲，书也是商品的一种。可以买进，也可卖出。有些书眼下不需要了，可以出让给更需要的人。从这个意义上看，卖书是无可非议的。但事实却远非如此。

所以，撇开清高不谈，首先是涉及情感。对于文人来说，卖书是一种伤感动情、牵肠挂肚的举动。书与主人之间的关系，不是一般的人与物的关系，书涉及一个与人的情感有关的题目。书的主人从书那里得到很多的充实与提高，温暖与慰藉。他深知每一本书都是一个知识和情感的精灵在说话。那些古今名典，乃是案前榻旁不可须臾或离的良师益友，这些，自不必说了。也有一般的书，甚至也有水平不高的著作，又该如何评估它们的价值呢？对于从事文字工作的人来说，他们绝不会因这简单的原因而轻易地否定那些书的价值。

因为他们深知，所有的精神劳动都是艰苦的，而且也深知，不是所有的工作都会抵达这个领域的高处。有的人可以达到，更多的人则不会达到。有了这样的认识做前提，他们就会尊重这种水平未能到达高处的书籍的作者，也就会尊重这些水平不一的精神劳作的成果——这就包括了对它们的体谅、理解和实事求是的评价。

这样，当这些书的主人下决心处理、说白了也就是要把这些书卖出的时候，这种来自内心的阻力是非常大的——他在情感上过不去，他在反对他自己。

内心障碍的另一点，也可能是更难逾越的。那就是很多书是同辈或晚辈赠送的，这些赠送的书，都郑重地写着“留念”、“指正”、“赐教”等一类的敬语，也有很正式的签名和盖章。都说是“秀才人情一张纸”，更何况是厚厚的一本书呢！这些书若通过民间收售的方式流入社会，则自然地构成了对朋友的伤害。但在书籍的拥有者这里，明摆的事实是，为了自己的“生存”，他不得不狠着心，把这些原先属于自己的、并联结着自己的血肉情怀的书们“赶出门外”。

说实在的，是所有的书都值得珍贵，但不是所有的书都能够在这里住下去。有的书对你有用，但可能对别人更有用。流入坊间的书，可能会给赠书人造成不快，但若想到书的流通，想到可能对别人更有用，也会释然。至少在我这里是这样，别人呢？那就难说了，并非所有的人都能对此释然的。听说过有这样一个故事：某作家在坊间买到了一本他送给别人的书，他再次购回，亲自题签再寄送给那人。这当然是很使人难堪的事。要是我也遇到这样的事，今后怎么与他相对？于是，我决心坚守一点（尽管从理智上说，我认为无须这般的坚守），即尽量不使这些书流入坊间市井。这样，就等于断绝了卖书这一条出路。

书多成灾，又不能有效地疏散开去，就只有采取赠书这一条路了。首先想到的是，送给个人。前几年，一位韩国的教授回国，他也是一位书痴，我送给他一整车的书籍和期刊。他高兴得不得了。“宝剑送英雄”，在我，也是个极大的安慰。可是，这样来者不拒的接受者是不多的，不少的接受赠送者是挑剔的。他们只挑选那些于他有兴趣的书籍，而把那些对他不需要的书籍留下来——对于这样的接受赠送者，我是并不欢迎的，因为他并不能为我减少书的压力。

因此想到了赠送给集体。这方面的实践比较成功。我曾赠送给北大昌平园校区图书馆一批图书，我们合作得很好。但美中不足的是，我要求他们刻一枚赠书章，他们没有做到。为什么要加盖赠书章呢？目的也在于证明这是赠书，而不是卖品。万一这书流落在外头了，人们看到赠章，也就不会见怪。最近一次赠书，是向北京一家私立大学的图书馆赠书。刻藏书章，挂铜牌，立专柜，还举行了庄严的赠书仪式，校长和我都讲了话。这是最让我满意的一次赠书。

书是我的至爱，但书一旦成灾了也使我恨。书多了使我牵肠挂肚，送书又让我寝食难安。这就是我的书之缘。

1999 年 7 月 28 日京城酷暑近半月，于北大畅春园

# 郁金香的拒绝

## 其一

我对郁金香心仪已久。最初是在一份挂历上看到，大概是荷兰或是西欧的某一个国度吧，那里种着大片大片的郁金香——如同我们这里的农民大片大片地种着小麦或水稻那样——单色为畦，一色一畦，仿佛是铺着彩色的地毯，直至眼力不及的远方。如海的郁金香，掀起彩色波浪的郁金香，单看照片，便令我神往而沉醉。郁金香这花给我的印象，便是那挂历的画给的，她不仅婀娜多姿，而且是排着方阵的无言而宏大的气势，显得格外地动人。

也许郁金香的迷人在她的造型的单纯而简洁。她形如高脚酒杯，端庄、高雅如名门淑女。花卉中形色娇媚的是虞美人、仙客来，以及木本多年生的西府海棠。取其香气清雅的，大体总不见鲜丽的色泽，如水仙、米兰、茉莉、桂花等。说来惭愧，直到要写这篇文章了，我除了对她的色彩可以从画中间接地感受外，而对她的其他特点，特别是她的香气却毫无所知。我之所以如此无知，并非是我的格外愚钝，而是由于郁金香对我的一而再、再而三的拒绝。

郁金香是“洋”花，国中不多见。但我又不满足于只是在画中或照片中看，于是益发激起我“一睹芳颜”的愿望。1992 年我第二次的欧洲之行，英国之后，第二站便是荷兰。荷兰是郁金香的故乡，又是它的国花。据说二战期间，大概是 1944 或 1945 年的冬季，因战时饥馑，荷兰人食郁金香的球根得以存活。他们感谢这多情多义的郁金香，战后便定之为国花。我访问荷兰时正值春季，应当是郁金香花开时节。我想，这下可有机会一谒这声名远大的名花的风采了。

从伦敦飞阿姆斯特丹，再从阿姆斯特丹乘坐火车去我参加会议的莱顿小城，铁路沿线，铺展开这个国家花团锦簇的大地。世人皆知，荷兰不大的国土低于海平面，这一片如花的土地是荷兰人用他们的智慧和毅力在与自然的较量中造出的。火车行进着,铁路两旁,没有国内惯常见到的垃圾的倾倒和堆积,而是洁净如公园。远处的海岸,近处的运河,还有矗立天际的缓缓转动的风车,而无尽绵延的则是铁道沿线的鲜花——但我没有看到郁金香!

在莱顿住下来,我性急地要在这郁金香的故乡会见我倾心的久慕的朋友。这城市沿运河有许多商店,最撩人眼目的就是花店。对于欧洲的花卉,我在英国时已有深刻的印象,特别是在牛津的那个白天和那个夜晚。我一方面为英国友人的热情款待而感动,一方面则是由于英国的鲜花。也许是因为气候适中、不冷不热,那里的花不仅是色泽艳丽,而且许多花色在国内未曾见过。荷兰的鲜花也是极著名的,品种之多让人眼花缭乱。我自信在国内许多花都叫得出名字,但在荷兰却不灵了,许多花我闻所未闻。

在荷兰逛花店是极大的享受。徜徉在滨河花街之上,杂沓于钗光鬓影之中,你会感到仿佛是全世界最美的色彩,都汇集到这里来了。你一下子就体悟到这世界原来是这般鲜丽、这般光艳、这般富有生命力。而令人意外的是,我依然没有看见一朵郁金香!

我在荷兰逗留的时间是六月初至六月中旬,那里正是百花盛开的时节,而独独是郁金香花时已过。更为遗憾的是,不是已过多时,而是刚刚开过!但是,即使是我迟到一步,也不该这样绝情绝义地消失得无影无踪啊!我是带着被拒绝的怅惘离开荷兰的。莱顿运河上驶过天际的白色游艇,阿姆斯特丹夜世界的宁静的狂欢,海牙沙滩上尽情享受阳光和海水的人群,一切都是激动人心的,但一切也都由于郁金香的缺席而失去了生气——这世界仿佛留下了无法填补的空洞。

从荷兰回到英国,大英航空公司的航班再次飞越英吉利海峡,舷窗下湛蓝的海水铺开一幅柔软闪光的锦缎。飞机低空飞越伦敦,泰晤士河上的滑铁卢桥,"大笨钟",教堂的尖顶,当伦敦多情地为我展示她如画的光彩时,我有一种不远万里满怀希望地前去会晤日思夜想的、最亲爱的人而不能如愿的悲伤。我因为郁金香也许并非有意的伤害,而在如花似玉的伦敦城里郁郁寡欢。

## 其　二

郁金香是多年生的球根草本植物。多汁的茎,碧绿而直,花茎的上端骄傲地举着花朵,花形如俏丽的高脚酒杯。整齐的花瓣,枝无旁出,每枝一花,多系单色。我一直在为此花做梦,为她的高洁而幽雅的姿态,为她的不事喧哗的单纯的美丽。那年荷兰之行的一场空梦,我只能嗟叹我与此花缺少缘分。

事过三年之后,今年春天,杭州西湖有个约会。我的下榻之处,是位于汪庄的西子宾馆。开窗临湖,花影鸟喧,如与美人相对。住所出门,便是雷峰夕照旧址。有幽径通往山巅,可凭栏览胜。在那里前前后后住了大约一个星期。在京时每日忙忙碌碌,总有做不完的琐事,在这莺飞草长的暮春江南,西子的湖光山色,倒也能慰我清寂。

在杭州西湖的最后一日,晚间饭后友人陪我散步。那时华灯初上,夜色已暝。友人忽然说起,近年新辟太子湾公园离此不过数百米,何不前去一观?况且那里还在举办一年一度的郁金香花展。一听此言,我若触电。心想前年万里飞行,兴冲冲前去拜谒郁金香王国,却无获而返,不想这次却轻而易举地得以如愿。我自是欣喜难言。郁金香花展国内其他城市未见举行,据说这里所展之花都是从荷兰空运来的花苗,经过一段时间的培植,便在公园绽放迎人。

从汪庄至太子湾果然不过数百米,步行不及十分钟便到。但当我们惊喜于这么快便到达时,却是迎头一盆冷水:因为闭园时间已到,公园的门刚刚上锁。从铁门的缝隙中往里看,我可以看到盛开的郁金香在乍临的夜色中含蓄而多情地伫立着。然而,无情的铁门却把这最可能的相见,造成了永远的拒绝。

陪同我的友人一时情急,在门外拼命叫喊。千呼万唤终于唤来了同样无情的守门人。他似乎为这过时的客人的唐突而愠恼。我的友人,这位身材魁梧的汉子,笑容可掬,又是递烟,又是恳求,说了一连串"北京来的教授"等无用的话,就差下跪了,还是不能打动这铁石心肠的守门人。我们是绝望地陷入在无边的黑暗中,而隔着铁栏杆的门,无边的郁金香同样绝望地站立在无边的黑暗中……

要是说两年之前我在荷兰被郁金香所拒绝,是由于花时乍过而失之交臂,而现在,这一切只能以宿命来解释了。我来杭数日多有闲暇,而太子湾公园距我住地只是咫尺之遥,我有很多的机会可极易地一睹郁金香的风采,为何只是在我离杭的前夜方才获知?更不幸的是,为何获知的时间是在公园闭门前的顷刻?机票已买,明晨曙色未临时节我便须前往机场。而此刻却是园门深锁,守园人铁石心肠!天意如此,我真的是绝望了!

次晨一场豪雨中我离开西湖。路灯影映下的西子正是睡眼惺忪。沿着苏堤望去,这一带的烟波柳岸在拂晓的微风中轻轻摇曳,别有一番情趣。而我,却由于名花的再度拒绝而兴味索然。我若有所失地登上了从杭州飞往汕头的航班,开始另一次艰难的寻觅。我期待着另一次天意的垂怜,以慰我内心的伤痛。

## 其　三

我之被拒于郁金香的故事没有结束。它是一而再、再而三的离奇。要是没有那离奇造成的沉重感,我也不会有这样的其一、其二,乃至其三的笔墨了。这都是对我心灵的沉重的打击。而最沉重的、但愿也是最后的一次打击,却是与我所敬重的郑敏先生有关。郑先生到过荷兰,好像还不止一次。我听说郑先生的花园里引种了名贵的郁金香,而且已经引种成功。有人已在郑先生的花园里欣赏过这尊贵的异国名媛。我私心艳羡郑敏先生与名花有缘。

我的家在燕园,郑先生家在清华园,我们两园隔着院墙几乎连成了一片。从北大到清华,步行半小时可达,我们真的是近邻。可是,为了这郁金香,我多次试探着间接甚至直接地向郑先生提起,希望能获得到她家欣赏郁金香的邀请。我暗示着、坚持着,每次都没有得到明确的回应。郑先生对于我的"提醒",通常对此不是语,便是有礼貌地避开话题。

在我的经验中,郑先生历来是乐于接待我这个客人的。我曾经多次在她的府上和"九叶"的诗人们欢聚。我的博士生们到郑先生那里去请教,甚至比到我这里还随便。(郑先生有时不无得意地告诉我,她是在无偿地为北大培养国内外的学生)我和郑先生交往如此,应当说,适当的时候前往清华园向郑先生请安和请教是不成问题的了,可是,我却从来没有在郁金香花开时节接到过郑先生的邀请——尽管我不只一次地表达过这种意愿。

今年我自杭州"受挫"返京之后,燕园中又胜传郑敏先生家里的黑郁金香开花了。恰好此时我有机会见到她。我含蓄地提及外界盛传之事。郑先生听罢微露欣喜之色,却对这传闻不加证实也不予否认。当然,我所期待的邀请依然是杳无音信。就是说,尽管我提到了那种传闻,但郑敏先生关于她家的郁金香的任何信息都没有透露给我——她可真是守口如瓶了。

从此,郑先生家里的郁金香变得有点神秘了。依我对郑先生为人的了解,这绝非郑先生的吝惜,这只能说明郁金香这花在中国是太罕见、也太名贵,名贵得有如恐人知闻的家传珍宝!试想,在周围都不宽裕的社区中,那些拥有珍宝的人家的小心和警觉,这样,我们当然也就理解了清华园中的名花之主的心态了。

郁金香对于一般人来说,并不存在"危险性",它也许和园中所有的花没有什么不同。但对于我这样几乎幻想成疾的人,万一让它视见,就很难说了。只要将心比心,只要以己度人,我们便会冰释我们心中的芥蒂。但我却始终悻悻。要是说我万里之遥到荷兰而见不上名花一面，要是说我千里杭州之行而只能在夜幕之下、铁栏之外拥有咫尺天涯的孤绝，那么，现在，以北大、清华的一墙之隔，明知清华园某公寓的某一庭院，又明知这一庭院的主人为何人，又明知那郁金香正在京城春天的阳光下艳丽而骄傲地开放着，而我，却依然被无情地拒之门外，这真是从何说起呢？

所幸郑先生还蛮有体恤之心，她悲悯于我的沮丧以至绝望。那日见到我，她说，“我可以送一张郁金香的照片给你”。这对于我本不存奢想的心，当然是极大的安慰。我于是开始了新的怀想和期待。

今年五月的最后一天（这是要加以郑重记载的一天），我的一位博士生蒙郑先生召见，回来后给我留下一信封，信封上写了如下的字样：“郑先生捎来花园的郁金香，这一张是比较清楚的。”展开一看，是郁金香的照片，郑先生没有食言。果然是满满一畦的郁金香，红色和黄色相间，开得很是繁盛。

我终于“看”到了郁金香。但，如同我最初看到的那样，依然只能是照片。我终于没能看到真实的郁金香！我和郁金香之间，也许隔着的不仅仅是浩瀚的天空和缅邈的海洋，也许隔着的是另一种永远无法破译的东西。但不论如何，毕竟我的眼前有了一张诗人郑敏送给我的她园子里的郁金香的玉照。我感谢诗人的慷慨馈赠，也为她的一诺千金。我于是最终也不曾看到真正的花，那在阳光下开放的、花瓣上留着晶莹的露珠的真正的花。我只是完整地做了一篇遗憾的文章，这是我的不幸，也许更为不幸的是，这篇文章的题目，还是拾了张抗抗的牙慧，经过我的郑重请求，蒙她慷慨“借”给我的。

后记：张抗抗写过《牡丹的拒绝》，是一篇非常出色的散文。此文的题目非沿用“拒绝”不可，的确是经过“申请”而获得准许的“借用”。此文草稿于数年前，定稿于今年，郁金香在现今已非稀罕之物了。

1999年1月1日于北京大学畅春园

# 亚美利加天空的温情

云是一样的,风是一样的,太阳和星星是一样的。尽管有人说过月亮是这边或那边更圆,其实月亮也是一样的:有时圆,有时缺,有时变得像一把镰刀。我没有说这里一切都美好,但我的确在这里感受到了美好。我在亚美利加辽阔博大的天空感受到了和这个天空一样的辽阔博大的人间温情。

飞机从圣弗朗西斯科起飞,机翼一抖,美国西海岸碧蓝的太平洋马上在我的眼帘消失。飞机呼啸着奔向美国东南部,我的朋友在那边的一个机场等候我的到来。但是,我进入美国国土之后的第二次航行,却不是顺利的。我此刻要说的是,我在美国误下了飞机。

误下飞机的后果是谁都知道的,何况是在异国,更何况我的英语极为糟糕,那真是一次惊心动魄的经历。上机之前,我的友人和学生驱车相送。我们在宽敞的候机大厅里合影留念,我记得那里有一棵秀丽的椰枣树,是种在一只大花盆中的。我充满了这次单独跨越美国东西国土的自信。

临别,美国友人——她是裴米兰——告我,这次航班很好,直接飞往我要去的北卡罗来纳州的达勒姆(Durham)而不用中途换飞机。也就是这句话种下了我这次飞行错误的根由。从西海岸起飞,自西向东直抵美国的东海岸,空中跨越了美国的四个时区。我看看手表,手表的时间还是西部时间,但指示针已表明飞行时间不短。以中国的经验看,我现在空中所用的时间,早已超过北京至乌鲁木齐或是北京至拉萨的时间。这种比较的概念也增加了我判断错误的因素。因此,当飞机开始下降而乘客纷纷(其实是一部分乘客)提取手提物件的时候,我也做好了下机的心理准备。

有了前几次单独旅行的经验,我自信能够在复杂的环境中找到出站口并顺利地找到我的行李。然而,事实却并非如此。电视屏幕上我乘坐航班行李到达的指示都已过去,两盘行李传送带都已停止工作,所有的旅客都提了行李走了。这个不大的机场顿时显得有些清寂了,我这才心慌起来:我的行李没有到达!我找到一位机场小姐,慌乱中我举着我的机票不知自己都说了些什么。她看了看我的机票,拿起电话就打,接着是紧张的一句"跟我来"扭头就跑。她穿着一双后跟极高的高跟鞋,但她的小跑步我怎么也跟不上。重新安全检查!重新查看票证!那小姐一直飞奔向前,她比我还急。我们都喘着气来到一个登机口,她说声"到了"就把我交给了在那里焦急等候我们的另一位空姐。

这位空姐也不跟我废话,不由分说地把我"塞"进了飞机!我不肯,我要找我的行李。然而,她们——机上的乘务员——还是"粗暴"地把我"按"在一个座位上。我环顾左右,机舱一片宁静。前后、左右、远远、近近无言地送过来的是一个个善意的微笑。他们没有谴责,反而像是祝贺。在我一切都不曾明白过来的时候,飞机已经腾空而起。

我向窗外望去,底下是万家灯火,美国宁静而温馨的夜晚。我这才明白,刚才我寻找行李的地方不是我的到站,我误下了飞机。这是一个我还远不知道它的名字的陌生的城市。而向我微笑的全机舱的人,他们为了等我这个丢失了的乘客,已经等了将近一个小时。但他们善意、理解、谅解、充满了同情友爱之心!一杯橙汁送过,飞机不再送食品了。大约30分钟过后,飞机又一次下降。现在着陆的才是达勒姆,而刚才停留的地方只是一个中间站。在那个中间站我错下了飞机,整架飞机的乘客和机组人员在那里额外的停留只是为了我这一个异国的乘客。

出飞机的时候,我来到乘务员面前,我向她诚挚地道谢。她不由分说,撇开其他乘客,挽起我的臂膀,非常热情地陪我走过漫长的通道,把我送到了候机大厅。这时迎接我的朋友已经出现在我的视野。也就在这时,我放下紧紧拥着我的这位热情的女性,我忘了问她的姓名,忘了和她留影,甚至现在连她的面貌都记不起来了。我多么悔恨自己。当我的朋友向我招手的时候,我把这位可亲可敬的美国朋友丢下了。

我知道我不可能再见到她。要是说人生有遗憾,我现在所感到的遗憾是无可补偿的。这一切的感激、悔恨、自责,如今化成了让人揪心的记忆,这记忆在内心深处啃啮得心疼。那挽着拥着我走出机舱的美国人,那"粗暴"地把我"塞"进机舱的美国人,那穿着高跟鞋没命往前奔跑的美国人,还有整个座机从不同角落向我微笑的来自全世界的人，他们构成了此刻我仍然感受到的那种浓郁的、热烈的、温暖的亚美利加天空的温情。

我把这一切记在了心里。我知道我无法记住她们的名字，我也知道今生今世再也无缘和她们相遇。但是我记住了这次横跨美国国土的难忘的飞行，记住了这一切产生于自己的错误而却受到了所有人的谅解的情感的收获。我若把美国天空所提到的概括为同情、友爱、互助是远远不够的，我因失误和虚惊所得到的是一个对我来说非常陌生的世界。在这个世界里人们不是用敌意和仇视对话，而是用忘我的小跑步，用不由分说的“粗暴”，用超越性别隔阂的热情的相拥，用满机舱的友好的笑容。

最后，我要告诉我的读者，后来经过多方证实，我误下飞机的那个中途站是北卡罗来纳州的罗利(Raleigh)，那里距达勒姆只剩下很短的路程。

# 那里的高雅羞辱了我

那日燕珊陪我参观维也纳市街，对这座闻名于世的"建筑博物馆"她了若指掌。那时刻真是孔雀开屏的壮丽。在我们眼前展开的是立体美的历史长卷：罗马式建筑、哥特式建筑、洛可可和巴洛克式建筑。每座有价值的建筑物上都嵌有大理石的碑牌，金字镌刻着建于何日、修于何时、建筑师及房主是谁。每座碑石上方悬挂两面旗帜：奥地利国旗和维也纳市旗。市政当局规定，古建筑物不许拆建、只能维修，而且外观要保持原样。

说是建筑博物馆不确切，它还是名人故居及雕塑的博物馆。贝多芬的、施特劳斯的、卡夫卡的、弗洛伊德的、莫扎特的、歌德的、席勒的。据说光贝多芬的故居就有八处，而且保护完好。这里还有一座咖啡厅，是历史上政治家和文学家聚会的场所。非常平凡的咖啡厅，一部分在室内，一部分露天，撑着彩色的遮阳伞。维也纳总是敞开着，他们喜欢自由自在地在阳光照射之下谈论艺术和人生，他们不需要遮蔽。

维也纳既让我倾心又令我恼火。它此刻骄傲如公主，以它的丰富，以它的整洁，以它对传统和文明的尊重。我甚至妒忌起燕珊来了。她谈论她的维也纳——她如今生活的这座美城，是那样的自信，那样的自豪！

我当然也有理由骄傲，我也来自一座世界名城。我有比她悠久得多的历史，我也有我的辉煌。然而，我的古都正在被高楼的怪影所笼罩，那些摩天楼周围的景观原不属于这座城市。它的轻浮与肤浅与这座城市的凝重庄严格格不入。还有，我的北海和昆明湖正在变成巍峨楼群包围中的沼泽，它在那些闯入者面前只是一个小盆景。而且这盆景终究要在人们的眼帘消失。这消失伴随着我们对愚昧、无知和蛮横的记忆，我无法拒绝我的愤怒。

维也纳是音乐之都。人们曾提醒我说，一种制度已使多瑙河变成黑水。然而我看到的这条音乐河依然是施特劳斯当年的碧蓝。河中的绿岛，岛上的泳装，那里依然荡漾着蓝色的旋律。音乐的皇都有它的宫阙。我的女友指给我看，那是维也纳音乐厅。每年元日，从这里向全世界播送祝福的乐音。这音乐会令我神往。可惜此刻我头顶的是欧洲七月的太阳，我无法等待深夜的钟声。

三年后的一个元旦之夜，我从噩梦中醒来，眼前依旧翻涌那一片难泯的血污。维也纳的乐声唤起了一片生意，它令我忘却昨日。古典的交响乐声中端坐着盛装的维也纳：西服、领带、长裙、项链、香水和鲜花。乐队指挥的燕尾服，闪光的铜号和长笛，又是鲜花，谢幕和掌声。最后是《拉德斯基进行曲》，台上和台下，有节奏的击掌，四座同歌！曲声尽处，人影依依。那场面让人想哭。

其实这只是一种仪典，它显示修养和情趣。年年都有元旦，年年也都有这样的新年音乐会。年年总有《蓝色的多瑙河》，也总有《拉德斯基进行曲》，总是这样的古典情调，总是这样的彬彬有礼：鼓掌、鲜花、谢幕。尽管年年如此，却总是年年如此的认真、充满兴味，最要命的是，总是这样的高雅，高雅得让人嫉妒。

维也纳的音乐会结束了，被感动的情绪安静不下来。余兴未尽的动机驱使我按动电视机的另一个按钮。那里是一台中国的新年节目。两个身穿长衫的男人头上各翘一只小辫，脸上好像都抹着白粉。他们品位不高的逗乐引发了一阵又一阵哄笑。这里的喧闹和世界另一边的安静、肃穆、有节奏的击掌，这里的小辫、花脸和那里的香水、项链、曳地的长裙造出了反差。无情的对比构成了心的蒙羞。

要是我拥有手段我将报复，那里的高雅羞辱了我。尽管我深知，那里真诚的友情无意于这种情感的袭击。但我却明确感到了伤害。我理应有属于自己的华贵，然而却被无知识的卑琐和低级趣味所掩埋。面对莫扎特和施特劳斯的幽雅旋律，我的所有却是此刻的粗鄙。我无力反抗这种伤害，不仅因为它无心，而且因为它的手段是高雅。我只能让受伤的心暗自流血。

第三辑

# 天边的云彩

# 东安旧话

东安市场是旧北京一景。清末竹枝词有句:“若论繁华首一指,请君城内赴东安”。那时游北京城,可以不去八达岭,不去十三陵,却不能不去东安市场。不到东安市场等于没到北京,这是公认的。我到北京的时候,是50年代中期,东安市场虽然经过了“改造”,但大体还保持了原来的模样。记得有卖百货的、卖小吃的、卖旧书的,当然也还有北京老字号的一些铺面,更多的则是临街的摊点。这些店铺,门脸都不大,说不上华贵,但也并不寒碜,有一点旧皇城的老气。这些店家,除了应付日常店面上的销售之外,旧时还经常给王府和大宅院里定期上门送货,所以它们多半有着京城里的达官贵人的背景,不可小看。那时的鞋铺兼有作坊,可以按照客人的需要定做花鞋和皮鞋。那些食店,也有给有身份的人家送宴客的餐点的。这些店铺一般都不注意装饰,有一种好货不怕无人光顾的雍容大度。尽管难以摆脱北方都有的那些土气,却也不俗气。这里毕竟是帝都。

这东安市场坐落在紫禁城的边上,过去明文规定“内城逼近宫阙,例禁喧嚣”,向来是不准开设戏院、会馆什么的。过去京城里的百姓要看戏必须绕过皇城,出正阳门到南城的天桥一带的戏院看戏,很不方便。所以20世纪初年吉祥茶园在东安市场开张,人们可以在临近皇城的地面购物吃饭,又可以观赏演出,当时是一件轰动京城的新闻。东安市场除了娱乐餐饮之外,最具特色的是它经营百货的小、零、全的特点。举凡擦澡用的丝瓜瓤,开酒瓶的瓶起子,老太太梳头用的刨花、网子,茶杯的盖子碎了,可以在这里配上,许多小零碎,都可以在这里找到。人们喜欢这个“万宝全”,因为它贴近平民的生活。逛东安市场可以让人体会到生活的凡俗性和人情味。

时间久了,我已经忘了那些名牌老字号都坐落在那里,总记得,进了东安市场是一些纵横交错的街衢，店铺一家挨着一家。食铺著名的有东来顺、五芳斋、奇珍阁、森隆餐馆、小小酒家等，经营着京、沪、粤、湘各地的名肴。那时我是穷学生，囊中羞涩，一般不敢进那些食馆。因为是福建人，只记得有一家闽菜馆叫闽江春的，倒是常去光顾。闽江春店面不大，约摆下十来张红漆桌子。这家菜馆菜品并不多，烹调也未见特色。我到闽江春多半只点鱼丸汤，炒米粉之类，因为别的吃不起。但只要到了王府井，我总要到闽江春坐坐，为的是那里有一种乡情的安慰。

说起闽江春，有一件往事现在我还记得清楚。有一次，我在那里用餐，猛抬头看到朱德熙先生和姚殿芳先生正在那里一起吃饭。他们那时正在给我们讲授现代汉语。朱先生和姚先生那时大约也只是三十岁左右，风华正茂。朱先生当时和吕叔湘先生合作写《现代汉语语法修辞讲话》，在《人民日报》连载，名气很大。姚先生的美丽是出名的。她平时衣饰讲究，总是把头发盘起，高雅而华贵。她在大学时便是惊艳一时的校花。我是学生，礼貌地向他们问好后便告辞了。但那种非常美好的感觉，时过半个世纪之后仍然深刻地印记在心中。中国知识分子在50年代的中期，具体说在“反右”之前，大体都有一种从容的、宁静的，而且是宽裕的生活——这是我在闽江春相逢朱、姚两先生所得到的启示。后来，这种气氛就消失得无影无踪了。

逛东安市场的旧书铺，也是人生一乐。在这里，只要有耐心，你想要的书，经过努力一般都能找到。我在新中国成立前零星地购了万象书局印行的现代作家选集。这套选集共二十本，我那时已经积攒了十七八本。记得沈从文和周作人的两本，就是先后在东安市场配齐的。这套书我现在仍然珍藏着，闲时摩挲，总对春明书店的帮助心怀感激。

还有一件，也与东安市场的旧书肆有关，是不能不提起的。大约是50年代后期吧，我在某一期的《人民画报》上看到刊登印尼苏加诺总统的藏画。其中幅题为《阿拉伯少女》的油画令我着迷。我心藏奢望，总想着买到这期刊物。而要实现这个近于虚幻的目标，只有东安市场能助我。那时“文革”风烟骤起，到处都在焚毁书籍。我想着那位美丽的阿拉伯少女，我想在这漫天烽火中找到她！这几乎是绝望的寻求。那一天，我怀着侥幸的心理进了东安市场，我在一堆将要被处理掉的旧书报中翻检。“阿拉伯少女”奇迹般地出现了！我强压着狂喜，以“无动于衷”的“冷静”，几乎没问价钱就买下了这份画报。最后是像小偷一般地“溜”出了书店。

我是冒着极大的风险，在空前的文化劫难中，“抢救”了这幅油画的复制品。我对东安市场的感激是与“文革”的噩梦般的记忆联系在一起的。这件旧画报，我珍藏至今，它是我的“镇宅之宝”。它比一切都珍贵，无论什么人，无论用什么代价，想换取我的这份珍藏，都是绝对做不到的。

东安市场在“文革”中被改了名字，叫做东风市场。是东风压倒西风的意思。这名字被叫了好久，是好久也唤不起原先的那种亲切的感受。这市场经历了漫长的动乱，终于迎来了新时代。一切又在新时代里得到了新的改造。旧东安市场彻底地拆了，盖起了富丽堂皇的又大又高的楼房。它现在的名字是新东安市场。都说是新，也唤不起我的新意。在新东安市场里，找不到配零碎的“万宝全”了，找不到才华横溢的朱先生和光彩照人的姚先生吃饭的闽江春了，也找不到配齐万象书局那套丛书的旧书摊了，更找不到我寻找的那位美丽少女的那个旮旯里的书报堆了……我的怀念使我心痛，我丢掉了我心中最美丽的梦。

新东安市场还站在原先的地方。但我找不到我往日的足迹，也找不到我往日的那种心情。现在我在北京的任何商场都可以找到在这里所要找的；在别的地方找不到的，在这里同样也找不到。它和北京任何一家商场都没有区别。我何必要走那么多的路到这里来？我不喜欢甚至厌恶过去的“东风”。对现在的“新”，我似乎也难有什么兴味。人们都说王府井变漂亮了，自它变漂亮以后，我就很少到那里去。

我问自己，要是到了王府井，我会进现在仍然叫做东安的那个市场吗？不见得。

2003 年 8 月 1 日于北京大学畅春园

# 北京的花季

北京的花季短暂得如同一节感伤的谣曲。花开得猛，凋谢得也快。三月的北京未曾解冻，时不时地还飘雪。当北海和昆明湖的冰面融解的时候，塞外的黄风也就来到。大约是三月快要完了，在霜雪肆虐的间隙里，往往可以看到一两株最早凌寒开放的山桃。山桃开得很惨，它开在人们不以为是开花的时节里。它绝不引人注意，而且大概总不过几天，就被那些无情的风所扫荡。这也许是对它的不合时宜的露面的惩罚。

桃花只是先声，它严格说来不属于北京的花季。但我们显然无法逾越这勇敢的先驱者。桃花不因生存环境的恶劣而推迟它的花期，它总如约而至，而且也总如此地被摧残。岁岁年年，它悄悄地开放又悄悄地飘零。它无可改变的践约不能不使人对它格外地敬重。

随后就是我们称之为春的使者的连翘了。那黄澄澄的小花开放的时候，它那柔韧的枝条还是光秃秃的。光秃秃让人想到寒意，仿佛是这古城里昔日那些在寒风中缩手在棉袄袖筒里的人的姿势。但花朵却不怕冷，它在寒战中探头出来似是要试试自己抗寒的能力。于是它们一个个都闪出了太阳的金光。

迎春花开放的时候，北京的大地还是灰溜溜的，单调而荒凉。它的金光闪闪让人想到漫长冬季的结束。似乎前面充满了希望，但四周依然寒气逼人，迎春花为了迎接春天而在夜晚和清晨的严寒中坚持。

进入四月，这里还是春寒料峭，大多数人家的火炉还未撤去。清明总在四月的某一日来临。清明在江南已是杂花生树、群莺乱飞的时节了，而在北京却是沉甸甸的一片肃杀之景。北京年年少有晴日，不是霜雪就是阵雨，而且总好像有什么让人害怕的事要发生。但花儿毕竟勇敢，性急的如连翘，早已翘首以待了。在无花的清明节里，人们盼春心急，每每以纸花点缀古城春意，毕竟也有一番心灵之春的繁盛。

清明寒冷的雨雾一停，天气转暖。首先出现的是那些不怕冷的草本花卉。瓜叶菊的热闹带来了这一年最初的春光。当自然界的蝴蝶还在冬眠，三色堇在草间的飞动带给人们以早春的欢愉。四月中旬，榆叶梅、珍珠梅、黄刺梅、碧桃，都次第绽放。再过一个星期光景，紫丁香、白丁香、绶带花、紫色的和白色的木槿也开了。最动人的是草坪上一丛一丛的虞美人，以及盆栽移到户外的仙客来，它们是草木中的美艳者，它们似是为这个结束寒冬的花季助阵，以娴美柔弱的芳姿为花中君子的奋斗鼓劲。

这是北京一年中花事最盛的时候，真正的春光明媚的季节。人们都说北京没有春天，这是由于这种春色绮丽的时间太短。漫长的冬季从上年的十一月一直拖到这年的四月清明，就到了女人们穿裙子的初夏。春天是隐匿在冰雪和沙尘的暴虐之中的，或者说，春天总是被埋葬的。唯有丁香刺梅这些灌木放花时节，那红霞一般的火暴和黄金般的灿烂才显示出春天的存在。那是春天在提醒人们：我开花，然而我短暂。

一年中最让人兴奋也最容易引起伤感的季节来到了。有经验的北京人都清楚，这些花开得如醉如痴的时候，正意味着一年花事的接近尾声。这时候，人们争先恐后地拥向那些名花盛放的所在。所谓“赏花”，实是向与严寒冰雪苦斗了一年的花魂告别致敬。

在北京住久的人，知道中山公园的唐花坞，也知道北京植物园。颐和园中的几株玉兰更是无人不知。玉兰很名贵，白色的硕大花朵，高雅而华贵，雍容如大家闺秀。特别是慈禧住过的乐寿堂后那一株紫玉兰，更是花中极品。但玉兰花时也短，看玉兰是北京花季盛事，也是狂欢花节的一个句号。

和玉兰同时绽放的还有海棠，特别是号称花中仙子的西府海棠，更是艳压群芳。“秾丽最宜新著雨，娇娆全在欲开时”，此时此际花蕾上那一点如胭脂的红晕是美艳的极致。但不论是玉兰还是海棠，都只是眨眼的工夫。

五月花事收场。所谓的五月花是没有的(歌词讲五月的鲜花开遍了原野，那讲的是流血)，这时天气开始暖热。风倒也停息了，但北京少雨而干旱的晚春节气也告来临。鲜花凋尽，天气渐渐热。繁花似锦成了过眼烟云春天匆忙得让人伤感。

不知从什么时候开始，柳絮便在空中悄悄纷飞。它造成最撩人愁思的缠绵，那柳花无处不在，是驱之不去的无尽忧伤。仿佛是一段牵肠挂肚的爱情的记忆，仿佛是青春失落的纪念，仿佛是恻恻长别的牵怀。那柳絮飘在纱窗上，钻进了居家的窗台，它随着微风滚动，在某一个角落团成了白色的巨大的怅惘。于是，遍地便充溢着这种无所不在的巨大的面团，充溢着无所不在的哀愁。

当五月春深柳絮依然飘飞的时候，一夜之间，槐花也飘散了它的暗香。那香气在人们不觉间熏得你醉。这槐花的香气也许只有南国柚子花开时差可比拟。北京是槐的城市。槐有国槐洋槐之分，两种槐北京都多。国槐落叶最早而泛绿最迟，苍老斑驳如老人，胡同和公园深处都有，花白色，但少香气。现在被封为北京市花，大概是取其慵懒、古旧。洋槐顾名思义是舶来品，有刺，花也是白色的，其香可醉人。五月间，它的枝条间悬挂着一串一串的小花，那是一片迷蒙的白雾。甜美的香气在午间蝉鸣间隙或黄昏暑气渐消之际飘来。那浓香熏得人想哭，为它的华美，为它的繁丽，仿佛是为短暂花季的祭奠而献上的悠长的叹息。

此后，数日之间，北京那些四合院和老胡同深处，到处都铺盖了纸钱似的落花。洋槐从开到落的全部过程都在五月的一段时间完成。“开到荼蘼花事了”，荼蘼的小白花也赶来参加这番青春祭。所有的努力都无法挽留北京匆匆的花事。所有的争取都在六月到来的时候宣告了失败。

六月是哀伤的日子。无尽的繁花似乎等不到六月，它们匆匆地开也匆匆地谢。因为所有的花都难以忍受六月残酷的熬煎。六月的天空悬挂着一个火盆似的太阳。这座干涸缺水并且连接蒙古沙漠的内陆城市，夏天无风，那滚滚热浪不知来自何处，它团团围困了这本应撤退的残花败蕾。六月让人窒息，甚至连那些动情的哀悼和悄悄的伤感，也在这无情的热狂中被迫地隐忍。

# 北京的春天

北京的冬季是漫长的。只消一夜北风,那让人赏心悦目的明媚清澈的秋天,就消失得无影无踪。这里传递冬天到来的明确信息的,就是香山的红叶。原先那些在秋天的阳光下闪闪发亮的丹红的、橙黄的、黄绿相间的金属般的叶片,在最初一场肃杀的北风的袭击下,一夜之间就铺盖成了满山满谷的凋零。这一切是在顷刻之间完成的——仿佛是听从了一道无声的命令,默默的,但却又是轰轰烈烈的,非常悲壮的集团的行动。它宣告:漫长的冬季开始了。

第一场霜降到来的时候,那落叶的残红之上,轻轻地盖上了白色的挽纱。北京的冬天,就是这样以不作宣告的骤变,为美好得令人叹息的秋季,公布了一份天地变容的讣告。

这是一座缺水的城市,那些人工、半人工的湖泊,也许是因为稀罕,都被夸大地命名为"海"。一阵紧似一阵的从西伯利亚刮来的风,把那些"海"里的水波冻成了冰凌。那些本来就不宽阔的御沟的水面,很快也都抹上了一层厚厚的黑的、黄的尘土。所有的树都静默着无遮拦地站在凛冽的风里,它们的叶片也都落尽。未曾落叶的只有那些遒劲而苍黑的松柏,它们吝惜得把哪怕是一点点的绿意都隐藏了起来。

这一个冬季漫长得好像没有尽头。从红叶凋零的时候起,人们就穿上了笨重的寒衣,穿行在夹带着黄沙的透骨的风中。白天越来越短,黑夜越来越长。寒露过去是霜降,立冬过去是冬至,小雪过去是大雪,小寒过去是大寒。那么,何时才能河开?何时才是燕来?人们掰着指头,盘算着"沿河看柳"的日子早日到来。

冬天是等待,冬天也是忍耐,冬天更是长长的期待。生在南方的人,到了北方,往往适应不了这一阵紧似一阵的、没完没了的风搅着沙,沙夹着风的酷烈的天寒地冻。然而，即使是立春了，惊蛰了，二三月的北京，依然是春寒料峭，依然是乍暖还寒，依然还是穿着厚厚的冬装，忍受着风沙的折磨。

情急的是被严酷的冬天憋坏了的急着要开花的那些报春的精灵们：二月兰迫不及待地冲破冻土，在满世界的黄澄澄中拱出了这星星点点的绿意。但这绿的只是她的嫩芽，因为不到开花的时节，我们还看不到漫山遍野那些可爱的紫色的小星星。再就是迎春的连翘了，她们细小而柔韧的枝条在依然寒冽的风中摇晃，急切地探出了淡淡的似黄还绿的小骨朵。最可怜的要算是南墙下边的那些野山桃，她们小心翼翼地伸出头来，用浅得几近于白的小红花宣告着难产的春天。不料寒天里又飘起了小雪花，迎春的花就这样不甘心地为冰雪所摧折！

立春在北方只有书面上的意义。当节气宣告立春到来的时候，这里的天空和大地依然是属于风雪的，真正的春天还在遥远的天边！好不容易盼来了春暖花开的日子，冰化了，柳梢由黄变绿了，那些花们草们一时都兴奋起来，大家拥挤着往前赶，匆匆忙忙地、争先恐后地几乎是挤在一起开放。这时最显眼的是榆叶梅、黄刺梅一类花卉，北京著名的玉兰花大约开在四月初。待玉兰花开过，已是春意阑珊的季节了。

“开到荼蘼花事了”，这应当是指的北京的花季景象。四月过去，天气一下子热了起来，在北京竟是夏天的感觉了。在北半球炎热的太阳直接照射下，那些攀缘的蔷薇科植物，仿佛感到了浪漫的季节即将过去，她们疯了似的抛掷着浓丽的色彩和光泽，倾泻自己的青春年华，在一朝一夕之间。

北京的春天是短暂的，短暂得让人在感觉到它的到来时便消失了。长久期待之后的骤然消失，不仅让人惆怅，而且让人伤感。从这个角度讲，北京只有漫长的冬季而没有春季。当我们所认为的春天到来的时候，春天也就过去了。接着又是一个漫长的火般燃烧的炎热的夏季。接着又是一个漫长的期待，期待着夏天的过去，期待着冬天的过去。冬天之后是春天，而春天在人们的心中依然是一片空空的无！

北京的春天是一曲令人感伤的简短的乐章。

# 一条鱼顺流而下

一条鱼顺流而下,桥上和两岸的人向它行注目礼。那鱼游得非常惬意,骄傲如公主。活泼如飞鸿,而那份潇洒自如,却如舞场上飞旋的身影。

这么清的水,这么自由的鱼,如今已是稀世奇珍。难怪有这么多的人驻足观赏,连连发出惊喜的喧呼。那鱼益发为之得意,它随意地摇晃自己的身体,时而上升,时而下沉,它欹斜着身子,左顾而右盼。它显然感到自己的美丽,它似在炫耀,着意于展示这美丽。

这么清的水:从桥上望去,数十米之遥,可以清晰地看到水下的鹅卵石,还有摇曳的水草,那鱼就在水草和石头间滑动,太阳照着。夏季已经过去,它发出温暖的光晕。河两岸,南方的绿树葱茏,人世的尘嚣顿然消失,人们为周遭的清纯和静谧所迷醉,立在艳阳下、绿荫中,为一条鱼欢呼。

只有这一刻世界是纯洁的,没有世俗溷杂,没有邪恶的贪欲,只是摒除一切的对于自由生命的欣悦与礼赞。所有被这景象所陶醉的人,年长的和年少的,这时刻似乎只剩下面对美的单纯的凝视。那鱼仿佛也感受到人类的良善和温馨,它俯仰自如,尽情而安详,没有惊惧,甚至也毫不防备。

一条鱼顺流而下,人们以美好的目光迎接了它。这是一个亲历的真实的事件:时间是去年早秋时节,地点是诸水汇聚的屯溪,新安江柔和地流过的地方。那条水也许是从湘赣边界的崇山峻岭中流来,澄清、晶莹,带着山间的青翠和芬芳。新安江形成于此,江面顿宽。鱼是大的,不然的话,桥上和岸边的人们便不会发现它。

一条鱼无忧无虑地顺流而下,它在屯溪宽阔的水域夸耀自身的娟好。屯溪往后是什么地方,那鱼要游向何处?沿江北去是徽州,那个繁华之地舟楫如织,网罟恢恢。过了深渡，激流漫卷，入新安江水库。该处千岛耸立，却非安宁之所在，有过令人震惊的残暴劫案！况且，况且，无数的污水正夜以继日地向浩淼而洁净的湖区倾泻。千岛湖可能是另一个淮河，淮河已是鱼群的墓穴，死亡正笼罩那污浊的江流。

这鱼饱尝新安江两岸的晴树繁花，它在人们啧啧赞叹声中显得快乐，且自信。它是在清寂的山涧生活惯了，那里江花如火，那里江月如雾，那里露珠在清脆地滴落。它以为清风白水自然而有。它甚至以为江流愈是宽阔，波浪愈是湍急，便是愈进而愈入佳境。于是这条鱼泰然自若地顺流而下。

鱼当然不会明白，泉水悦耳奏鸣之处会埋伏着钓钩，在繁枝覆盖的河流也许正窥伺着罗网。鱼当然更不好明白，有些河流正在死去，在那里一切的波纹和涡漩，都会变成死亡的沼泽。那么鱼呢，活泼地游来游去的鱼呢，包括此刻供人欣赏也自我欣赏的鱼呢？它也许正步步逼近那可怖的死域。

一条鱼顺流而下，人们惊奇的目光也许只是忘情的瞬间的纯净。夹岸而观的人群，他们恭迎的是生命欢跃，难道竟是一种警号，难道竟是为了某种永诀！

# 那一群白鹭再没有回来

每一次到黄山都要经过屯溪。屯溪的水是从黄山流下来的，流向兴安江，流向千岛湖，流向富春江，流向钱塘江。这一带的山形水态，是为世人所称道的锦绣江南，所以不仅人愿意到这里来，而且鸟也愿意到这里来。记得那一年，大约是80年代中期吧，诗人有约，会于屯溪，相期一道攀登黄山绝顶。登黄山的第一站便是屯溪。那时屯溪的宾馆并不多，我们住的是当时最好的屯溪宾馆。馆建于半山，面对着一江秀水。那水从黄山汤口一路直泻而下。来到屯溪谷地，水势渐缓，别是一片安详宁静的风景，仿佛淑女临镜，万种风情。

我们在那里谈诗论文，闲暇下来，便约三五好友端了藤椅来到露台上，我们一边品茗闲话，一边凭栏眺看溪山佳色。此际，清风送爽，花香盈袖，鸟唱婉转，如置身仙境。黄昏时节，是这里一日中最热闹的时刻。临江一带的白鹭经过一天的劳累，都回到了树林中。它们把沿岸所有的树都占领了，它们施展了魔法，顷刻间在原先碧绿的枝叶间缀满了遮天蔽日的白花。不，不是白花，简直就是把那天那地搅成了混沌的白银世界。

也难怪，这一带树木繁茂，江水清澈，鱼类和昆虫都十分丰富，没有工业污染，没有高楼摩天，也没有车水马龙，宁静和澄洁引来了这些远方的客人，白鹭们视这里为它们理想的家园。它们聚群临水而居。清晨如云彩般地成群结队飘飞而去，到了晚霞灿烂的时节，又成群结队地飘飞而来。一日辛苦之后的团聚，它们把这里闹成了一片欢乐的海洋。羽翅蔽空，喧声如浪，震天撼地，把这安谧的水域顿时幻成了繁华的市肆。古人说："蝉噪林逾静，鸟鸣山更幽。"人们从这些极度的喧哗中，感到了极度的宁静。无疑，飞翔和追逐带来的是欢乐，鸟儿欢乐，人也欢乐。

那一次屯溪小住的印象是深刻的。首先是这一群白鹭，山水尚在其次。随后我又两次路过屯溪。第二次来时，原先住过的那饭店翻修了，规模大了，也更豪华了。但原来那种朴素的皖南风格却是永远地消失了。屯溪变了模样，变得和南南北北所有的大小城市没有什么两样了。当然那些树林还在，只是，只是，那一群白鹭再也看不到了！白鹭不喜欢这里的变化，它们失去了家园。

第二次来屯溪，我站在屯溪大桥之上，那是一个阳光明媚的中午，我曾目送一条鱼惬意而自在地顺流而下。两岸夹视的人们为它惊人的美丽欢呼。而在我，却感到了不安，为这惊人的美丽而担忧。从屯溪往下行走，溪山重重，前路茫茫，网罗密布，它的归宿将是哪里？那时我写下了一篇充满忧患的文字。而现在，就是此刻，那一条美丽的鱼的身影还在我的眼前，那感受仿佛还是昨天。然而，不仅是鱼已远去，而且，我眼前竟然找不到一只白鹭！

那一群一群欢叫着飞翔的精灵如今都在哪里？它们还有山水树林可以栖居吗？那曾经把一片绿树林缀满了雪白的花朵的喧腾着、追逐着的种群，它们还有劳碌一天归来的欢乐的黄昏吗？它们的新居在哪里？它们是否还如往昔，在一夜安谧的睡眠之后，是否还迎着晨曦和朝雾开始新的一天充满活力的飞翔？我的白鹭在哪里？它们还有家吗？它们能找到鱼虾果腹吗？要是这钱塘江的上游，这富春江的上游，这兴安江的上游，这临近天下名山之最的黄山的风景佳丽之地都不能安身，又有哪里找到可供它们嬉游和生息的地方？我真的感到了悲哀！

最近一次到黄山，是在一个月前。我们先是到了黟县，参观了那里新开发的旅游景点——明清古民居，一天忙乱的旅程下来，下榻花溪宾馆。屯溪已经大变，这里已是遍地的灯火楼台，遍地的酒楼歌肆，遍地的霓虹遮蔽了满天的星月，遍地的管弦歌吹打破了四野的寂静。较之域内的诸多旅游城市，看来屯溪不缺什么，一样的不缺衣香鬓影，一样的不缺车水马龙，一样的不缺灯红酒绿。但我还是感到了寂寞。我找不到我的白鹭了，一只也找不到。

那一群遮天蔽日的白鹭飞走了，它们不再回来。我感到寂寞。

2002年12月22日，三游黄山归后作，于北京昌平北七家村

# 喜鹊在午夜啼鸣

从黄昏到深夜，那一群喜鹊的叫声惊动了我。喜鹊的叫声凄厉而惨烈。这些飞翔的精灵的叫声，在民间的习俗中，历来被认为是象征着吉祥的。喜鹊一叫，喜事就来到，从祖先那里就传来这样的说法。可是，此刻令我心神不宁的，却是这些日复一日、年复一年为我们祝福的吉祥鸟的鸣叫！那声音充满了惊恐，不，不仅是惊恐，是愤怒。不，不仅是愤怒，是控诉……

从黄昏到深夜，这些令我不安的喜鹊的叫声是和一阵接一阵的大树轰然倒塌的声音混合在一起的。每一阵大树倒下，都伴随着一阵这样的叫声。我仿佛看见他们失去窝巢之后的那种天塌地陷一般的惶恐和哀戚。这一切，是在那片树林遭到砍伐之时产生的。那里，正在进行一场疯狂而残暴的杀伐——杀场就在我所居住的园区的东侧。这里原先生长着一片浓密的白杨树，因为地势的僻静和清幽，喜鹊们都喜欢来这里筑巢，这里的树上有许多喜鹊的家。每当晨昏，喜鹊们的欢闹给人们带来了难得的欢娱。这一片白杨林是它们平安宁静的家园——风雨中的庇护，烈日下的阴凉，它们觅食、嬉戏、安宁而幸福地繁育着后代。没有人侵害它们，它们的日子过得安详。

现在，那些高高的白杨树正在喜鹊们的哭声中倒地，它们辛苦地一枝一叶衔来筑就的窝，也就在这样的哭声中坍塌。那曾经带给人以吉祥的祝福的悦耳的鸣叫声，那些由欢乐的翅膀组成的生命的飞翔现在正在寂灭。这里一片狼藉，已成了废墟。这一天的黄昏时节，应该是喜鹊们回家团圆、正是一天中最喧闹的时刻，灾难就这样产生了：树是一棵接着一棵被砍倒，大树倒地的声音撕心裂肺，昏天黑地，喜鹊们眼见雏死巢毁，惊飞四处，悲鸣彻夜。

进行这番大屠杀的是人类。原因起于某个发了大财的公司，他们有了钱就要扩大地盘，于是就要盖办公楼，盖营业厅，盖宿舍。他们买下了这片树林，于是就动手砍树。砍树盖房，这几乎已是一定之规。这样，灾难就降临到喜鹊们的头上了。人类是自私的，他们认为这地球上的一切只属于他们，他们可以为所欲为。他们不知，这里生存着的一切生命，都是这地球上的主人，喜鹊是主人，包括树，它们都是生命，它们都享有在这里生存、享受、并繁衍后代的理由。可是人类肆意而为，他们随意地砍伐森林、污染河流、挖掘丘陵和谷地，驱赶所有的生灵，蛮横地占领原先本应属于它们的家园。

这从黄昏到午夜的喜鹊们的哀鸣，使我心神不宁。几句千年以前的诗，没来由地涌上了我的心头："月明星稀，乌鹊南飞，绕树三匝，无枝可依？"这原是风马牛不相及的联想，写这诗句的诗人，曾是一世枭雄，他借此种情景抒写他一生的抱负和此刻踌躇的心境，原与这里说的喜鹊的毁家一事并不相关。然而，"绕树三匝，无枝可依"，——我恳请读者不要过责于我——我硬是想起了喜鹊们的悲剧，想起了这些顿失家园、还有它们的亲子突遭灭顶之灾的族类！今夜，它们将在哪里栖居？它们将怎样度过这个漫长的、悲伤的夜晚？

喜鹊在午夜啼鸣，这种啼鸣令我不安。也许有人会笑我为这区区小事而"多愁善感"。他们有大境界，有大胸襟，甚至是有雄才大略，这我不管，我只是要为这些"另类"不安！喜鹊在午夜悲啼。为它们被毁灭的家园，为它们夭亡的子女，这些飞翔的物类，它们同样为自己的家族和亲缘的安危牵肠挂肚，它们不幸，在人类的贪欲中成为"无家可归"者！

人类经常为自己的生存危机呼天抢地，经常为天灾的临近或已降而惊恐不安，然而，人类何曾想到在他们看来理应如此的背后包藏着的、蕴含着的"人"之常理——对于比人类弱小得多的物类而言，眼下进行的这种摧毁性的砍伐，是与人间社会所发生的一切悲剧有着同等分量的虐杀，同样是"家"毁"人"亡！

# 后山还有一只松鼠

后山还有一只松鼠，只剩下一只松鼠。这园林的后山，是一片茂密的松树林，这里原先生活着很多的松鼠。它们采撷着、啃啮着那些松果，自在而快乐。这些可爱的松鼠，翘着高高大大的尾巴，双手捧着那些坚果，明亮的眼睛望着周围的一切，新鲜而又好奇。许多好心的人们喜欢这些可爱的小动物。他们开始到公园来，用食物喂这些松鼠。松鼠也感到了人们的好意，它们听熟了人们喂食的呼唤，听到那敲打的声音，便从松林深处跳出来迎接人们。松鼠的到来几乎是成群的。它们从四面八方的枝叶间跳下来，向着人们喂食的地方集中，再捧着收获的欣喜回到原来的树上。

这些可爱的小精灵的天真，诱发了一些人的贪欲。他们开始利用松鼠对他们的信任欺骗它们，邪恶的捕杀就这样开始了。最聪明的动物也有最野蛮的习性，它不是用尖利的牙和爪来撕裂那些血腥的猎物，它用的是阴鸷的手段——欺骗。它不是取消它们的生命，而是剥夺它们的自由。那些人用装着食物的铁笼子诱骗这些松鼠，用赢得它们信任的不再怀疑的声音，用一切想得到的狡猾和残忍。

这后山是这座皇家园林僻静的一角。蜿蜒的林间小路随山势起伏，夹岸是茂密的丁香。春季到来的时候，这里是一片望不到边的丁香的海洋，紫色的和白色的丁香花散发着迷人的香气。丁香花墙的背后，就是那些松鼠的家园松树林了，松鼠们就在这里嬉戏着和繁衍着，过着它们无忧无虑的日子。但是这样的安宁和平静被无端地扼杀了！松鼠的家族成员一个个地被骗入铁笼，而后被送到市场上贩卖。贪婪的人们肆无忌惮，利用松鼠不再怀疑的信号欺骗它们，而且屡屡得手。最后，剩下我们此刻见到的这只松鼠！这只仅剩的、唯一的松鼠！

它的腿已受伤。它是在被夹住的情况下拼死挣扎而逃脱的。为此，它付出了一条腿的代价。如今，它只能用三条腿弹跳着出来觅食。它已受惊吓，不再像过去那般地随意和坦然。当它出来的时候，总是惊恐地向四周张望，它已害怕见到、而且不再相信人类。因为人类背叛了它们对它的信任，曾经愚弄和欺骗过它们的天真。人类曾经利用它们对它的亲近，伤害过它的同类。这只仅剩的受伤的松鼠只是一个幸存者，它已成了不义和邪恶的见证。

我如今羞于到后山去，我怕遇见那只松鼠。我无法面对它那曾经轻信、现在却是充满惊恐的眼睛。这庄严的园林的后山，曾经生活过许多松鼠，如今只剩下一只松鼠，一只受到伤害的、只能用三条腿弹跳的可怜的松鼠。它不能像往日那样轻松而美丽地弹跳，它已不再快乐。更可怕的是它的孤单，它已没有同伴，人类捕杀了它的所有的亲属和朋友！

后山只有一只松鼠，一只最后的松鼠。

**注：**文中所述多为亲见。一只受伤的松鼠的报道，见某日北京电视台记者的现场实拍。此文构思有年，几经临墨，中心戚然，终未成文。2002 年 7 月 21 日记于京郊畅春园寓所。

# 大风雨登黄山莲花峰

一朵云也看不见，一棵松也看不见，一片石也看不见。山上山下是混沌的一片。这是我第三次登黄山的全部印象。

我们从灵谷寺乘缆车抵白鹅岭的时候，但见山上到处贴满了布告，说是黄山已经一个多月没有下过雨，目前是火警发生的危重时期。布告警告游客杜绝一切火源。可就是这一天，就是我们来到黄山看到了火灾警告的这一天，黄山大雨。

我出来有一段时间了，我已倦旅。从北京到成都，再从成都到芜湖，参加了几个会议，作了几次讲话，会议虽有安排，主人虽有挽留，想起手头没有做完的事，心绪甚是不宁。黄山我是不想去了，我希望能买到一张回北京的机票。会议安排者做了努力，结果是没有买到。我无法可想，只好决心和大家一起登山。朋友们安慰我说："这是黄山多情留你。"我想也是，都来到黄山脚下了，何不乘兴一游？都说是，谁谁谁百岁十登黄山，我与之相比，应该是年轻多了，人家都能做到，我为何就做不到？想及此，顿时也兴奋了起来。

天说变就变，谁料到才到白鹅岭，一开始是稀疏地下了豆大的雨点，顷刻间，雨点愈下愈密，竟像是黄豆般地打在脸上。我有几次登黄山的经验，以为绝对要轻装。登山会淌大汗，衣服也是干了湿，湿了干，用不着多带。结果我与众人有别，十月底的天气，依然是单衣短袖，一袭夏装。这雨下得紧了，风一吹身上骤寒。原先不想穿雨衣的我，不得不在山上以高于山下数倍的价位买了一件披上。我自我解嘲："黄山留我，是要我给久旱的它带来一阵喜雨。"事情就这么巧。若是我顺利地飞回了北京，对我个人来说是失去了一次难忘的大风雨登山的经历，而对黄山来说，它的损失更大，也许它依旧紧张地持续着令人心焦的旱情——因为没有人能造出这一场大风雨来。

雨大，也罢了。雨是夹着风的，风一来，人就站不住。黄山是有很多让人心颤的险仄之处的，因为是在雨中，什么也看不见，也就无所谓胆战心惊的形容了。其实风更可怕，在那些壁立千仞的山道转弯处，在那些万丈深渊的悬崖绝壁上，风就那么一吹，人若稍有闪失，后果不堪言说！这一切并没有难住我们。我们都艰难而又快乐地走过来了。

该死的是那件用高价买来的雨衣，它不仅没能为我遮蔽风雨，反而成了我的累赘。风夹带着雨水，从我的领子口上往里灌，手机、照相机、一些害怕浇淋的物件，一切都照淋不误。更糟糕的是，它反过来影响了我的行动，那里外都是水的雨衣，它粘着你的胸和背，纠缠着你的腿，使你在风雨中无法迈步。我愤怒了，把那件破雨衣从身上扯了下来，宁可让身体暴露在风雨中，让雨水痛快地从头到脚往下浇。这倒应了我原先的想法：在黄山毕竟不能多穿衣。

因为根本看不到所有的一切，什么云海，什么奇松，什么怪石，什么始信峰的秀丽，什么鲫鱼背的惊险，一切的花和树，一切的云和石，一切都只是雨雾中的迷蒙和苍茫！这番游黄山，可算是创了纪录——我们什么都没有看到，除了不见尽头的雨水。因为看不到一切，风雨中我们走得很快。汗水，雨水，真的是干了湿，湿了再干，对于我们来说，此时的急走没有别的目的，目的就是赶路。同伴们的行走速度参差不一，现在都已星散。我们是走在前面的几人，我们发了狠，既然黄山如此款待我们，我们干脆就拿出威风来给它看——我们的目标是攀登莲花峰绝顶。

莲花峰是黄山三大高峰之一，平日登临尚须极力奋斗，何况今日这满山满谷的飞流急湍，劈头盖脸的狂风暴雨？几次上莲花峰从没有这般漫长的感觉，盘山道无尽地弯曲，走不到头。而且有风，从前面，从身后，从不知的什么方向，推搡着我们，摇晃着我们，它们想动摇我们的决心和毅力。而我们只是前行，再无退路。大约用了一个小时，我们终于登上了莲花绝顶——当然，这里仍然是空蒙的一片。我们看到了两个人，是在峰顶上设点营业的摄影师，尽管没有游人，即使有了游人也无法拍摄，这他们知道。但他们坚持着，两人相拥，用雨布遮盖着摄影机，而他们的身上则是一样地雨水横流。这就是我们在莲花峰顶看到的唯一的风景。

大风雨中我们疾行。经飞来石，登光明顶——这是黄山第一高峰。光明顶下来，一线天，百步云梯，抵玉屏楼。此际山路渐趋平缓，我们在玉屏楼的台阶上会聚，相互庆贺。这毕竟是平生难遇的一种大风雨登黄山的特殊经历。

孙文光是我旧日的北大同窗。此番盛情邀我参加芜湖盛会，会后又亲自陪我游览。在孙君，已是七登黄山了，这次伉俪结伴为陪我冒着风雨再一次登临，状极感人。归后又有诗记此盛事。诗曰："翩翩小谢负诗名，唾玉风生四座倾。履险更惊腰腿健，莲花峰上踏云行。"同登莲花峰的，还有上海的聂世美君，他是近代文学的专家，也有七言古诗《大雨登黄山莲花峰》一首见示。聂君诗中对我的赞誉当之有愧，他写了我"短袖单衣冲风雨"的情景，他感慨地说："此情此景知难必，快意翻从偶然得。振袂还复下山来，始觉险绝起股栗。股栗心战只此回，人生感悟响轻雷。岁月长河原平缓，一登黄山显奇瑰！"

真是，这样的经历不可重复，也许一生只有一回。

2002 年 10 月 17 日，中国近代文学学会第十一届年会暨安徽近代文学研讨会组织会议代表登黄山，是日大雨。2003 年 4 月 5 日作于北京大学畅春园寓所。

# 南岳会仙桥记

进南岳庙时，僧舍外倾盆大雨。任凭庙外乱雨如瀑，我们依然平静地在那里吃素斋。斋饭无甚特色，似是下味过重，有失素菜清淡本色。加上上菜已久，有些凉了，故平平，不敢加誉。近年出行，似从未遇见庙宇的斋食给人留下深刻印象者，素斋的衰落是一个明显的事实。记得当年有一个消息说，诗人郭沫若访厦门南普陀寺，进斋饭，曾给席上的一款汤菜命名"半月沉江"，一时传为佳话。现如今，饮食行业中此种文人韵味早已烟消云散了。倒是半个世纪前的一个夏天在南京鸡鸣寺吃过的一碗素面，那素净醇香至今不忘。

菜凉是有原因的，因为南岳区的主人要在下班之后赶来山上作陪。遇雨，山路难行，菜端了上来而主人未到，大家都只能等着。需要感谢的倒是主人的盛情，他们都是忙人，却要放下手中的工作来陪我们这些闲人。今天座上作陪的有区委书记、区长以及区委组织部长、宣传部长和文物考古局长等，大家以茶代酒，频频举杯，用的是出家人的规矩，倒也别有情趣。

因为雨大，主人临时改变了原先安排我们留宿山中的计划，今晚我们将在南岳镇上过夜。为了争取时间，我们决定还是冒雨上山。离大庙，行四公里，抵忠烈祠。秋风萧瑟，秋雨缠绵，我们撑着雨伞拜谒了当年衡宝会战殉难的英烈。这里有坟十三座，其中一座埋着国民党六十师牺牲的官兵忠骨一千八百余具。"忠烈祠"三字为蒋中正所题，至今保存良好。我诧异，这题字究竟凭了何等法力，能够逃脱那些历史的风雨而成为幸存者！

衡山是可以走车的，饭后我们的面包车继续前行。行约十分钟，抵玄都观，观俗称半山亭，想必是离衡山绝顶已近半程也。此时雨霁，有微阳出云间，众大悦，谓有吉兆。主人言，前不久某要人曾访衡山，也是雨过天晴，后来果然官居极品云。主人又戏言曰:你们中谁人日后若是发了迹,可别忘了告诉我们!

到了南天门,则是一派艳阳风景了。我们都收了各自的雨伞,尽情享受着南国雨后晶莹的碧绿。回想午间祝圣寺檐间急浪狂沙般的雨意,真有隔世之感。自南天门至祝融峰绝顶,雨后晴空万里,繁花绿树,艳阳满眼,是我们南岳之行最惬意的一段旅程。抵祝融峰已是日斜时分,游人稀了,四山静寂,空旷而清幽,我们逢上了旅游最难遇的绝佳时刻。祝融峰是衡山七十二峰的最高峰,海拔约一千三百米,相传是古祝融氏葬处。我们在祝融殿旁的悬岩上,迎着清风斜阳,笑语连连,留影甚多。眼看太阳要下山了,我们方才恋恋不舍地告别衡山绝顶。

从祝融峰下来,众人上车,应该是结束此日衡山之游的时刻了,我们要返至南岳镇过夜。车子开动不久,至一处停下。同行的《衡阳晚报》老总雷安青先生显然游兴犹浓,他向我们建议,会仙桥离此不远,何不顺路一访?这一建议从者不多,对于多数同行者来说,一天紧张的、急匆匆的行程,此时已是倦极思静的时分了。但依然有勇者愿行。在雷安青的带领下,我们一行五人离开公路,沿山间小道蜿蜒而下。路旁野草山花乱眼,有山泉鸣唱相随,似是在鼓励我们这些热情的客人。

行约数百米,迎面一峰,屹立千仞,峰外无山,放眼望去,只是茫茫无边的云涛。此时四围静极,所有的游人均已散去,只有我们急行的脚步声,在敲打着深山的清寂。斜阳无语,青松无语,白云无语,我们的心一时也就肃穆起来。行千步,始抵峰前,有巨大的岩壁题字,曰:"昔人会仙处"。这背后大概有着某一种动人的历史故事,手头没有材料,故也不便乱猜。从题字处往前,过斜坡小径,通往对面,这小径类桥,也许就是会仙桥。桥对面,只见有一独立的峰峦迎面耸视,壮极高雅,大约即是会仙处了。

我们到达那里的时候,被眼前的情景怔住了。只见一抹斜阳中,高天云潮下,万山寂静,草木噤声,那峰前倚立着一对少女。少女衣着素淡,裙袖凌风,却是一种来自碧霄的超凡的风情。她们无言,只是静听无边的天籁。我们的到来带来了尘世的喧嚣,四围的静穆于是被打破。经交谈,那位稍大的少女叫钟辉,1982 年生,是当年的应届毕业生。她昨日已收到中央财经大学中文系的录取通知书,开学在即,就要北上报到了。她是来向居住山上的女友告别的。

因为是文学同行,雷安青热情地向钟辉介绍了我们。少女说,北大是她的第一选择,但是成绩不够,进不了北大。她表示到了北京一定要去拜访燕园,那是她日夜思念的地方。至于北大的人,她说自己知道得不多,只知道余杰和孔庆东——钟辉显然为自己有限的所知而有点不好意思，但她紧接着说，我会好好学习的。

被感动的是我们，为这美丽而单纯的少女，为这衡山之游的最后的、也是最瑰丽的一笔！我有许多旅行的经验，自然风景当然是要看的，但我更怡悦于风景中的人。这次衡山之游，因有会仙桥上的这一番遭遇，而显得格外的美丽。我们回到了车上，向那些等待我们的同伴介绍了会仙桥上“会仙”的奇遇，他们显然十分羡慕我们。

今日同游会仙桥的共五人：衡阳的雷安青、长沙的钟友循、南岳的尹朝晖、北京的徐伟峰和谢冕。

# 太姥山志

天下奇山水我走过不少，大都因为它们独特的景观而令人历久不忘：黄山以松，济南以泉，杭州以湖，苏州以园，桂林以碧簪罗带，峨嵋以金顶佛光。也许因为是闽人吧，每以家乡的武夷、太姥两山而夸于人：武夷碧水丹崖，九曲柔肠，世所称绝；太姥耸峙海东，山石多姿，风流灵秀，尤见绮丽。此二山，与浙东之雁荡相呼应，遂成鼎足之势。国之东南，山水形胜，这些，应该是此中翘楚了。

记得那年，应闽东主人之邀，京中诸友联袂南行。访三沙港，游三都澳，在霞浦饱览畲乡风情，最后登上了太姥山。太姥我是第一次登临，但我对它并不陌生，说起来却是有一段久远的因缘。记得早年——大约距今总有六七十年了吧——我家中存有一本《太姥山志》。据说是我的父亲或是我的兄辈游过太姥，从寺庙的僧人那里买来的。这本《太姥山志》系手抄本，宣纸书写，字迹娟秀。竖行，有注，每一景点单独列行，极为珍贵。可惜时代惨烈，战火连绵，人命尚不保，何况这一本山志？它当然是消失在风烟之中了。我怀念这一本当年似懂非懂的书，它的命运至今还让我扼腕！

太姥山历史悠久，历来有很多传说。山名太姥，民间流传说，汉代有一老母修炼山中，得仙人指点，于阴历七月七日在此升天。又载容成子也曾修炼于此山，后来移往崆峒。汉武帝的时候，这山就很有名气，被列为三十六名山之首。所以这里寺庙甚多，而大盛于唐。开始是道教圣地，唐玄宗敕建国兴寺后，陆续修庙甚多，遂成东南一带的佛教中心。太姥山的寺庙引来了诸多文人学者，朱熹曾在此注释《中庸》。

太姥耸立台湾海峡的北端，面对着东海的万顷碧波。作为一个旅游胜地，太姥山的好处是山海相连，水天一色。山紧贴着海，海依傍着山。在山巅可以观海，在海滨可以看山。游太姥可观云海，可瞰日出，山岳逶迤向着海洋，那里的沙滩和帆影又增添了山景的妩媚。太姥的潮音洞可谓山海结合的一个杰作，洞立于水中，潮水穿洞而过，飞玉溅雪，声如雷鸣，动人心魄。太姥山并不高，路亦不见险峭，倒是这山海穿插的奇观，使它名扬遐迩。唐薛令之的“东瓯溟漠外，南岳渺茫间”，明陈五昌的“云横翠壁来天际，日照红涛出海东”，“溟漠”也好，“渺茫”也好，都写的是那山海交映的惊人之美，更不用说“红涛出海东”这一直抒海天景色的笔墨了。

若是说，游黄桷树为看瀑，游张家界为看峰，游泰山为看“文化”，那么，我认定，游太姥是为了看那千姿百态的岩石。太姥的石峰、石柱、石洞太迷人了，我到一地看山看海，多半不听那些导游状物编故事的讲解。那些讲解浅一些说是“强加”，深一些说是“误导”。他们的解释引导人们放弃主动的再创造式的欣赏，而被动地接受那种层次不高的“某某像某物”的形似的喻指。但到了太姥，这想法却有了改变。金龟爬壁，金猴照镜，金猫扑鼠，金鸡报晓，那比喻惟妙惟肖，大都形神具备。有的景静若处子，有的景动若脱兔，你不能不在那“逼真”上叹为观止。至于九鲤朝天、仙人锯板、十八罗汉诸景，都是大场面，大手笔，竟是鬼斧神工奏出的大乐章。

说到大山奇石，我在雁荡山看过一座男女相依的情人峰，他们是站立着拥抱的，不离不弃，极为缠绵。现在太姥山看到了另一对男女，他们同样地温柔亲爱，但他们这次是“坐拥”，仿佛就此可到天明，又仿佛就此可至永久。这是太姥山在为普天下的有情人祝福。

游太姥已经多年过去，现在回忆起来，依稀尚是当年景象。可是，斗换星移，人事已非，那些昔日同游的友朋，却已星散天涯了。我一面在回忆当年的游踪，一面在想念当年的同游者。我的这篇文字，似是在还一笔文债。但更确切地说，是在怀念那本丧失在战烟中的《太姥山志》，怀念那些在艰难年月中丧失了的一切。

2004年6月13日于北京昌平北七家村

# 中天门的槐花

中天门的槐花在等我，等我到来时它盛开。

这是五月中旬，立夏已过了十多天，节气正进入小满。在山下，在平原大地，槐花已开过多时了。五月末是花事阑珊的季节。在我居住的燕园，早在三月，还是春寒料峭的天气，花就怯生生地开了。最早是山桃，它带着不驯的山野习性，似乎有点迫不及待。它开的时候，外面还不时飞舞着雪花。那花就经常这样被淹没在冰雪里，人们几乎辨认不出哪是花，哪是雪。只有有心人才知道这花的勇敢。山桃而后是迎春，迎春而后是连翘。到了五月，一年的花事就匆匆忙忙地开了个遍。到了荼蘼开花的时候，真的是“开到荼蘼花事了”了。所以，我感激中天门的槐花，它一直在等我。

而我却是姗姗来迟，让槐花久等了。早在年前，我就与山东的友人相约，待到今年的五一长假过后，游人的潮水退了，我们就登山。登泰山是我的夙愿。这愿望藏在心里已久，可以说从青年时代开始，数十年未曾稍忘。在我的心中，泰山是非常神圣的。泰山是中国文化的象征，那里留下了许多先人的足迹，诗篇、题刻，还有传诵千古的佳话。对于我来说，登泰山就是来向中国文化致敬，也就是朝圣。我早就下了决心，我要像信徒那样虔诚，从山下一步一步地走到山上。

怀着这样的愿望，从青年时代到中年，再到过了中年已是人生秋景的今日，我静待这个庄严时刻的到来。这一等至少就是半个世纪。中天门的槐花，就这样一年又一年地开了又谢、谢了又开地等着我的到来。今年很不平常，新年第一天就开始远行，从昆明到红河河谷，再从个旧北上丽江，来到玉龙雪山底下。春节刚过，再一度到济南。从三月末到四月末，我一个人从北京出发，福州、广州、梧州，从梧州经广州飞郑州抵鹤壁。我与温州有约，鹤壁的活动一结束，又急匆匆从郑州转道上海飞温州。而后，由温州而台州，而宁波。最后再从宁波返回温州。将及一个月的时间，十余次途经或停留诸多城市，应付着各不相同的任务和场面，承受着体力乃至情感上的深重考验。这一切，似都在为参拜岱顶做准备。

中天门的槐花在向我招手，我不再迟疑。今年第二次来到了济南，从济南出发，一路车行匆匆，当晚歇岱庙。次日早起，一瓶水，一架相机，两三位比我年轻的朋友相伴，我们就这样向着泰山进发了。一天门是一个起点，像一个使徒，我步履沉稳，心境端庄肃穆，一步步向着我的目标。过"虫二"，望风月无边。访经石峪，看泉漱经典的辉煌。回马岭，步天桥，满目晴翠，古碑凌云，苍松蔽日，中天门到了！登山近半，已见疲乏，中天门一带地势平缓，恰是舒缓身心的好时机。此地俗称"快活三里"，是紧张之后的放松，大约有三华里路程可以悠闲地走。这一段路，是迎接十八盘的艰难，向着玉皇顶最后冲刺之前的心境和体力的大调整。张弛有道，缓急有节，这就是泰山的神启。

那槐花充满了灵性，它感到了有远客来临，顷刻间开放了繁密的花团。那花团如流云，如涌泉，把中天门上上下下所有的悬崖峡谷全给充填了。这种充填更确切地说，像是一种突如其来的占领。仿佛是一种电击，更像是一个无声的命令下的"军事行动"。是那样的迅疾，又是那样的出其不意。我从来没有见过这么壮观的、从含苞到全盛的花的开放。仿佛是一个召唤下的瞬间的集结。日正中天，蝉鸣远近，佳树清荫，游人倦午。此时槐香悄悄袭来，向着人的鬓发，向着人的罗衫，是一种清雅，更是一种高贵。那花香，清清浅浅，浓浓淡淡，似聚还散，似有还无，如轻雾，亦如流云。真的是，牡丹不及它高雅，茉莉不及它热烈，艳丽的海棠又没有它沁人心灵的醇香。

我礼赞中天门的槐花，我更感激中天门的槐花。我礼赞它不加修饰的美丽，我感激它长久而深沉的眷恋。我要向槐花挥手告别了，我要带着它的动人的牵萦和怀想，我要怀着我的热诚和爱意，向着岱宗的极顶攀登。我要在十八盘陡峭的石阶上洒下我真纯的汗水，我要在南天门上向我远方亲密的朋友送去我心中的红玫瑰。

2004 年 5 月 18 日登岱顶，6 月 6 日写于北京昌平北七家村

# 清风明月下的东湖[①]

校园里浓密的树丛好像是遮天蔽日的山峰，把秋天洁朗的夜空密不透风地全给笼住了。一行人就这么行走在不见星、也不见月的林荫里。我们的“导游小姐”是王涧，一位正在攻读博士学位的女生。她在前面引路。

这是中秋节的第二个夜晚，昨夜的欢乐已经退潮。那楼前、水边、亮晶晶光闪闪的供月的红灯笼和红蜡烛，以及那漫山遍野的青春的笑语欢歌全消失了。只把这座绿得发黑的校园，留给了那些悄声细语的情侣。我们就这样行走在有点寂寞、也有点温情的校园林荫小道中。

珞珈山校区的西北边界就是东湖。东湖在这里柔柔地伸出一只手臂，把珞珈山揽在了她的怀抱。此际，东湖水轻轻地拍打着这座驰名中外的学府的楼阶和小径。可以想象，在白日里，那漪涟的湖光，映照着螺髻般的珞珈山，会是多么迷人的风景！可是，此刻没有，只有绿得发黑的树丛，以及模糊的灯影映照的、依稀可辨的林间小道。

远处传来了隐约的人语声，王涧已在湖边立定了。这原是东湖南岸的一个码头。黑暗中，有几只小船在等待着我们。船是简单的，对面两道靠椅，没有什么装饰，倒也清雅。船尾立着船家，他负责摇橹。我们身边也有桨，可划可不划，就看各人的兴致。这里的好处是没有路灯，也没有如今到处可见的烦人的喧闹。只有依稀的波光，依稀的人影，依稀的桨声拍打着依稀的湖面。轻轻的、悠悠的，

---

①1999年9月25日，农历己卯八月十六日，中秋节过后的第一夜，“全球化趋势下的文学与人”会议的与会者，泛舟于珞珈山下、东湖之上，极尽一夕之欢，如此赏心乐事，不可无记。众人兴致，议作同题散文以纪其盛。

我们的三只小船就这样尾随着荡向了东湖深处。

靠近珞珈山的这一侧东湖是宁静的，它的微波轻轻地漾着。波纹是看不见的，波声也微弱到听不见。东湖仿佛是睡眼惺忪的美妇人，含情脉脉，若有所待。风，也是若有若无，而从岸边、山上吹来的桂花的香气，也是那种若有若无的、让人难以琢磨的迷离。这里不是游人密集的去处，这里被那些追逐热闹的人们疏忽了，或者遗忘了。这使我想起张岱《西湖七月半》中所描写的那些“看人的人，看看人的人”，他们把真正的西湖美景留给了夜深人静后的那几个清雅之士，不觉会心一笑。

我们这三艘小船——远近这湖面也仅有这三艘小船，轻轻地摇曳着，桨橹拍打着温柔的水。没有浪，没有喧闹的歌吹，甚至也没有大声的说笑，就这样静静地、梦一般地向着湖水黝黑的深处荡去。湖面是暗的，如黑色的丝绒，风是轻拂着的，吹动着发皱的丝绒。那丝绒缓缓地、软软地向前铺展开去，那上面闪烁着暗色的光亮，仿佛是无声地滚动着碎银。我们这才四处去寻那银光的来处。猛一抬头，一年中最圆的那轮月亮，早已悬挂在辽阔的中天！她在这一片黑色的软缎般的湖面上方，有点忧郁地、也有点孤单地悬挂着，静静地照着我们。俗谚云：“十五的月亮十六圆。”虽然过了中秋，但我们今晚所享有的，却是一年中最圆、最明的月亮。

真应当感谢细心周到的主人，在紧张的会议的空隙里，他们为我们安排了这么诗意的节目。当然，更应当感谢的是今晚的月亮，她把最柔、也最含蓄的风景留给了我们，她似乎不再留意把这光、这亮，还有那轻轻地拂着的风赠给我们以外的别人——这辽阔的东湖的一角，今晚仅仅属于我们。

我们的船就这样静静地荡向了湖心。离岸远了，离远处那些花里胡哨的霓虹也远了，原先登船时节那仅有的一点市廛，也隐没在静静的水波中。这时只有天上的一轮明月与身边的无限清风，以及从远处的岸上飘来的淡淡的桂花的香气与我们为伴，我们就这样静静地听船家的桨拍打着水，静静地看月随船移，静静地享受着无形的风用无形的手给我们的抚慰。

如今的城市是越来越繁华了，也变得越来越喧嚣和躁动了。城市里已经没有明月，也没有清风。在城市，明月或者清风的空间已经被那些用钢筋水泥堆积起来的怪物侵占了——我们已经没有月明用以清心，我们也已经没有清风用以洗俗。她们已远远地离开了我们。我们如今只能在古人的诗中找到她们，或者只能在很少有人的地方找到她们。她们对于我们，只是记忆中的存在，或者只是诗意中的存在。“清风明月不用一钱买”，这是谁在说话？这是谁的诗句？清风，明月，而且无价，这对于今天需要花钱买瓶装水喝的我们，是多大的诱惑啊！

而这一切，一切我们在现实生活中失去的，今晚的东湖都慷慨地给予了我们！这无价的清风，这无价的明月，还有这无价的人间之情和友谊！今夕何夕，有此良缘？我的同代人，比我年轻的朋友，我们避开了一切俗世的烦忧，也抛却了拘谨的礼节，面对着这皎洁的月和清爽的风。东湖的这一个夜晚，我们都说了什么是不重要的，重要的是，我们拥有了这个夜晚。我相信，今宵、今世，我是不会轻易地把它忘却的了。

# 说不尽的西子湖

那年自歙县出发，经屯溪沿新安江顺流而下，过建德、桐庐入富春江。舟楫之中，青山接岸，景色清明。对于久居燕北的人，如此赏心悦目本是意外；不想入富春江，愈近杭州，风景愈为缠绵动人，这才惊叹：毕竟是曾经帝都的气势。江南风景以苏杭为最，然苏州的精致属于小家碧玉一类，有江南的娇媚而又不乏浩瀚风韵的当然要数杭州。杭州是一位风流倜傥的美女子。

西湖是一种美的极致。古来有无数诗文盛赞它，文学的描写似乎也达于极致。不管多么会写文章的人，要写西湖和杭州恐怕都会存在信心方面的障碍。西湖的美不仅在它的婉约多姿：断桥的柳堤，保俶塔的俊俏，平湖秋月如临风披发的处子。西湖的美是人工和自然的奇妙契合，是不留痕迹的鬼斧神工的创造物。因而西湖的美不仅是自然的，更重要的，它还是人文的。

它不仅在情调上展示江南的秀丽委婉，而且以自然的湖光山色为背景，推衍出一派高雅华贵的人文景观。这里不仅有岳飞的忠烈，秋瑾的豪侠，苏东坡和白居易的俊逸才气，也有苏小小的千古多情。不难设想，杭州西湖要是没有那些活泼泼的灵魂充溢其间，西湖充其量只具有一个美的外壳，它会因而减去多少魅力！

谈到牵扯万千心灵的杭州持久的美，它的奥秘在于不同一般江南山水中的独特。要是杭州失去了那些独特性，它自然地会被一般所湮没。杭州的不被遗忘是由于杭州维护了自己。当然，整个的江南的繁盛不是因为仅仅有了杭州，而是有了杭州的独特之外的苏州的独特、无锡的独特、扬州的独特……就西湖而言，不论它是经过了多么久远的雕琢和完善而臻于至境，它至多不过是提供了一种范式。

一种范式构不成一个世界，只有一种范式的美是有缺憾的美，也许是一种残缺。我们显然不能因为江南的桃红柳绿而忘了戈壁的悲凉雄健，长城的壮阔伟烈。西湖是永远值得爱恋的。但世间，除了女性的温柔佳丽，也还有烈士悲歌、中宵起舞的英豪。

但愿以上那一番浅薄的议论不是涉及旅游资源之开发的有关话题，而是除此之外的其他。

# 南太湖城堡寄情

列车穿越北方单调的平野，穿越长江两岸繁密的丘陵和湖泊。那些树，那些庄稼，那些房舍，风驰电掣般地从身边闪过。白天连着夜晚，列车奔走得有点累了，它终于停靠在锦绣江南的这个站台。这里是多花、多雨，也多美女的潮湿而又缠绵的、多情的江南。这里是我日思夜想的诗一般的江南，是我念着、想着，也爱着的江南。我是在梦中吗？梦也未曾有这般的清丽，这般的妩媚，这般的温情。

仿佛是一种默契，仿佛是一种密约，更仿佛是一种召唤，心灵中有一种声音，召唤我来到这里。这车站，这明亮的太阳照着的车站，这让我慌乱而又甜蜜的车站。尽管北方已有些早秋时节的萧瑟，而这里，而此刻，在我所拥抱的亲爱的江南，依然有春天的明媚，依然有夏天的热烈。

我真的是在梦中吗？可是，即使是再美丽的梦境，也没有如今这般的令人目眩！那薄如鲛绡的一袭夏装，可是太湖上空的一缕云？那亮亮的、甜甜的一双明眸闪出的柔光，可是太湖中的一勺水？太湖真的如一湾春醪，我一靠近它，就如行走倦了的车子，仿佛要醉倒在站台！

其实，太湖我是到过的，太湖对我并不陌生。但那是苏州、无锡一带的太湖北岸。记得有一年，正是江南的多雨季节，杨梅已经熟了。我们擎着花伞，披着温柔的雨丝，雨中漫游了洞庭东、西两山。我们行走在曲折的石板路上，尽情地领略着满山闪闪发光的青翠。又过了一些年，我应邀到苏州大学，主持一场博士论文答辩。会议结束后，主人盛情安排我们游了太湖。那次看的是无锡的梅园和蠡园。正是蜡梅盛开的季节，我呼吸着弥漫在清冽空气中的迷人的梅香，找回了珍藏在心灵深处的儿时的记忆。

如今这矗立在太湖南岸的城堡，对于我不仅是陌生，也不仅是新鲜，而且更是激动。它在太湖南岸亮出了一道崭新的风景，它以鲜丽的南欧风格而让人倾心。在我，这更是一次特殊的访问——我听到了一个声音，她在南方召唤着我。因为心灵有约，因为曾经梦想并曾经期待，因此我内心洋溢着一种说不清、道不明的幸福感。

这城堡是如此的神奇，它倚山而立，如嶙峋怪石，有着逼人的气势。那成排的建筑竟如山峦，面对浩渺的南太湖升起的雾气，把那拱门和尖形的屋顶，把那沿山蜿蜒的阶石和雕塑，幻成了站立云端的诸神。我行走在那盘山的石阶上，有氤氲的云气为我前导。虽然节气已是深秋，这里仍然有五彩的花枝相伴。她们是诸神派来的仙女。环佩生辉，衣香鬓影，一切都是那样地让人迷醉。

就是这样一条蜿蜒的山道，我仿佛已走了半个世纪。我欣喜，我依然怀着一颗未老的心，依然有寻幽览胜的青春时代的情致。我急于登临那山巅的华屋，那里有我的等待，那里有我的倾心。就在这样的行走中，我记起了但丁的《神曲》。那里所描述的一切，如今竟移到了眼前，成了此时此刻我的亲历。

迎面走来的不是我挚爱的维吉尔吗？他那美妙的诗篇，是我暗夜中的星辰。是他的竖琴和橄榄枝，使我在无望之中坚信明日仍会升起晴朗的曙色。此刻，维吉尔已穿越那充满血污的地层，他引导我经历的那一切呻吟与哀号，如同黑暗日月我所曾亲历的。所幸的是，那些漫漫长夜的等待和挣扎，如今已是风烟弥漫中的一片逝去的景致——一切在经历了无边苦难之后，都告别在那个秋阳灿烂的日子里了。我终于重新获得了另一个生命的记忆。

告别炼狱，对于我来说，也是告别青春。尽管告别时已是人生的中途，却依然有无限的期待与憧憬。如同此刻，为我领路的维吉尔告退了，我何曾想望贝娅特丽齐会在此时此刻出现！我惊喜，我沉寂和孤独已久，我怎敢心存此念，我怎敢有此奢望！感谢上苍的垂怜，在我无望之际赐给了我希望。是贝娅特丽齐引我饮了忘川之水，使我忘了岁月的流逝，重获了人生的另一度青春。

此刻伴我而行的身着白纱长裙，头戴花冠的女神，她是我的梦，也是我的心。我欣喜，是贝娅特丽齐使我再一度年轻。而这一切，都是我在太湖古堡里的一场绮丽的梦。那里的湖，那里的山，那里恍若地中海的碧蓝的温情，给予我以如此美丽的幻觉。但的确，一切均是空空的想，一切均是淡淡的思，一切均是浅浅的梦。

难忘那里的鲜花和青草，难忘那里的美酒和歌声，难忘那日午夜时节的一支又一支的舞曲，伴我度过难忘的良宵。今夕何夕！我能有此美遇。记得此前，我曾是多么的绝望。欢乐已不属于我，幸福也离我远去。人们自有属于自己的旋律和舞步，而独独把遗忘给予了我。在喧嚣以外，在愉悦和温情以外，那时我唯愿借房中一盏寒灯，让它伴我孤眠。

而就是此时，一串优美的铃声响起，我被呼唤，我重新拥有了属于我的美丽的夜晚！温情的南太湖古堡，在那水天一色的氤氲之中，飘摇着我的永不消失的记忆。

# 寻找一种感觉

## ——福建长泰漂流记

这个夏季福建多雨，阴雨连绵已近月余。我们到达之后的五六天中，天空仍是阴云密布。雨依然时紧时疏、丝丝缕缕地飘个不停。这个季节的雨雾，仿佛是望不到边的忧愁，给我们的旅途凭空地增添了几许伤感。来到长泰，住进了漂流宾馆。得知这里的马洋溪橡皮筏漂流远近闻名，心有所动。这无边的阴雨更改不了我的冲动。我向接待我们的主人表达了我的愿望，主人显然有些踌躇。这是我们到达长泰的最后一天。我要是就此离开，而与天下闻名的长泰漂流失之交臂，对于我来说，那是太遗憾了。这是我这番千里故乡之行的隐秘心愿，我必须在这里完了这心愿。

记得上一次漂流，是在四年之前，当年我已七十岁。那是衡阳辖内，叫做长宁西江的一个山溪中。那里水面较宽，两只皮筏艇捆绑在一起，一艇可坐四至六人，由前后两名水手引领。皮艇从十余米的高处抛掷而下，让人丧魂落魄。虽有翻船的可能，大体却是有惊无险。而长泰漂流用的却是半圆形的皮筏，仅容二人乘坐。这说明这里的河道更窄，弯曲更多，它不可能容纳更多的人乘坐。半圆的船身是为了旋转更灵活，可以任其颠簸、打旋，甚至翻滚。主人经过研究还是接受了我的要求，他们做了精心的准备。最重要的措施就是给我安排了一个有经验的船工。

马洋溪源于长泰境内陈巷镇，自虎头山一路弯弯曲曲地跳荡而下。流经山重、后枋、十里诸村，全长三十余公里，于龙海蓬莱汇入九龙江入海。主河道天然落差二百二十二米。自鸣珂陂至亭下村，在不及十公里的水域中，计六十多道弯，七十多个落水区，可谓人间奇险。马洋溪从远山深壑奔流而下，夹岸巉岩，层石叠嶂，急流数十公里。河道流经长泰名镇岩溪，岩溪顾名思义，便知与一条布满岩石的湍流有关。岩溪溯流而上，是枋洋，便是著名的百丈岩瀑布，岩溪的急流从那百丈的高处一路抛洒下来，历经顽石堆垒、又多起伏又多弯曲的险滩。溪上悬岩夹峙，如偃、如伏、如跃、如抛、如剑戟冲天，又如巨兽伺伏。幽木参天，榛莽遍野，时而天开一线，时而浪淹石滩。最奇崛的是，马洋溪汹涌着的水流无所遮拦地从两岸的夹缝中，乱涌而出，惊涛蔽空，乱雨纵横，目不能张。

我们就这样任由浪涌皮筏，上下冲宕于激浪险滩中。身边的浪花，天上的雨水，浑身湿透，筏中水满，我们就这样任由惊涛骇浪蹂躏着、摧残着，魂飞魄散而又始终惊喜着。天是依然飘着雨。久雨不晴的山溪，水流暴涨，增加了漂流的难度。我一身短打，系紧救生衣，却是谢绝了安全头盔。陪同我的船工是部队转业的小伙子，他的沉着坚定给我以信心。

恶劣的气候挡住了所有的游客，这日的马洋溪，数十里的河道上，只有我们这三只橡皮筏在漂流。雨还是在下。天色是阴沉的，乌云在头上集结，似乎在酝酿着一场暴雨。这并不能动摇我们的决心，我们翻滚着、跳荡着，有时则是弃艇在急流中相互搀扶着蹒跚而进。就这样，我们穿越了马洋溪最刁钻古怪的一段，毕竟来到了漂流的终点。我们的主人心中一块石头落了地，他们带了摄影师在岸上迎接我们，为我们留下了最开心的、胜利的一瞥。主人告诉我，在长泰漂流的游人中，我是第二个最年长的。

漂流是时下青年人锻炼和嬉游的一种方式，它的好处是能够磨炼人的意志，并在考验人的心理和体魄中得到一种历险之后的快乐。他们青春年少，他们要的就是那种挑战极限的刺激。而在我，我需要对我的生命可能性，以这样的方式进行试探和检验。这样的阴雨连绵，这样的山洪暴涨，这样的从数十米的高度、一次又一次地抛掷和旋转、颠簸和翻滚，这样的任由天上的和溪中的水劈头盖脸地联合攻击，在生理上和心理上该有怎样的承受力？我需要事实上的回答。

皮筏艇几次被水灌满，小伙子几次把它停靠并翻转在岩石上，把水倒净，然后继续我们的漂流。有几次，旧有的航道被水淹没，我们不得不停下来奋力推船，另觅出路，而后他箭也似的跃身一跳，复又置身于急流中。我的伙伴有几次警告说可能要翻船，可是几次都化险为夷。这全靠他的智慧、机敏和勇敢。在雨中，在风浪中，在极端的惊险中，只有此时，才能感受到一种平时未能拥有的快乐。

长泰漂流的老总连文成是性情中人，他的兴奋甚至超过了我。他亲自骑着摩托在泥泞的山道上迎我，迎接我的还有《福建文学》主编黄文山，他们为我的平安返回而真诚地祝贺。今日与我同时漂流的，还有沈爱妹和夏立书，他们分乘另外两只皮筏，他们的年龄大约只及我的一半。连文成先生是成功的企业家，他的业绩远近闻名。他在企业管理中有一句名言叫做："有能力就会有幸福，幸福就是一种感觉。"这番长泰漂流对于我，其实很简单，就是寻找一种感觉。

回到北京，正是高考时节，福建全省暴雨。报载：建瓯考生因雨延考。又有报道说，闽西暴雨成灾，国务院总理亲临慰问。闽西的水，闽北的水，一起流向了闽南，流向了晋江和九龙江，流向了长泰的马洋溪。想起来，我真有点后怕。

2006年7月14日于北京昌平北七家村

# 我的“红颜知己”

——漳浦奇缘之一

她在等我。她站在大厅的那个不引人注意的角落,静静地等我的到来。她没有任何修饰,只是一身的缟素。她很自信,天生的丽质不需要任何的修饰。只是静静地若有所思地站着。我一眼就认出了她!好像是前生定下的约,在此时,此刻,此地,我们相会。

她的体态是那样地优美,是那样地高贵,是那样地娴雅。她是自然而纯真的,是从来如此不需要任何装饰的那种姿态,她的高贵足以征服所有的人。她在那个角落用深情的目光望我。当我们的目光骤然相碰,如有万钧定力,再也不能分开。

我再也无法感受周围的一切,我的眼里只有她的明亮,她的芳香。她的惊人的美丽充斥了我的一切,从躯体到内心。这时节,满室的钗光鬓影,满室的脂浓粉淡,满室的锦衣罗裙,全都失去了光彩。我目已失明,耳已失聪,心已失宁,只有她,她的芳香,她的明亮,她的惊人的美丽,吞噬了我。她是此时此刻直至永远的我的一切。

我向她走去,向着她静静地站着的那个角落。我们的目光电击般地相遇。这是怎样神奇的一个时刻!这是等了千年之后的不期而遇。尽管是惊鸿一瞥,可我还是迅疾地锁定了她——她是我的,她只能是我的。这正是我心灵深处的期待和寻求。

在此之前,我不知道她,她也不知道我。然而,我们的心却在漫漫的时空中追逐、寻觅、等待。等待着这一年,这一天,这一刻。等待着这个飘满花香和茶香的大厅,等待着这个千年的奇遇,不,是千年的奇缘。

我知道,因为她的惊人的美丽,慕她、亲她、爱她的人很多。就在这番与我同行的人中，有事业成功者，有才华杰出者，但他们都未能赢得她的爱。他们面对这稀世的美艳，他们没有我的坚定，没有我的果断，也没有我的勇气。他们来不及分辨究竟是爱情，还是仅仅是喜欢。在他们犹豫不决的时候，我赢得了她。

她在等我，她是在等我。她深知我的坚定和毅力，既然是前生定下的因缘，我们终其一生都要信守。就这样，她就这样静静地守候在这飘满茶香的庭院的一角，迎我如约而至。这是多么漫长的等待，岁岁年年，时时刻刻，等我穿过历史的风烟，等我历尽人生的磨难，等我到了满头白霜的岁月。我以我的自信和坚定终于得到了她。

她是我的，她只能属于我，这是宿命。友人妒我又羡我，他们为自己的失去机会而恼恨，但他们没有与我"决斗"，而是很绅士地高雅地为我们祝福。

花如解语还多事
石不能言最可人

我惊喜于我终于得到了她，她是我的。这是前生定下的一段不可改变的情缘。当她在这座大厅的一隅静静等待的漫长的日子里，人们只知道她艳丽如花，光彩如虹，他们为她的美色所迷，却不知如何为她命名。这一日终于到来，我坚信我对她的深知——红颜如有待，知己在人间！她就是我的"红颜知己"。她不能是别的名字，她就是我的"红颜知己"。

2006年6月5日，闽游最后一日的最后一刻，在漳浦天福茶博物馆得美石"红颜知己"。

2006年10月31日欧游归来作于北京昌平北七家村

# 我的“红颜知己”

——漳浦奇缘之二

这是前世定下的约，我们在最后的时刻相会。要是主人没有安排这次临上飞机前的访问，要是这次匆匆的访问时，我没有遇见她在厅堂一边静静地伫立，要是我发现了她而却无法把她带回，那么，我们的缘分也就断了。这里我说的是我和我的“红颜知己”的一段情缘。

这是我们访问福建泉、漳两州的最后一天，行程在当日午前就将结束。而后，我们将从漳浦沿福厦高速公路直奔福州长乐机场返京。今天的最后一个访问点，是设于漳浦县的天福茶博物院。昨天我们已参观了天福主人堪称雄才大略的一个创举，那就是他在厦汕高速公路上开辟了一个可能是世界上最大的高速路服务区。那个服务区其实是一个规模巨大的雕塑公园。

公园占地方圆一千二百余亩，是一片宏阔的丘陵。那些不高的山包上，长满了亚热带的花木：龙眼、荔枝、芒果和柑橘，还有郁郁葱葱的剑麻和台湾相思。曲水临风，如衣似带，闪亮晶莹。园是为茶而建，所以远远近近遍植茶树，营造了一片又一片供观赏和采制的茶园。在绿荫掩映之间，时时出现美丽的石雕。石雕的主题是“唐山过台湾”，展现的是大陆同胞跨海建设台湾的历史。雕塑园有四个展区，区间以电瓶车来联系，可见其规模之大。

今天参观的是有关茶的另一个景点：茶博物馆。这也是天福茗茶企业投资巨大的一个文化设施。我孤陋寡闻，以我所见到的而论，这应该是最完备、也最精致的一座专业的茶博物馆了。博物馆集中展示世界各地的茶叶种植、生产和制作的丰富的史料，实物的展出和形象的再现，以及现场的品尝和表演，堪称绝妙。特别是临别的那一顿午宴，茶香满座，令人心醉，也是一场茶文化的生动展出，那是一种无法抗拒的典雅而高贵的色彩和气味的诱惑和享受！

天福茗茶的老总李瑞河祖籍漳浦，早年在台湾发展，办天仁茗茶，业绩甚丰，名闻遐迩。90年代他移师桑梓，在自己的故乡办起了规模很大的茶企业。由商业，而艺术，而文化。李先生不是一般的生意人(尽管他的企业做得很成功)，究其实他是一个文化人。他知道茶里面有悠久而高远的文化内涵，他由茶的开发而引发出一个可能是非常专业的文化命题。

我们的参观是很随意的。走着走着，信步就到了奇石馆。我应当感谢这座茶博物馆，更应该感谢这座奇石馆，要是没有今天的访问，要是没有这一番漫无目标的信步而行，我就无法与我的“红颜知己”相遇，也就无法完成我与她的这一段因缘。

那是奇石馆静谧的一隅。她在那里沉思。不，也许是在做梦。她一身缟素，不施脂粉，却有水晶般的明亮，明亮中的芳香！那座厅堂，摆满了各式各样的奇石和美石。但她是如此地与众不同，她的美丽是夺人的。透明如水，又若澄碧的秋空，在那水晶般清澈之处，泛出了早霞似的嫣红，是虹霓，是一树梨花带着露珠的妩媚。她静静地伫立在厅堂的一隅，她的明亮照亮了整座厅堂！这是一种超凡脱俗的惊人之美。

我走近了她，我知道她在等我的走近，我们有千年之约。其实，发现她的不仅是我一人。同伴中有几位都为她动心。但她不属于他们，她只属于我。在他们没有从她的美艳的惊诧中醒悟过来，我已经向她伸出了拥抱的臂膀。美是无价的，我没有考虑店家的定价。我只是询问是否可以把她运到北京？回答让我失望，店方说，我们可以代你包装，但是不能为你寄运。我已绝望。无论是多深的爱，我们将无法相聚。

访问已经结束，车已启动，我们就要离开。我回头望她，那通体的晶莹竟化成了泪珠，满厅堂充满了她的晶莹的泪水！就在此刻，幸福降临了。奇石馆的主人匆匆赶来，答应给我寄运，而且不再加收邮资。已经开动的车子停了下来。我们迅速地交款、填单，而后上车，带着我对她的爱恋，带着我深深的盼望，也带着我的同伴的艳羡和祝福！车子开动的那一瞬间，我向漳浦的友人致谢，是他们安排了我们的会见，也是他们促成了我们的因缘，他们是我最应感谢的“媒人”。

为我们送行的除了奇石馆的主人，还有县宣传部和文联的热心的朋友，我在表达我的谢意时告诉他们，我已为她起了一个名字——“红颜知己”！他们为这一命名发出了来自内心的欢呼。

从福州到北京，飞行的时间大约是两小时。我人未到家，电话已经来了。电话告知，石已寄出。回京后的第三天，“红颜知己”盛装回到了她日思夜想的家，我终于拥有了属于我的“红颜知己”。

2006 年岁暮完稿于昌平

# 天边的云彩

一边是杭州湾，杭州湾的外面是东海；一边是钱塘江，钱塘江的一端，搂抱着美丽的六和塔，那就是杭州城。这江海汇合处，有诗人的家。早年他从这里出发，去了遥远的康桥，从那里带回了一片西天的云彩。这云彩连同东海的浪，钱塘江的风，缀成了一页又一页绚烂的诗篇。他从大海的涛声中获得了铿锵的节奏，他从钱塘江的波纹中获得了鲜丽的韵律，他又从康桥的晚霞中获得了灵感和情调。

没到海宁之前，就知道这里有个硖石镇，就知道镇上有诗人的家。几回梦里寻访，似乎到过这座小楼。楼上的地板有些旧了，脚踩过，发出吱吱的响声。而楼下厅堂当年从德国进口的花瓷砖，依旧叙说着昔日的繁华。硖石镇上富有的人家，走出了一位影响深远的诗人。从此，他也演出了短暂而浪漫的一生，他和几位美丽而智慧的女人之间的爱情故事，成为中国新文学上空一道彩色的风景。

中午的庭院静寂，花有点忧郁。门前是诗人的半身塑像，洁白的汉白玉石，一朵洁白的云。他始终保持着飞翔的姿势。

拜访诗人旧居的这天，正是海宁观潮节的开始日。中午时分，潮水准时地从钱塘江口涌来。远处一道白线，把浩浩江水泛成了一道绵长的阶梯，这就是著名的一线潮了。白线逐渐向我们逼近，在我们面前似有所待，有点依恋，又有点缠绵。温柔的江南，连惊天的海宁大潮也这般地充满了柔情。

这也许只是一种心情，也许是因为期待过高，也许是因为看台离岸遥远，失去了现场感。其实，那潮水是撼天动地的，整座盐官镇在中午的潮涌中震颤。这响声是否惊了诗人的午梦？也许竟不，也许他正在天际云游。而我的思绪却似那潮水，一波过去，又是一波，如此日夜，如此年月，潮来潮往，永无止息。

盐官镇很有名，它不仅是观潮胜地，也是人文荟萃之地。这里有宰相府第，有袁枚题额的“国棋圣院”，有充满神秘气氛的海神庙——其间居然保存了清雍正、乾隆、道光、同治四代帝王的题赐。还有据说是李师师“青月醉花楼”旧址辟成的“花居雅舍”，占鳌塔屹立江滨，安澜园里有乾隆寝宫……

花团锦簇的盐官镇叙说着鱼盐丰茂造出文化奇观的道理。财富的集聚，促成经济的繁荣，由此产生小说家、艺术家、诗人，由此再集聚、提高、升华而为大师，一代人师代表的是建立在经济发达的根基上开放的灿烂辉煌的文化之花。盐官镇上周家兜双仁巷有一座黛瓦粉墙的二进院落，1877 年诞生了王国维。他以刚满五十的壮年完成了集史学家、文学家、哲学家、考古学家、辞赋学家于一身的光辉。这就是一种伟大的集聚。是一种可期而不可求的辉煌。

夜晚，盐官镇上空升起了节日的烟花，人们把海宁如花的潮水化成了天上绽放的欢乐，昨夜桐乡上空清朗的明月，那是丰子恺亲笔的描绘；今宵钱塘江畔这璀璨的火树银花，也许竟是来自徐志摩的灵感和节奏！

带着对海宁的感激和怀想，我们踏上了去往嘉善的旅途。在嘉善，我们径直去了碧云花园。鲜花丛中，青草坪上，充满诗意的插花比赛邀请我们参与。我们这一组，郑晓林和荣荣。我们带着海宁那座小楼的温馨，更带着钱塘江上的浪花和烟花，海的浩瀚，江的秀丽，还有康河柳荫下的那一抹晚霞的余光。我们的主题是：天边的云彩。

在轻盈的花篮上铺几片宽大的绿叶，几朵硕大的蜀葵是浅浅淡淡的黄。中间主体是茜色的艳丽的波斯菊，波斯菊热烈、奔放，在江南艳丽的秋阳下发出惊人的光焰，那是诗人炽烈的无可挽回的爱情的燃烧。在康乃馨的顶端，为了突显插花的主题，我们选取了一枝金黄色的天堂鸟！我们自己为这惊人的点睛的一笔而激动不已！

简练的色泽，单纯的构图，鲜明而深沉的寓意，概括了诗人多情多才而又浪漫的一生。他总是这么天真而热烈地写着、笑着和爱着，他活着的时候，快乐地写诗，快乐地恋爱。他远去的时候，留给人们的是永远的美丽，美丽是天边的云彩！金黄色的天堂鸟，这花的名字太吻合我们的构想：志摩是到天上去了，乘着天堂鸟金黄色的翅膀。

他是云游去了，云游而不知归！

对插花评比的结果，我们怀有信心。然而，我们失望了。我们没有得到“专业”的评委奖，而这原是我们的愿望。这也难怪，评委们也许知道徐志摩，也许竟还不知；即使知道了，他们又何尝知道《云游》；反过来说，他们即使知道《云游》，又怎能知道我们此刻那让心灵疼痛的怀念和敬意？我们的“落选”是注定的！

2007 年 9 月 26～27 日记于浙江海宁—嘉善，2007 年 11 月 14 日作于北京昌平

# 绍兴的感动

都说这里是水乡，都说山阴道上有望不尽的风景：乌篷船、小毡帽、莺飞草长的三月、迷蒙烟雨中的楼台、江南女子的绰约多姿。满眼风光我似未见，绍兴却以我始料不及的恢弘，向我昭示它的博大和富有。

这不是一座仅供观光的风景佳好的城市。城市的心脏至今尚在跳动的那些历史精灵，无时无刻不在引发我们一些庄严的思绪。苏杭式的婉约多姿此刻变得不重要了。我穿越绍兴的古老街巷，漫步在它美丽的水滨山崖，扑面而来的诸形诸景，让人想起的却是超乎它们自然景观所提供的启示。

在近代中国结束和现代中国开始的时代，绍兴在这一历史转型期送出了一位伟大女性。和畅堂二十三号是秋瑾的诞生地，轩亭口则是她的就义处。这位中国女儿的鲜血至今还传达着上一个世纪黄昏和这个世纪黎明时节的壮烈和悲凉。三味书屋和百草园让人记起那位向着无边的历史暗黑愤激抗争的孤独者。这颗不宁的灵魂不论后来以至今日受到如何的扭曲和凌辱，但始终显示着坚忍和严峻的性格光辉，向我们，向悠悠的后世。

然而绍兴传达的并非一味让人严肃的话题。进入沈园，依然是一股缠绵的凄清向人袭来。那一场发生在数百年前的爱情悲剧，地老天荒的恋情以及他年重会的无言哀伤，依然在我们心中激起震撼心灵的情感风暴。陆游当然有他的铁马金戈的豪壮，但一曲《钗头凤》却传达了万古不泯的悲怀，有趣的是青藤书屋，这里曾住着一位行为洒脱而又才气横溢的人。不安分的灵魂、惊人的才华和机智，以至于仿佛今日还飘荡着他豁达的笑声。

要是把上述几个古代和近、现代的人物放在一起观察，我们便发现绍兴给予我们震动的缘由。它们慷慨伟烈与周纳深重无论如何是动人的，但它同时拥有的缠绵感伤和倜傥风流，同样是那样久远得动人心弦。绍兴的包容性和阔大胸襟显示了中国文化的真质。江南的婉约温情之中又同时拥有博大深厚，绍兴在这样奇诡之中显示它的魅力。

这里我们还没有说到飘逸清俊的兰亭。曲水流觞的千古佳话，墨华亭池散发的古朴清幽的情致，那位书法大师的辉煌也与这座城市的名字联系在一起。要是我们步出绍兴东南数里之遥，再参谒一下背倚崇峦的大禹陵，那里的宏大氛势，一下子把这座城市的历史推向了远古的深沉。

至此，绍兴的话题，还没有完，我们来不及前去寻觅五四时代的北京大学校长蔡元培的足迹。这位以北大为基地不怀偏见地把各学派人物吸引到自己周围的导师，他的不拘一格的兼容并包精神也是绍兴这座古城精神的自然呈现。蔡元培不过是以他自有的方式加以强调而已。

为了答谢绍兴给我的启示，在咸亨酒店我以北方饮啤酒方式豪饮花雕。在座的主人和朋友那时也许不会理解我的心情。在绍兴，我有始料不及的感动。

# 敦煌诗旅

——《敦煌诗选》序

古丝绸之路的出发地应该是长安。从长安逶迤西行，渐行渐远，便进了西域。当人们离开美轮美奂的都城长安，回望潼关，霸陵柳色青青，正是离人伤别时节。由此一路行去，过了咸阳，都城已是遥远，秋风渭水，长安一片月华，都已成梦中情景。过千载伤心地的马嵬坡，此后次第是周至、武功、扶风、凤翔，沿途洒落的都是唐诗的声韵和色泽。八百里秦川是一幅色彩瑰丽的抒情长卷，长卷的尽头是兰州，这里有一座黄河母亲的雕像，闪着伟大母性的光辉。黄河就此挥手北上，千里河西走廊铺开无尽的锦绣，慰藉我们寂寞的行旅。

兰州之后的路程，大约以三五百里一座城市的间隔一路向西推进。这些昔日奔忙着骆驼和马匹的商道的两侧，一边是大戈壁的无垠沙碛，一边是祁连山的千年积雪。武威之后是张掖，张掖之后是酒泉，过了酒泉，嘉峪关就巍峨地出现在眼前了。人们一边行走，一边探寻，何处是西去无故人的阳关？何处又是春风不度的玉门关？有一两只鹰在高空盘旋，它们用旷古的沉默来回答人们。

这是庄严而圣洁的朝圣之旅。黄昏时分终于到达敦煌，三危山屹立天穹，如一座硕大的神像，接受万方的香客向它顶礼！莫高窟还在，瓜州古城遗址还在，月牙泉和沙枣墩还在，只是阳关和玉门关遗址，却是湮没在历史的风烟之中，寂然难以考证了。历史学家和敦煌学家用冷静的言语告诉我们："敦煌、阳关、玉门关，及丝路通流之盛，去今千年以远，昔时故迹，或隐或没；古人亲见，今多茫然。"①作为后人，遥想当年的繁华，面对今日的荒寂，心情不免怅然。

---

①李正宇：《敦煌阳关、玉门关论文选萃·序》(纪忠元、纪永元编)，甘肃人民出版社，2003年8月。

这里有一段朴素的文字，考证了两关遗址，可这段叙述也是写于距今七十年前，这些关于阳关遗址的文字本身，也是飘散在历史风烟中的碎片了——

小方盘西面过了一个沙滩以后，便是叫做后坑沼泽区，这个沼泽区可以北接疏勒河。南湖的水是流到水尾为止，但偶然大雨的时候，山水下来也可以流到后坑。所以南湖对于小方盘，是一个在水的上游，一个在水的下游。

南湖在敦煌的西南，距敦煌一百四十里，是一个不太大、但很肥沃的水草田。在它的东南有一个草湖，经过长期间芦苇的腐坏，土越垫越高，现在草湖的湖面已经高出南湖水草田两三丈了。草湖的水渗入地中，水草田便生出好几处泉源。这些泉源便灌溉着水草田中的二百农户的田地。水草田的东北有一个破城，斯坦因称作南湖城，大半被沙盖着，早已不住人了。水草田的西南当着大道通过的地方，还有一个遗址，满地瓦砾，因为常常有古物被人拾到，本地人叫做“古董滩”。在古董滩的东南和西北，各有一个旧烽燧遗址，距古董滩均为五里。[①]

时序代谢，沧海桑田，这位历史学家谈阳关如此，谈玉门关亦如此。他斩钉截铁地断言：“不唯现在的玉门县城不能认为即太初以前的玉门关，就是汉玉门县城也不是汉代太初以前的玉门关。”有趣的是，在史学家眼中“迷失”了的，却在诗人那里“寻找”到了。那些草滩，那些烽燧，那些旧城，都随着岁月的流逝而茫然不知所在，却硬是被诗人“定格”在他的作品中。岑参的《题苜蓿峰寄家人》[②]：“苜蓿峰边逢立春，胡芦河上泪沾襟。闺中只是空相忆，不见沙场愁杀人。”这里的胡芦河、苜蓿烽、立春，等等时间和地点（有时更有情景），便为考古提供了佐证。

这回是诗人反过来帮助了考古学家。劳干先生[③]在他的考据文章中饶有兴

①劳干：《两关遗址考》。纪忠元、纪永元主编《敦煌阳关、玉门关论文选萃》，第93—94页。

②按，此处的“峰”，应为“烽”。

③劳干（1907—）字贞一。祖籍湖南长沙，生于陕西商县。1931年毕业于北京大学历史系。1932年后任台湾“中央研究院”研究员，并曾兼任北京大学讲师、南京“中央大学”教授。去台湾后，兼任台湾大学、台湾师范大学及政治大学教授。1962年去美国，任加州大学教授。主要从事汉代前后政治制度研究，著有《论汉代的内朝与外朝》、《秦汉九卿考》、《敦煌艺术》、《汉代史》等。

趣地援引了唐代诗人岑参的《敦煌太守后庭歌》和《玉门关盖将军歌》等资料，用以证实“由苜蓿烽西去，便到敦煌”，以及“开元天宝时，玉门关的位置应仍和贞观相同”。这是岑参《敦煌太守后庭歌》的断句：

城头月出星满天，
曲房置酒张锦筵。
美人红妆色正鲜，
侧垂高髻插金钿，
醉坐藏钩红烛前。

历史学家说，“城头月出的宴会，应当是上半夜当月在上弦的时候，即应在十五以前。藏钩行酒据周处《风土记》和《荆楚岁时记》说是岁腊的风俗。但时方正月犹是新年，李商隐诗‘隔座送钩春酒暖’，言春酒，也应是新春的宴饮。所以岑参的路，是从现在的安西附近，即玄奘所出的玉门关西行，正月初一沿胡芦河过苜蓿烽，正月十五以前到敦煌。现在从安西至敦煌，仍有沿河走的路。所以从玉门关西去敦煌要在胡芦河上，非认为即玄奘所经的玉门关不可。所以贞观到天宝，玉门关未换位置，关的东徙是天宝以后的事。”①

面对《敦煌诗选》的原稿，想起这本诗选所涉及的关隘故城、天山明月，塞外秋风，沙场征战，想起阳关、玉门关以及敦煌古城的历史遗踪，已经寂然湮没在枯草沙砾之间，它给历史学家留下了几多难题。那些曾经巨大而坚实、甚而极其华美辉煌的物质，在无情的岁月推移中和风沙剥蚀下，显得是那样的无奈。倒是那些“不具形”的精神产品——诗歌、绘画或音乐，却是亘古不变的长存。

遗迹在哪里？遗迹就在诗中、画中。我们今天寻找阳关或玉门关遗址，遗址已随着河道或风沙游移，以至于寂然不可考。而在岑参那里，在王维或王昌龄那里，它却有千年万载的永固不易。这就是本篇序文开始时不厌其详地抄录劳干先生文字的缘由。诗人的劳作——也许起始只是由于愉悦或酬答，也许并无创造不朽的深意——造就了意想不到的奇妙。他们吟咏的对象变异了或消失了，而吟咏却永存。

---

①劳干：《两关遗址考》，原载《中央研究院历史语言研究所集刊》第11本，第287—296页，1943年。

“雪净胡天牧马还，月明羌笛戍楼间。借问梅花何处落，风吹一夜满天山。”[①]存留在笔墨间的，不仅有关山明月，不仅有戍楼羌笛，更有那份悲烈情怀，苍茫心绪。我们的确无法体验古人所亲历的一切，我们却能从诗中获得如同亲历的那般感受。“相思在万里，明月正孤悬。”[②]那轮悬挂在祁连山巅的明月，历经千年而清辉寒冽依旧。吟咏它的人不在了，它曾经照耀的景物也变了，不变的是诗中的这轮明月，永远是这么皎洁，这么苍凉地、孤单地悬挂在万里戈壁滩上。

敦煌的诗歌记载了敦煌灿烂的历史。敦煌的诗歌几乎与敦煌的历史同步。史载：“元狩二年（公元前121年）汉武帝派霍去病率大军击败西匈奴，河西走廊归入中原王朝版图。汉廷在河西置武威、酒泉二郡。敦煌地区隶属酒泉郡。元鼎六年，汉廷析酒泉郡置敦煌郡，领敦煌、冥安等六县。又建阳关、玉门两个军事关隘为通西域的门户。”[③]诗选开篇《祁连燕支歌》[④]就印证了这段历史。

诗歌是敦煌的骄傲。可以说，敦煌的历史有多长，敦煌诗歌的历史就有多长。这本诗选，始于距今两千多年前的匈奴民歌，而绵延于当代。它的最初的文人作者中，就有汉魏六朝时期最优秀的诗人左延年、郭璞、陶渊明、鲍照、庾信等。而后，进入诗歌的黄金时代唐朝，那些赫赫有名的大诗人如卢照邻、王之涣、王昌龄、王维、李白、杜甫、高适、岑参等，无不有华章留存。敦煌写进了唐诗，唐诗也因之光辉夺目。中国诗史因敦煌而骄傲。

在中国的历史上很难找到像敦煌这样的地方，诗歌始终伴随着它的兴衰隆替，不是某时某刻，而是全过程。敦煌造就了诗歌，诗歌又装点了敦煌。诗歌是敦煌永恒的记忆，诗歌也是敦煌不朽的美丽。到过敦煌，甚至只是想过、念过敦煌的人们有福了。敦煌给他们以灵感，以飞腾的翅膀，美妙的梵音，瑰丽的色彩。

是这些诗人的彩笔，把敦煌写成了永恒：无边的瀚海，荒芜的沙碛，孤飞的鹰，寂寞的驼铃，苍凉的明月，还有同样苍凉的烽燧和边关的废墟，还有刻骨铭心的思念，思念关山万里之外临窗远眺的女子，思念将士铁衣上的寒光和斑斑锈迹——

---

①高适：《塞上听吹笛》。

②卢照邻：《关山月》。

③楮良才：《敦煌地理及历史沿革》。见《敦煌学简明教程》，第1—15页。转引自纪忠元、纪永元编《敦煌阳关、玉门关论文选萃》，第9—10页。

④这首最早的匈奴民歌，歌词如下：“亡我祁连山，使我六畜不蕃息；失我燕支山，使我妇女无颜色。”它表现了当年匈奴人对于衰变的慨叹。

阳关万里道，
不见一人归。
唯有河边雁，
秋来南向飞。[①]

这是被称为“清新庾开府”的庾信的诗篇。他还有一首写莫高窟的诗，是目前所知最早咏莫高窟的诗作。遥想当年，李白临风把酒，高歌一曲：“明月出天山，苍茫云海间。长风几万里，吹度玉门关。”胸襟何等开阔，气势何等雄大，境界何等高远！再看看“黄河远上白云间，一片孤城万仞山”，“青海长云暗雪山，孤城遥望玉门关”[②]这些经典名句，这样的名篇佳作，《敦煌诗选》的编者沿着历史的长河一路走来，一路拣拾着这些稀世之宝。

这本《敦煌诗选》之所以特别珍贵，就在于它几乎囊括了古往今来吟咏敦煌的所有优秀诗篇。上自魏晋、唐宋，下及近、现代以至当今。这是迄今为止我们所知所见的收录时间跨度最长，所收诗体最广[③]、总体篇幅最大、作者人数最多、代表性也最全面的[④]一本关于敦煌的主题诗选。主编纪忠元、纪永元昆仲，披阅浩瀚典籍，精选优秀诗篇，详加考辨注释。历时数载，殚精竭虑，始克厥功。他们的敬业精神以及热诚而富有创造性的工作令人感动！

本文始写于2008年2月8日，即农历戊子年正月初二。时在海南博鳌，历史罕见的寒冻之中。2008年2月29日，写竟于北京昌平北七家村。

---

①庾信：《重别周尚书二首》（其一）。庾信（513－581），北周诗人。字子山，南阳新野人，为南北朝末期文坛巨擘。有《庾子山集注》。

②前后分别是王之涣《凉州词》和王昌龄《从军行七首》（其四）诗中的句子。

③收有旧体诗和新诗。就旧体而言，诗词曲赋，以至各族民歌，无不皆备。尤为独特的是，本书还收录了古时的“学郎诗”、“叫卖口号诗”、“叠字诗”以及古代少见的各类图形诗，等等。

④诗选中有很多珍贵的资料如佚名的《教诲诗》录自敦煌汉简。王梵志通俗诗，《全唐诗》未录。韦庄的《秦妇吟》久佚，世无传本，《浣花集》和《全唐诗》均未收，本书参照诸多版本整理刊出。

# 绿荫深处一座古城

这是泗河岸边。太阳明亮地照着，照着河两岸无边的让人晃眼的绿色。河床是干涸的，所有的水都被上游的水库拦截了。泗河没有波浪，只剩下这无边的绿。这里依旧柳色凄迷，这里依旧草色青青。满眼的风烟告诉我，如今这已经干涸的河床，就是那首脍炙人口的"汴水流，泗水流，流到瓜洲古渡头"的词里所说的泗水。人们告诉我，当年水路畅达，从这里乘船经河入湖再入江，可以直抵江南重镇瓜洲京口。记得么，那踏歌远去的、扶醉而归的诗人？记得么，那岸边折柳的难舍难分的、天涯断肠的离人？在这泗水岸边，岁月消磨了人间多少的悲欢离合，如今，都化作了这一掬无边碧绿的酒！

那时这里水波浩渺，往来舟楫如织，想象中一定是一道非常美丽的、充盈着生命活力的长流水。不然的话，它怎么会引发那位哲人亘古不绝的感叹？子在川上曰："逝者如斯夫，不舍昼夜！"他说这话的时候，应该就站在此刻我站立的河岸上，这怎么不让人心动！很多平时人们习以为常的景物，在伟大的智者那里，就化为了警策千载的灵思。我真要感激这片依然丰腴而深厚的大地了，究竟是什么样的灵感，什么样的机缘，引导我有幸来认识这大地的沉厚的积藏？

泗水穿越鲁西南平原无边无际的青绿，在这无边无际的青绿的深处，站立着一座古城。兖州的历史，几乎就是一部缩写的中华文明史。它的历史可以和这个民族最古老的记忆联系起来：这里是有熊氏的邦甸；这里是寿丘旧地——传说中始主黄帝出生的地方；禹治洪后分天下为九州，兖为九州之一。兖州是春秋鲁国故郡。隋唐时兖为天下重镇，隋为鲁郡，唐置都护府，治兖、泰、沂三州。那时这里是南北通途，市肆繁茂，民风端信，英才来聚。金口坝、兴隆塔、少陵台、青莲阁，都是兖州历史上繁荣的见证。

这城市的历史是这般的古老，它让我们想念悠远的过去。从泗河宽阔的河岸望去，我们仿佛进入了一条永远无法追及的时间隧道。太遥远了，我们用毕生的心力都无法到达那久远。我们所有的人都只能生活在今天，我们不可能生活在昨天。那位伟大的思想家在这河岸上发出的逝水之叹，正是告诫我们必须紧紧地把握住那不断流失的时间。远去了，川上叹息的哲人，远去了，诗酒雅集的吟者，远去了，那些倚楼望月的多情女子，留下的是如今这无边的青青草色，这千里风烟。

我登上兴隆塔的塔顶，我知道这塔巅的一个台阶上，曾经坐过一位为许多优秀男人所倾心的、风华绝代的女子。作为杰出建筑学家的妻子，作为著名哲学家的挚交，作为天才诗人的密友，她出身名门，学贯中西，谈吐高雅，本身也是诗人、小说家和建筑学家，她还能用流利的英语表演戏剧。她就在那里，就在塔巅那一角青砖垒成的洞穴口上，她美丽如初，她在沉思。有多少泛着轻愁的往事，在她的身边流过。如今她在哪里？我的闪光灯亮了，照出了一个明亮的此时此刻。

古城仍然以无边的绿色迎迓我的到来。这座历经千载的古城，正在以大平原的单纯和质朴，向我展示它今日鲜丽的光泽。这是一座望不到边的崭新的花园。高架桥、高速路、网一般展开的乡村公路，阡陌纵横，沟渠如织。公路两旁，遍是花果，这边是望不到边的石榴林，榴花似火；那一边是望不到边的银杏林，银杏的叶片在夏阳的照射下闪着绿色的光芒。车行过处，铺到天际的是毛白杨的苗田。卫护这些幼苗的，是公路两旁高高大大的毛白杨树！大平原上的白杨树，曾经被一位作家写成了一种精神的象征。如今它们依然忠实地站立在这片土地上，守护着这一座古城，守护着这古城看来没有边界，也没有尽头的无边无际的绿。

这古城已被绿荫所掩埋。它已成为天下闻名的平原绿化市。那泗河的河岸上，有连绵数公里的葡萄长廊。那绿荫深处的村庄，种植着无边的蝴蝶兰，那里是一片同样望不到边的花椒园。城市正在变成一座大花园。它的南部是毛白杨的天下，而它的北部，则是连接天边的桑园。这里是蚕桑的故乡。上个世纪70年代，在大安镇的李家庄出土过殉葬的铜蚕。著名的“陌上桑”的故事，那位戏妻的秋胡就是鲁国人，据说，那故事就发生在甄桥村。也许那位端正善良的妻子投入的滚滚的河，就是泗水！这些文物和传说的存在，至少证明了在远古，这里已有非常发达的农业文明。杜甫那首《忆昔》：

忆昔开元全盛日，小邑犹藏万家室。
稻米流脂粟米白，公私仓廪俱丰实。
九州道路无豺虎，远行不劳吉日出。
齐纨鲁缟车班班，男耕女织不相失。

这里说的“鲁缟”，就是兖州的特产。它的历史可以追溯到秦代，那时宫中所用的织品，就是这里进贡的。鲁国的后人没有忘记历史上的荣誉，兖州人正在用自己的智慧和汗水，书写新的篇章。在鲁西南平原的无边大地上，在无边的绿荫深处，站立着一座既是古老的、更是年轻的城市。

2002年7月15日于兖州兴隆宾馆

# 被遮蔽的风景

颐和园的苏州街重修之后我从未访问过，原因是我对公园里加岗设卡变着花样收费很反感。人们游览公园是为了赏心悦目，而加岗设卡这种举措只会败坏人们的情绪。且不说苏州街收费颇昂，就是再低廉的额外收费，我也拒绝前往。

苏州街一带统称后湖，是对比昆明湖为前湖而言的。原先的苏州街我常去，那里夏日荷荇夹岸，入秋芦叶瑟瑟，是一个富有野趣的地方。这里两岸是旧日宫中买卖街遗址，时见残墙断瓦，无言诉说着历史的沧桑。从昆明湖移舟至此，避开金碧辉煌、富贵华丽的皇家气氛来到这野树曲溪的所在，仿佛是到了江南水乡，是另一种境界了。

自从苏州街重修，我也告别了这种情趣的寻觅。好像是对一种尊严的维护硬是过"门"而不入。但后山清幽的诱惑却难以抗拒。每次进得园来，总是信步由长廊至石舫，再经后山至松堂。松堂过去，隐隐显出一派姑苏古城的水街景色：有仿古的酒旗高悬于绿树之巅，沿山间树杪望去，酒肆歌楼商贾钱庄疏落有致，那便是苏州街了。虽是帝王家刻意仿造民间形色，但亦盎然成趣。

松堂后山一带地势高于后湖，自高处俯瞰苏州街本是观景佳处，这是我造访颐和园最喜流连处。但自苏州街重修之后情形却大有变异。那里有一座小桥，小桥过去有城阙巍然而立，那城阙一边题"宣辉"，另一边题"挹翠"。这里景色诱人，但当人们登临之际，却有了意外的发现，这一带秀丽的风景突然被恶意的一排挡板遮蔽了。人们明知前有佳景，却目不能至。这种对于游人的伤害不仅是粗暴的，而且是凌辱性的，什么后山的清幽、什么湖岸的婉丽，都被这些举措驱逐得干干净净！

那些兴冲冲的游园人，从佛香阁一路款款而来，山青水绿，红墙金瓦，自有说不尽的舒心惬意，想不到的是迎面这样一道人为的屏障！这是一种对于美好情绪的戕害，岂是惆怅或失望等语所可形容。细究管理当局此举，意在禁止游人"免费"窥看苏州街的景色。但后山一带一般游人本来就少，以不多的游人伫立山间，从茂密的树隙观赏水乡的酒旗和市肆，上下呼应，不是给园林增添一番情趣？但决策者显然不会想到这上面，他们的赢利动机早已将此种情趣彻底消除了。

在颐和园后山设障阻止游人“窥视”风景的行为，不仅破坏了这座皇家园林的整体美感，更重要的，还在于它暴露了中国人不健全的心态。这心态与封闭性的文化传统有关。从中国人的居住习性看，庭院深深，四围筑以高墙，其间隐秘，外人鲜知，它对所有的人都防范，从王公贵族到平常百姓。北京民居，是四合院，皇家宫阙，则是紫禁城，从帝王到庶民都各自用墙、用影壁、用大屋顶把自己隐藏起来，内里都是一例的神秘莫测。

若把话题收回到苏州街对于欣赏者目光的遮掩上来，则还明显地流露出小农的狭隘和俗琐。这看起来与这个虽称礼仪之邦的泱泱大国的气度不相谐，然而，这毕竟是小农和小市民组成的庞大的社会。

听说世上许多城市规定盖房不得设围墙，所有的公共和私人建筑物都只能建开放式的篱笆，或饰以镂空的栏杆，或植以花木以为界。这样座座庭院争奇斗艳，各不相同的花木池塘、屋宇楼台，组成了绚烂多彩的公开的风景。而中国不是，它用大大小小的围墙遮蔽人们的眼目，唯恐被人窥去内里的华美或阴暗。中国是一座其大无比的“围城”，大围城之中又是无数的小围城（有时称“土围子”）——它到底是一个其大无比的农民王国。

记得那年访问荷兰，住莱顿小城，到过阿姆斯特丹，也到过海牙。举世闻名的尼德兰是一座完美的花园。海和运河，风车和草地，白色的游艇，装饰着这个花园般的国家。我多次乘坐火车来往于莱顿与阿姆斯特丹之间，铁路沿线洁净如公园，不见任何废弃物，越是靠近城市，那景色就越是美丽（与我在中国国内铁路旅行所见相反，越是靠近城市，铁路两旁的垃圾越多，城市越大，城郊的污秽就越是肆无忌惮）。

在莱顿，我喜欢夜间散步街头。这个小城清静高雅，绝对的宁静。这里没有歌舞厅的喧嚣，也没有疯狂的叫卖，尤为让人震惊的是，这里的家庭都不拉上窗帘。夜晚，灯光明亮，那里的客厅和花园被映照得如同白昼。荷兰人完全向你敞开着胸襟，他们要把属于他们的温馨、美好，甚至富裕，全部地、无保留地献给你，他们乐于把自己的一切欢乐向你展开，并与你分享。

于是，我痛苦地回到了颐和园的苏州街，我们的苏州街有一排遮蔽风景的挡板。它的风景是卖钱的，挡住那风景是为了不允许人不花钱就能看到那绿树、那曲水、那挑在树梢的酒旗。

# 最后一方水田

每次走过这里，总是说，有这一方水田真好。禾叶的香味，浸了水的泥土的香味，还有寂寞有点感伤的蛙鸣，总让人回忆起遥远的田野，久别的田野。在往先，这座古老城市的四郊，有着优美的田园风光，一望无际的田野，其间点缀着红墙黄瓦的皇家园林。特别是西郊一带，出西直门，往高粱河、紫竹院逶迤而行，万寿寺、六郎庄一线，展现出迷人的江南风情。这里古称海淀，是一片万泉之宗的水网地区。

北京大学的畅春园宿舍区，脚底下就是当年康熙皇帝的御园。这位皇帝在这里处理朝务，学习天文、地理和数学，有好几位外国老师定期任教。当年的皇家园林，如今已变成连绵的外形和品质都很丑陋的楼群，如芙蓉里、稻香园等。史册记载的曾经名列三山五园之冠的畅春园的山水楼台，如今均已荡然无存。剩下的就是垃圾堆里的一块界碑，以及两座幸存的山门，再就是脚下这一方水田了。不用说断碣残碑，就是一片当年的碎瓦也难以寻觅。

这水田在周围楼群的威逼中居然奇迹般地保存了下来。每年立夏前后，附近一些村民开着机器前来插秧，插完秧，他们也就销声匿迹，把此地留给那几只寂寞的老青蛙。

这世界变坏容易，变好难；破坏容易，建设难。一个粗暴的决断，可以使千百年聚敛的美好之物毁于一旦。前后不过10年，我眼前曾有的锦绣变成了钢筋水泥堆积的废墟。

十数年前，我自朗润园迁居蔚秀园，高楼的前窗正对着畅春园遗址。每当夏日，月明星稀，蛙鸣如鼓，竟夜不息，到处充满大自然的生机活力，造物主温馨庇护的爱意。荷塘十里，蛙鸣十里，荷香过去是稻香，我曾为身居闹市而拥有田园情趣心存感激。谁想苍茫北国大地的这一片锦绣江南，数年间便完完全全地从地面轻轻抹去。

如今，只剩下这一方水田追忆着昔日的繁华。据说，就是这仅存的一丝绿意也正待价而沽。北大要买它盖楼，靠卖地致富的农民轻易不肯出手。除每公顷的售价从多少多少万涨到多少多少万之外，还要负责安置多少多少名失去了土地的农民就业，使之变成城市职工。总之，未来已向人们昭示：农田将沦为废墟，农民将离土地流亡。这是一种定命，除此之外别无选择。现在，它的主人一年一度的机耕，似是对于垂亡者最后的侍奉。这一方水田从我们眼前消失，只是早晚的事实了。

目下，令人不安的迹象已经显露。几年来这里已被默许填放渣土。垃圾已在这水田的四角悄悄向着中心蚕食。这座城市的建设就是这样预设进行的——在上好的农田上堆填渣土。第一步是使土地变成肮脏的垃圾场，然后，夯实或挖掘，然后，砖石碎块，然后，污泥浊水，然后……就是荷香蛙鸣的死灭！

这就是我的最后一方水田，大约不要太多的时候，我们再从边上走过，再也不会重复这句没意思的话了——“有这一方水田真好。”

# 三汊浦祭

农夫啊，你们要惭愧；修理葡萄园的啊，你们要哀号；因为大麦小麦与田间的庄稼都灭绝了。葡萄树枯干，无花果树衰残，石榴树，棕树，苹果树，连田野一切的树木也都枯干，众人的喜乐尽都消灭。[①]

## 一

总觉得前方应当有一道江，总觉得听得见那江水拍岸的声音，不远，也不近，不宏大，也不微弱。南国的江总是那么清丽，有点文雅，有点温柔，似乎还有点羞怯，总是那么梦幻般地静静地流淌着，在不远的远方，在不近的近处。那时我年小，我望不见那江，只是一种感觉，感觉它就在那前方，在前方静静地梦一般地流淌。

闽江在这里好像是打了一个弯，分出了许多水溪流经这里的大地。这里原是个河网地带，那水像毛细血管似的渗着这里的田园。我记得那里的树木遮蔽了天空，高大的白玉兰，树身有几丈高，开着白色的清雅的花，还有同样高大的芒果和柚子，那枝叶都散发着芬芳。这里是花的王国，珠兰、含笑和茉莉，还有向着远处的橄榄和柑橘，青青的竹子和碧绿的芭蕉，把田园铺成了一片锦绣。

河汊在这里纵横，那水是清澈的，水草静静地在下面摇曳着。阳光从高处雨点般地洒下来，阳光似乎很吝啬，又似乎很顽强，它冲破那密不透风的树丛的末梢，从那高处径直地往下穿越。亚热带的阳光在这里洒成了一片动人的花雨。这里似乎整天都飘着雾，连花香，连阳光和月色，都带着浓浓的水汽，那空气是润润的、湿湿的、滑滑的，如同漂亮女人的肌肤。

---

①《旧约·约珥书》。

这里很像是一个深潭，水从外面流进来，在这里汇聚，映衬着这里的波光云影，还有漫天飞洒的太阳雨。因为少阳光，那清澈的水有点发暗，闪着幽幽的光，似黑，又似蓝。是那种灰白色的光。河网在这里汇聚并扩张开来，容纳着深潭、小溪、花木、河岸和水草。这里是以这个方圆并不大的水潭为中心，形成了一个相对独立的风景，我们都叫它“三脚桶”。

从童年到现在，我只记得“三脚桶”这地名。这名字对于我是那样的亲切，如同一个亲人。我在想，一定是人们觉得那水潭如一个装水的大木桶，一定是那引水进来的通道是三道小溪，这一定是富有人情味的乡人给这可爱的地方以昵称。“三脚桶”是人们给这河网地带的一个亲切的小名，如同人们通常给自己的孩子起小名一样。

## 二

“三脚桶”是我的外公的家。不，应该说，我外公的家那边有一个我们都喜欢的“三脚桶”。平时我们住在城里，平时我们很少到外公那里去。我们认识“三脚桶”是因为离乱。大概是30年代后期吧，日本军队逼近了福州，沿海一带经常受到骚扰。福州城里是很不安全了，我们是“跑反”（福州人把逃难叫“跑反”）到外公那里去的。那时我不过五六岁，不知道什么是灾难。“跑反”却意外地给童年生活带来了欢乐。

学是不用上了，也不用做功课。“三脚桶”成了我们的朋友。我们几乎整天都泡在那河边，垒堰拦水，捉小鱼小虾，或是沿河岸往洞里掏螃蟹，或是干脆打起了水战。夏天日长，我们乐此不疲，直至月亮升上了树梢，直至萤火虫在草丛漫飞。这才一身泥垢恋恋不舍地回家。

“跑反”的日子，在大人们那里是忧心忡忡，而在我们——我和弟弟，以及新结识的乡间的小朋友们——却是其乐无比。从此，“三脚桶”就成了童年记忆中的永存不忘的一页。这一页是那样地鲜明，甚至是那样地神奇。它给我长久的想念，它进入我的生命，它成为我永远的心灵家园。那些年战乱频仍，我们不断地搬家，我也不断地转学，那些走马灯似的住处和学校，都记忆模糊了，唯独“三脚桶”例外，我忘不了它！

“三脚桶”是我生命的一部分，甚至是最重要的那一部分。很奇怪，在我往后的日子里，它不再是童年的嬉戏之所，它的潺潺的流水的声音，它四围的鸟鸣和蝉噪；它的近处和远处无所不在的、浅淡的、浓郁的让人心醉的花香；还有那明的和暗的、深的和浅的颜色，绿的，蓝的，灰的，黑的，发光，闪亮，这一切，构成了一个永恒的世界，它是我生命的梦！

在此后漫长的时间里，我一直在想着我的“三脚桶”，我怎么也不能忘记它。在我的生命中，它是一种境界，自然、美丽、多彩、生动、充满生命的活力的境界。它不再仅仅是我的忆念，它成了我的理想。当我思寻世界上最美好的事物时，我就想到“三脚桶”。世上有很多美好的东西，但只有“三脚桶”是第一！

## 三

动荡的生活一直延续着。外公很早就去世了，他的子女也已星散。我和“三脚桶”再也没有机会见面。但“三脚桶”一直在我心中，忘不了，也驱不走。直至今日，我的年龄比当年的外公还大了，我还是不忘当年的好朋友“三脚桶”。在生活中，“三脚桶”始终是美丽的梦。当我失意，当我寥落，当我苦痛，当我想望，“三脚桶”就神奇地出现。它始终听从我的召唤，因为它是我心灵的朋友。

但动荡的日子我无法寻找它。我只能在心中默默回想它的迷人的美丽。后来看到一部外国影片，记得名字好像是《南十字溪》。那故事我是忘了，可那景象却是十分鲜明：奔涌的流水，浓密的树林，浅滩，急流，飞溅的水花，当然也有鸟鸣和花香。“南十字溪”就是我的“三脚桶”。我在现实生活中失去的，在一个幻想的空间中得到了。但我还是想着、念着我外公的那个家园，我童年以迄于今的梦想。先是在梦中找“三脚桶”，梦中找不到，就用电影中的画面来代替。

最奇怪的，是在那个大动乱的年代，我有一段时间身陷囹圄，一个夜晚，又一个夜晚，我睁着双眼从黑夜到天亮。在万般无奈和痛苦中，是永远美丽动人的“三脚桶”前来安慰和拯救我。我当日因吟诵古人的“不眠忧战伐，无力振乾坤”而获罪，有着前所未有的忧愤。绝望时，眼前就出现“三脚桶”的花香和流水，长满青草的河岸，透过茂密树梢的太阳雨！我被这永远的美所感动，曾经中夜展纸，我把“三脚桶”化成了我的诗篇。屈辱，哀痛，对于未来的绝望心情，顿时化为高尚、纯净、圣洁的世界。

“三脚桶”是我的希望，我的理想，更是我的生命的至美。

## 四

我一定要找到我的“三脚桶”。我要它回到我的生活中来，而不能只是在想象中，在梦里，或者是只是以“南十字溪”来替代的画面中。动荡的生活结束了，我回到家乡的机会多了，我有条件来实现我的愿望。可是，“三脚桶”毕竟是我童年的经历，距今少说也有六七十年的光景。外公不在了，母亲也不在了，所有能够唤起记忆的线索都断了。我只知道外公姓李，可他的名字呢？还有，“三脚桶”所在的确切的地名也无从知晓，什么镇？什么乡？什么村？在福州的什么方位？但我还是要顽强地寻找。因为它是我的梦，不，是我的命！

那年在福州，袁和平见我心诚，下决心要帮我。我说那“三脚桶”有很多很多的花，有高大的白玉兰，有成片的珠兰和茉莉，那是一个漫野飘着花香的地方。袁和平一想，福州郊区花最多的地方就是建新公社，那是著名的花乡。驱车到了建新，那里是在卖花，有满地的榕树的盆景要出售。完全不对，连一点痕迹都没有！这不是我外公的家。为了安慰我，我们顺道看了位于洪山桥边的金山寺。我寻找“三脚桶”的努力失败了。留下的是我对袁和平永远的怀念。

不找到“三脚桶”我不甘心。事情到了去年，又有一位好心的朋友陈明亮帮我。出发之前，鬼使神差，我突然冒出一个地名：“郭宅”。陈明亮一听，“郭宅我知道，我在那里玩过”。郭宅距福州城区约二十里，原先是闽侯县的一个乡。从地图上看，正是闽江南行和乌龙江交汇的河网地区。我为什么会突然间想起这个地名？那是一种“神启”，也许是一种灵思。一定是母亲和外公冥冥之中在帮我！

## 五

车子过了白湖亭，走在通往闽江与乌龙江交汇的公路上。约十里，只见陈明亮把车子往右一拐弯，车子驶进了一条狭窄的乡间小街。街两旁是一间挨一间的小店，一个简陋而又热闹的乡村集市。这情景唤起了我的记忆：是的，这是我曾经走过的路，通往外公家的路！不过，当年的那么一拐弯，眼前展现的是一片水田，碧绿的，闪光的，湿润的，飘着淡淡的稻花香的水田。是田间的石板路，两旁是一眼望不到边的稻田，不是商店，那时没有房屋。郭宅到了！也许“三脚桶”就在前面等我！

那天下着小雨，地上泥泞，我们行走在积水中。首先问的是，此地有没有姓李的人家，若有，那老房子是否还在？热心的乡人回答是肯定的。这里有十几家，前面上濂村还有十几家。那老屋附近就有一处，房主人姓李！我们来到跟前，屋子已经残破，正准备拆除，地上堆放着巨大的木柱。还是当年不加修饰的木结构，还是当年夯着黄土的地面，还是当年的高门槛。记得那时从后厢房出来，对于小小年纪的我，几个门槛的翻越显得十分困难。我认定这就是我住过的外公的家，从这里可以找到我亲爱的“三脚桶”。

这里有没有叫做“三脚桶”的地方？那“三脚桶”还在不在？又在哪里？我跟乡人描绘了童年印象中的情景，这情景在数十年的岁月中，已被我的心灵无数次地重复显示过。有几道溪水，有一个水流会聚的“桶”，周围是茂密的树林，有很多很多的、让人心醉的花香！回答说，有！就在不远处，就在当年的村边。那是三汊浦！不过，现在已经没有了！

我这才知道，三汊浦和“三脚桶”原本是一个地方。“三脚桶”的正名应该是三汊浦。“三”是没有问题的，在福州方音中，“脚”和“汊”的韵母都是“a”，“ka”和“ca”是可以互混的，至于“浦”和“桶”，先前说了，“桶”是一种昵称——甚许竟是我的“创造”，因为我那时并不识字。

近乡情怯。经村民的指引，我们来到了三汊浦。他指着眼前的密密麻麻的简陋搭起的房屋，和几条由水泥砌成的流着断续污水的黑水沟说：这就是。这里原先有很多水，是从江那边进来的，那时河那边的船可以直接驶到三汊浦。这里是上洲，从上洲到下濂要蹚水过三汊浦，水是清的，水底下是石板路。

## 六

但是，这哪里是我日思夜想的、亲爱的“三脚桶”啊！一棵树也没有，一朵花也没有，一片雾也没有，甚至一滴清水也不给我留下！还有，那湿湿的、润润的、弥漫着淡淡花香的空气呢，为什么也不给我留下？哪怕是留下一口！

我的那些伸向天空的遮蔽了阳光和月色的白玉兰呢，我的那些喜鹊停过、知了唱过、蝴蝶飞过、亚热带中午的阵雨冲洗过的芭蕉树、芒果树和橄榄树呢？为什么连一片叶子也不给我留下！我的小溪在哪里，我的河岸——那长满水草的、在水草深处有蟹洞的河岸又在哪里？为什么连一抔湿土、连一棵草叶也不给我留下？

是谁在毁灭我外公的家园，是谁在毁灭我的“三脚桶”，是什么样的罪恶的手，伸向了我的梦、人间的至美？是谁砍伐了这里的灌木和乔木，砍伐了这里的果树和花树？是谁填堵了这里的溪流和河道，是谁如此忍心地摧毁了这一切？这么多的丑陋的、肮脏的屋顶和烟囱，这么多的发出恶臭的黑烟和污水，还有这水泥砌成的臭水沟，是它代替了往日清澈的流水和迷人的花香！

是谁谋杀了我的“三脚桶”？我要到哪里去找这杀人的凶手？